上海故事会文化传媒有限公司 SHANGHAI STORI

故事会

交换杀人

悬念推理系列
Suspense Inference Series

上海故事会文化传媒有限公司
上海文艺出版社

图书在版编目（ＣＩＰ）数据

交换杀人 /《故事会》编辑部编. -- 上海：上海文艺出版社，2017（2021.4重印）

（故事会·悬念推理系列）

ISBN 978-7-5321-6398-4

Ⅰ.①交… Ⅱ.①故… Ⅲ.①故事-作品集-中国-当代 Ⅳ.①I247.81

中国版本图书馆CIP数据核字(2017)第138863号

书　　名：	交换杀人
主　　编：	夏一鸣
副 主 编：	吕　佳　朱　虹
责任编辑：	陶云韫　曹晴雯
发稿编辑：	吕　佳　朱　虹　姚自豪　丁娴瑶　陶云韫 王　琦　曹晴雯　刘雁君　赵媛佳　黄怡亲
装帧设计：	周艳梅
责任督印：	张　凯
出　　版：	上海文艺出版社
出　　品：	上海故事会文化传媒有限公司 （200020　上海市绍兴路74号　www.storychina.cn）
发　　行：	北京大地书苑图书发行有限公司
印　　刷：	唐山富达印务有限公司
开　　本：	787×1092　1/32　印张8
版　　次：	2017年7月第1版　2021年4月第3次印刷
书　　号：	ISBN 978-7-5321-6398-4/I·5116
定　　价：	25.00元

版权所有·不准翻印

上海故事会文化传媒有限公司 出品（00632）www.storychina.cn

如发现本书有质量问题，请与印刷厂质量科联系 T：022-69381830

编者的话

一、中华民族自古以来便有讲故事的传统。五千年的文明绵延不断,五千年的故事口耳相传,故事成为中华民族弥足珍贵的精神财富。

二、创刊于1963年的《故事会》杂志是一本以发表当代故事为主的通俗性文学读物。50多年来,这本杂志得风气之先,发表了一大批脍炙人口的优秀作品,许多作品一经发表便不胫而走、踏石留印,故而又有中国当代故事"简写本"之称。

三、50多年来,这本杂志眼睛向下、情趣向上,传达的是中华民族最核心、最基本的价值观。

四、为让读者在最短的时间内阅读最大面积的精品力作,《故事会》编辑部特组织出版《故事会·悬念推理系列》丛书。

五、丛书分为如下八本故事集:《百慕大航班》、《刀尖上跳舞》、《非常推理》、《交换杀人》、《蔷薇花案件》、《死亡游戏》、《一只绣花鞋》、《致命三分钟》。

六、古人云:登东山而小鲁,登泰山而小天下。对于喜欢故事的读者来说,本丛书的创意编辑将带来超凡脱俗的阅读体验。

《故事会》编辑部

目录
Contents

危情·疑案

福泽寺······02
交换杀人······06
警察制服······09
苦果······15
美人痣······24
消失的桑塔纳······28
神秘的女邻居······33
我是一名牙医······38
危情狙击······43
奇怪的"四脚蛇"······61

神探·谜案

穿雨衣的人······89
警察和狗······94
看看你是谁······96
连环杀······100
七彩佛珠······107

目录
Contents

求字 …………………………… 112
杀人凶手 ……………………… 117
一个老好人 …………………… 120

密谋·奇案

办公室里的电话案 …………… 126
第三次"婚姻" ………………… 130
古怪的乘客 …………………… 136
画像里的阴谋 ………………… 141
密室谋杀案 …………………… 148
神秘的铃兰草 ………………… 154
午夜两点 ……………………… 160
遗嘱之谜 ……………………… 167

铁证·悬案

香水的味道 …………………… 182
平阳断指案 …………………… 188
求来的烦恼 …………………… 194
推向地狱的女人 ……………… 203
死人不管 ……………………… 214
甜井村奇案 …………………… 227

危情·疑案
weiqing yian

危机,提示着案情最曲径通幽的所在,也是破解疑案的最大线索。

福泽寺

解放前,在风景如画的江南,住着一个姓周的大户人家。周家家财万贯,人丁却不怎么兴旺。这一年冬天,周家的大老板周雨恒病故了。临死前,他把唯一的儿子周秋实叫到跟前,亲手交给他一封信,说信里讲明了他的财产情况,但他叮嘱儿子,一定要等到三年守孝期满之后才可以把信拆开,在这三年里不得动任何私心杂念。

秋实一向注重孝道,再说他是周家的独子,周家上上下下再也找不出第二个人能和他平分财产,不管钱财有多少,放在哪里,反正都是自己的。既然爹有这样的要求,当然要照办了。秋实把信平平整整地压在自己书房的卷柜底层,上了三道锁后才放心地去爹的坟上守孝。

周老板葬在杭州郊外的福泽寺附近。这里青山绿水,是周雨恒生前选好的风水宝地。福泽寺是个小庙宇,远没有苏杭一带那些久负盛名的大寺院雄伟气派,但因其年代久远,古朴森严,竟也终日香客往来不断,香烟缭绕。寺里的和尚加在一起总共八个人,住持慧明大师是周老板生前的挚友,大约六十来岁。这里无论是和尚做功课还是香客进香,都静声敛气,没有一丝嘈杂,倒是个守孝的好地方。

秋实好静善思,喜欢读书,闲暇时爱在寺里到处走走,这里古树参天,环境清幽。对此,慧明大师从没说过什么,他一向待人和善,宽怀大度,更何况是挚友的儿子在这里为父守孝,他只尽力提供一切方便。但是有一个地方他是禁止秋实去的,并且反复强调了很多次,每次提起来表情都非常严肃,脸上还略带敬畏之色。

这个地方就是后院的那间旧房子。这间房子比寺里的其他房子都要大一点,而且大概是寺院里年头最久的房子了,古墙斑驳,杂草丛生。那房子最惹人注目的是两扇死死关闭着的门,那扇门仿佛有一千多年没有开启过似的,葫芦一般大的锁头锈迹斑斑。秋实一开始看到这间房子,除了觉得它有些旧,没什么别的想法,可慧明大师每次看到秋实在院子里散步,总是对他说让他不要去碰那间房子,一遍遍不厌其烦,说得多了,反而让秋实有了好奇心,渐渐地他竟然开始不由自主地走到后院那间房子前,心里想着慧明大师的话,"千万别去碰那扇门,没事最好少到后院去",想着想着,手竟然去摸了摸那扇门,门纹丝未动。秋实心想,这里面是什么呢?

一天,秋实和慧明大师一起喝茶聊天,话锋一转,就转到那所房子上去了。秋实问:"大师,那个房子是用来做什么的?那扇门以前开过吗?"慧明大师一听,脸上顿时呈现出躲闪和恐慌的表情,吞吞吐吐地说:"我也不知道那间房子是用来做什么的。"其实秋实只说了"那个房子",但这样的问题,这样的口气,肯定是指后院的那间了。慧明大师缓缓地说:

"多少年来，谁也没见那扇门打开过。而且福泽寺里一代一代传下话来，那是一扇打不开的门。任何人，任何时候都不能去碰它。"

日子就这样一天一天地过去了，转眼到了夏天，这些日子，秋实没有一天不在想着那间房子，为什么就不能打开呢，为什么一提那房子，慧明大师就那么敬畏呢？这天晚上，天气异常闷热，空气粘乎乎的，一场大雨眼看就要落下来了。秋实像往常一样在自己的屋里看书，却越看越心烦，他眼睛看着书本，心里却想着那间房子，越想心里越痒，天气又格外潮湿闷热，他再也忍受不了了，像是有一种什么力量驱使似的，他从屋里找出一把刀子和一个锯条走出了房间。

秋实蹑手蹑脚地来到了后院的那座房子前，那个硕大的锁头在黑暗中如巨兽张开的大嘴。四周一点声音也没有，近看锁头已经锈透了。秋实开始用锯条锯锁，他现在什么想法都没有了，就是想打开这扇门，这几月来他受够了好奇心的折磨。锯条一碰到锁，碎屑就往下掉，锯的声音在静夜里听起来有些阴森森的。那锁头显然不如传说中那样结实，只锯了几下，上面就已经出现了凹痕，凹痕一点一点地加深，眼看就要锯开了。

"周施主你在干什么！"身后的声音像是从地底下钻出来的，一点预兆都没有。"啊！"秋实回过头来，慧明大师怒目圆睁地站在自己的身后。"我对你说过多少次，那是一扇不能打开的门，你怎么能违反寺规呢，赶快回到你自己的房间去！""啊，对不起大师，对不起。"秋实一边连声道歉，一边狼狈地逃回了自己的房间。

躺在床上，秋实哪里睡得着，他心里在琢磨：太可惜了！只差一点了，不过既然已经被慧明大师看到了，干脆一不做二不休，况且大师绝对想不到我这会儿还会再去。秋实又带上了刚才用的工具走出了屋。

秋实来到那扇门前,锁头还是刚才的样子,已经不堪一击了。秋实只用锯锯了几下,那锁头"咔"的一声开了。不过锁身已经和大门的铁皮锈在一起了,他又用刀子把锁头撬了下来。随着"吱吱呀呀"的声响,门被推开了。没有月色,里面黑咕隆咚的。这一点秋实早已料到,他从口袋里拿出火柴划亮了一根,屋子里一下子亮了起来。

亮光中立了一个人。那人就站在秋实的面前,距离很近,秋实看得很清楚,那人就是自己! 秋实看到自己披头散发,脸上的点点血污在火光的映照下阴森可怖,嘴角还有鲜血滴下来。火柴熄灭了,秋实看到自己缓缓地走了过来,身体僵硬,嘴里低低地呻吟着:"救救我,救救我,我是你的魂儿呀,我是你的魂儿。"

"啊!"一声惨叫之后,秋实倒在了地上,他被吓死了。

三年守孝期满,"秋实"回到了家中。他打开了卷柜的三道锁,取出了那封信,信上的字迹很清晰:我一生积聚的财产都在福泽寺后院的房子里,我故去三年后,你和福泽寺的慧明大师平分。另外还有一件事情要告诉你,你曾有一个双胞胎的弟弟幼时丢失了。这事你不知道,我怕你母亲伤心所以也从不提起。最近有确切消息说,他已经成为两广一带的恶霸,这些就是周家的全部秘密了。"秋实"划了一根火柴,把这封信给烧了,恶狠狠地说:"哼,想和我平分财产,做梦! 老秃驴,你不过是我手中的一个棋子罢了!"

与此同时,福泽寺的法事正在举行,慧明大师前些天不明不白地死了,一句话也没有留下。

(李 姝)

(题图:黄全昌)

交换杀人

三江大学的封小婕被人用绳子勒死了,现场就在学校附近的角落里。令大家惋惜的是,一个月前,她刚刚收到美国一所著名大学的邀请函,这所大学愿意为她提供整个硕士学位攻读期间的全额奖学金。美国大学的这次选拔面向北京各大高校,很多学生提出了申请,可名额只有三个,封小婕是其中之一。

警方经过排查,发现三江大学一名叫赵晓芳的女生有重大嫌疑,因为现场发现了和她有关的东西,而她也没有不在场的证据。但这个赵晓芳和封小婕平日里根本不认识,她们是不同系科、不同年级的学生,没有杀人动机,但无论如何,警方准备先控制赵晓芳。肖警长带了几个干警一起往三江大学赶去。

经过这几天的调查，大家对三江大学的环境已经很熟悉了，他们急匆匆地直奔赵晓芳所在的女生宿舍。现在正是上课时间，宿舍区人很少。当他们走到离宿舍只有一百米左右的地方时，突然听到几声惊恐的尖叫，随即看到一个穿着红裙子的女生从六层楼上飘落而下，没等大家反应过来，人已经重重地落在了地上。肖警长脑子里立即闪现出"赵晓芳"三个字，他有一种不祥的预感。

早有干警直奔宿舍楼上，肖警长一边留心周围的人，一边走到近处，从楼上摔下来的女生趴在地上，脸转向一边。肖警长仔细一看，果然是赵晓芳！肖警长一直盯着宿舍门口，那是整幢楼惟一的出口，赵晓芳从楼上摔下来以后，没有一个人从宿舍里走出来。

过了一会儿，刚才跑上去的两个警察从楼上下来，说没有发现可疑的人。他们封锁了宿舍，但没有找到任何线索。现在最大的可能就是赵晓芳畏罪自杀，但警方目前还是找不到她杀人的动机，甚至还没有和她正面接触过，她为什么就突然自杀了呢？

案子刚刚有点眉目，线索就这么断了，一切都要从头查起，而焦点问题还是赵晓芳的杀人动机。

下班之后，肖警长和女朋友一起到餐厅吃饭，因为这个案子，他们已经两个星期没见面了，今天是女朋友的生日，可面对着烛光晚餐，肖警长一点胃口都没有，他还在想着白天的事情。肖警长漫不经心地喝了一口红酒，把杯子往边上一放，哪知杯子没放稳，洒洒了一桌。原来，他刚才进来的时候，随手把一串钥匙往桌上一扔，这会儿把杯子随手一放，杯子的一角压在了那串钥匙上，没放稳，倒了下来。肖警长突然眼睛一亮，赵晓芳不是自杀！

肖警长顾不上吃饭，立即赶回局里，召开紧急会议。白天在勘察现场的时候他就发现在宿舍楼顶层的边沿,有三块小石子儿,当时他觉得挺蹊跷,似乎身边有只无形的手,就是这只手把赵晓芳推下去的。今天酒杯翻倒的事情给了他启发,杀赵晓芳的人很可能是先用药把赵晓芳迷倒,然后把她拖到宿舍楼顶的边缘,在她身体的内侧垫上几块尖利的小石头,然后自己迅速离开现场。不一会,赵晓芳慢慢苏醒,刚有知觉的时候,被石头硌到的地方觉得疼痛,便会无意识地往外侧翻身,就这么轻轻一动,人已经从楼上摔下来了。假如真的是这样,那么赵晓芳很可能知道谁是杀害封小婕的凶手。

正在这时,有新的消息传来,电脑专家已经破译了赵晓芳电脑中E-mail的密码,还打开了一个隐藏的文件,是赵晓芳的日记,这些资料表明一个叫"鹰"的人和这个案件密切相关。肖警长惊奇地发现原来"鹰"和赵晓芳是没见过面的网友,他们在网上约好交换杀人,"鹰"帮赵晓芳杀死夺走她男友的情敌,而赵晓芳帮"鹰"杀死封小婕,因为她阻碍了他的前途。"鹰"在申请美国大学奖学金时的综合排名中,位居第四,杀死封小婕,他就有可能入选。

顺着这个线索,警方终于侦破了这起交换杀人案。

(李 萍 改编)
(题图:箭 中)

警察制服

约翰尼是个警察,这天,他在家里突然接到了一个电话——"约翰尼,我是德克斯,我正在洛杉矶机场,你还好吗?"

约翰尼惊呆了:六年前,他和德克斯是关系最好的战友,他们在阿富汗打仗,有生死交情。后来德克斯受伤转移,约翰尼退伍,从此失去联系。一别数年,现在他是个警察,德克斯却是联邦调查局通缉的抢劫杀人犯!

德克斯继续说道:"我在电话簿上查到你的名字,猜你已经事业有成了,你结婚了吗?"

"是的,六个月前结的。"

德克斯爽朗地笑道:"开车过来吧,带着你老婆。我们一起吃饭聊天,我在航空公司大楼等你……我太高兴能见到你了!"

约翰尼挂上电话,心情复杂。显然,德克斯并不知道约翰尼当了警察,否则不会约他,而约翰尼出于警察的职责,必须要配合联邦调查局抓捕罪犯!

约翰尼对身边的妻子玛丽说:"德克斯邀请我们吃饭,他可能化了装,但不管怎么变我都能认出他,我得去指认,联邦调查局才能抓住他。"

约翰尼当即给联邦调查局打电话,两个负责此案的特工刚巧不在。他又给调查局长打电话,请他转告特工,他和妻子现在赶往航空公司大楼,如果有变动,他将通知调查局长。

玛丽很不安,她知道约翰尼的手枪刚巧拿去修理了,而德克斯一定携带着武器,而且绝不会束手就擒,太危险了!

约翰尼脱下警察制服,把它挂到衣柜里,换上运动衫、休闲裤,他安慰妻子:"不会有事的,德克斯不认识联邦调查局的人,他们会在他毫无察觉的情况下,从两边扑过来抓住他。"

两人刚走进航空公司的候机厅,一个男人就从皮椅上站了起来,他大约三十岁,一头乌发,身材和约翰尼差不多。他一把抓住约翰尼,亲昵地叫着约翰尼的绰号,很显然,他就是德克斯,而且对一切毫无戒备!

约翰尼偷偷地看了一眼候机厅的大门,联邦调查局的特工还没有来。

德克斯说:"天快黑了,让你太太为我们做点家常菜吧,我的飞机凌晨两点才起飞呢。"

约翰尼知道德克斯身为通缉犯,不愿意在公共场合待太长时间,但眼下特工还没来,他很着急,于是尽量拖时间,说玛丽没准备今晚做饭……

说心里话,约翰尼很为德克斯难受。德克斯天性不坏,从阿富汗回国后他处境恶劣，才多次抢劫银行，杀人放火。联邦调查局早和约翰尼面谈过，断定德克斯总有一天会跟老战友联系，要求他协助抓捕，但约翰尼实在不希望指认德克斯的人会是自己。

德克斯笑着问玛丽是不是愿意为他做顿饭，玛丽明白约翰尼复杂的心情，这样拖延下去会引起德克斯的怀疑，于是她说："十分愿意。等下路过超市时，我进去买点啤酒之类的东西，这样我们的晚餐会很丰盛的。"

一旁的约翰尼很快明白了——她是要报警，于是便同意了。

回家的路上，车子驶到一家超市门口，玛丽一个人下了车，跑到超市后面的电话亭，给调查局长打电话，说他们按照德克斯的要求准备回家吃晚饭，并说了自己家的地址。

局长说两个特工刚到机场，他会马上跟他们联系，还会派便衣警察协助特工，局长说："你们到家后，他们会包围你们的那栋公寓。你别担心，他们不会冲进公寓，等他出来的时候，我们会出击。"

玛丽回到车里，看到约翰尼询问的眼神，便极其轻微地对他点点头。

三人到了公寓，玛丽接过他俩的外衣和帽子，挂到卧室边的衣柜里，然后走进厨房，开始准备晚饭。

客厅里，两个男人正笑谈着战争中的经历，玛丽乘德克斯不注意，偷偷来到北面后窗边，透过窗帘一角向外窥视，她看到阴影中两个人，其中有一个拿着枪。他们已经到位了，四面包围，德克斯逃不掉了。

吃完晚饭，已经10点钟了，外面一点动静也没有，约翰尼十分着急，但玛丽不敢做出任何暗示，她只能不停地微笑，让他觉得一切都在控制中。

德克斯是凌晨两点的机票，他要离开的时刻，就是警察要行动的时候。玛丽紧张极了，她最担心的是那些监视他们公寓的便衣警察，约翰尼到分局工作的时间并不长，他很少和便衣接触。特工应该认识约翰尼，但是他们俩不可能同时守在大楼的四面，如果出去时，认识约翰尼的警察不在，便衣警察可能分不清谁是德克斯，谁是约翰尼，这是十分危险的!

这时，德克斯站起身，走进过道，打开衣柜，他在上衣口袋里摸了一会儿，掏出一盒香烟，冲他们咧嘴一笑，接着走到北面后窗边，他把窗帘拉开一条缝，向外张望了一下，然后回到自己的座位上，坐下，伸手到上衣里面掏出手枪，直勾勾地盯着约翰尼，低沉而冷冷地问："你是警察，对吗?"

约翰尼装出吃惊的样子，问他为什么会这么想。

德克斯平静地说："我刚才从我的上衣口袋里掏香烟时，在衣柜里发现了你的警察制服。另外，我从北面那个窗户看到了两个人，一个手里有枪。你早就知道了，是吗?"

约翰尼说是的，他早就知道了，他劝德克斯投降，因为这是最明智的选择。德克斯断然拒绝，问："你的枪在哪里?"约翰尼说自己的枪留在局里检修。德克斯又问："那么，玛丽是不是在超市打过电话了? 警察说了什么?"

玛丽回答道："他们只说要包围公寓。"

德克斯沉默了一会儿，说："如果被抓，我会被处死的! 约翰尼，你必须想办法让我离开这里!"

"那是不可能的。"

德克斯显得很尴尬，他沉吟了一会儿，说："我不愿意让你妻子卷进来，但是，除此之外没有别的办法，他们没有冲进来，就是因为她在这里，他们不愿意误伤她。我要带着她跟我一起走，谁敢轻举妄动，我就先毙了她。我可不是开玩笑的，约翰尼。"

"我知道。不过，我认为你逃不出去。让我跟外面的人谈谈，或者通过警察局传话，让他们取消这次行动。"

"但他们仍然会跟踪我，对吗？"

"我想会的。"

"那就算了。"德克斯说，"你使我身陷绝境，不过，可笑的是我并不恨你……你会帮我的，对吗？"

约翰尼肯定地回答："对，为了玛丽。"

德克斯要求约翰尼悄悄向北面张望，看看是否认识埋伏在北面后楼的家伙。约翰尼照着做了，说："我不认识北面后楼的那两个人，前门和侧面可能有联邦调查局的人，我认识他们，他们也认识我。"

德克斯听这么一说，顿时心生一计：既然约翰尼不认识埋伏在北面后楼的人，他就可以穿上警察制服，假扮约翰尼，带着玛丽从后门出去。"如果守在北面后楼的人不认识你，他们就不知道我们俩掉了包。我会说德克斯正准备从前门出去，他们跑去通知其他人的时候，我带着玛丽溜走，然后我会截一辆汽车，让他开车送我到我想去的地方，我会让开车的司机老老实实的。"

德克斯说得很轻松，但约翰尼很为玛丽担心，这可是生死关头呀！德克斯说："为玛丽着想，你得拖住他们！"

就这样，德克斯换上警察制服，和玛丽走出门，约翰尼一动不动地站着，紧张地等待着。

片刻后，门外传来严厉的斥责声和打斗声，约翰尼跑过厨房，猛地打开后门，奔下楼去，冲到外面，就在这时，刺眼的手电光直射过来，传来一声喝叫:"不许动!"他一动不动地停了下来……

黑暗中,玛丽走了过来,双臂搂住约翰尼的脖子哭泣起来。同时,约翰尼看到便衣警察已经抓住了德克斯,他的双手被反铐在背后。

德克斯蹲在地上,扬起头来,绝望地说:"我没想到你会拿玛丽的生命冒险。你说你不认识把守后楼的那两个人,我以为你说的是真话。我们走到那两个家伙这儿,我刚开口说话,他们就向我扑来……如果他们不认识你,不会行动那么迅速。"

约翰尼说:"我没骗你,从一开始我就预料到会发生这样的事。"

德克斯眨巴着眼睛,问:"为什么?"

约翰尼久久地盯着德克斯,眼神里透露着十分复杂的光,可怜、痛惜、悲哀……他长长地叹了口气,说:"因为当一个穿着警察制服的人从后门走出来时,他们马上就知道那不是我,因为他们明白,我是不会当着一个不知道我是警察的通缉犯的面换上制服的!"

(乐陶陶)
(题图:佐 夫)

苦果

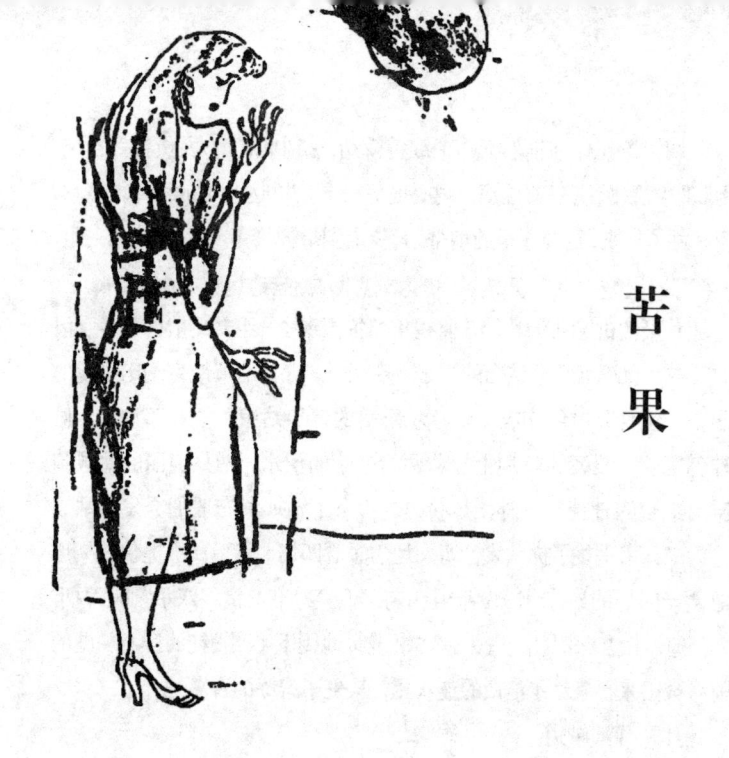

暮春的一个傍晚,花溪公园里的游客已经陆续散去,喧闹了一整天的公园,此刻显得格外宁静。

公园腹地一片开阔的草坪上,电视剧《最后的悔恨》摄制组的全体工作人员,正在紧张而有秩序地忙碌着。他们要赶在日落以前,拍摄这部电视剧的最后一场戏。这是描述女主角在走过一段曲折、荒唐的人生旅途,饱尝了生活中酸甜苦辣的滋味之后,怀着万分悔恨的心情自杀身亡的一出重场戏。这场戏至关重要,拍得好,能强烈地震撼电视观众的心灵,否则会直接影响整部电视剧的艺术效果。

负责执导该剧的青年导演季亚林,此时正独自坐在草坪一隅,低着头,大口大口地抽着烟,认真思考着剧情中的每一个细节。

一切拍摄工作在悄然无声中准备就绪，摄制组工作人员各就各位，几十双眼睛默默注视着导演，耐心地等待导演下达开拍的命令。突然，季亚林站了起来，扔掉手里的烟蒂，大步走到摄像机旁，环视了大家一眼，猛一挥手，大喊一声："开始！"摄像机立即嗞嗞地运转起来……

随着摄像机镜头的移动，监视屏幕上出现了一组梦幻般的景色：湛蓝的天空，点缀着几朵洁白的浮云；夕阳下，青青的草地变幻出缤纷的色彩。一位身穿白色连衣裙、容貌娇美的青年姑娘伫立在草地上，姑娘神色忧郁，漂亮的脸颊上挂着两行晶莹的泪水，两只美丽的大眼睛流露出绝望的神情。一阵微风拂过，撩乱了她那瀑布般的秀发，姑娘抬起头来，用手拢了拢头发，留恋地看了看四周，然后从手提包里掏出一把寒光闪烁的匕首，慢慢举至胸前，刀尖对准心窝，双手紧握刀柄，用力一摁，匕首深深扎了进去。姑娘缓缓地倒下了，殷红的鲜血从她的胸前渗透出来，染红了洁白的连衣裙，染红了碧绿的青草地。

"停！"导演喊道。

四周一片寂静，人们仿佛仍然沉浸在凄惨的艺术氛围中。约莫过了几秒钟，不知谁带头喊了一声："成功了！"大家如梦初醒，一边高声呼喊："成功了！成功了！"一边朝导演涌去。季亚林含着激动的泪花，和大家握手、拥抱，整个草坪沸腾起来了。

"肖琼呢？"季亚林在人群里不见女主角肖琼的人影，惊奇地问道。大家这才发现肖琼并不在场。

肖琼仍然静静地躺在草地上。

季亚林走上前去，俯下身，感动地说："你啊，一进入角色就不能自拔，快起来吧，不要太伤感了。"说完，伸手去扶肖琼。刚一接触到肖琼那柔软的身体，一种异样的感觉掠过季亚林的心头，仔细一看，肖琼脸色惨白，双目紧闭。季亚林惊叫一声："不好！"众人忽然听到了导演的惊叫声，一下子都围了过来。大家仔细察看，不由大吃一惊：插在肖琼胸口上的，竟是一把刃口锋利的真刀，鲜血正从伤口汩汩地往外流着。所有在场的人，都被眼前这突如其来的情景吓懵了，呆呆地站在那里，一动不动。

"快报警！快叫救护车！"季亚林发疯似地喊了起来……

仅仅过了一刻钟光景，一辆警车风驰电掣般的疾驰而来，一到现场，"嘎"地紧急煞住，从车上跳下几名公安人员。走在最前面的是一位身材颀长、表情冷峻而目光犀利的中年人，他就是市公安局刑侦科科长吕晓剑，紧随其身后的是他助手——青年刑警高杰。

吕晓剑拨开人群，走到肖琼跟前，蹲下身去，翻开她那双紧闭的眼睛，用手电筒照了照，只见瞳孔已经扩散，对亮光毫无反应。手指轻轻一搭颈部动脉，脉搏也已停止跳动。吕晓剑不甘心地对候在一旁的救护人员下达了命令："快抢救！"

时间一分钟，一分钟地过去，最后主治医生站起来，无可奈何地摇摇头，示意已经无可挽救，吕晓剑这才向身后一招手，一名手拿照相机的公安人员疾步上前，对着尸体频频按动快门，镁光灯闪个不停……吕晓剑拉了拉正在忙于现场勘察的高杰，轻声嘱咐说："拍完照，把死者身上的匕首取出来，带回局里做一下指纹的分析，再安排人把尸体运走。""是！科长。"高杰低声应道。

吕晓剑交代完毕，转过身，径直向季亚林走去。

季亚林神情沮丧，目光呆滞地坐在道具箱上，见刑警朝自己走来，连忙站立起来。吕晓剑抬了抬下颏，示意他坐下，随后语气严肃地说："季导演，请你谈一谈事情发生的全部经过。"

"唉!……"季亚林长叹一声,接着把事情经过,详尽地叙述了一遍。"那把刀究竟是怎么回事?"吕晓剑直截了当地问。季亚林摇了摇头说:"我也不清楚,这得问负责道具的小张,我去把他叫来!"

不一会儿,季亚林把小张带来了。吕晓剑用两道鹰隼一般的目光注视着他,小张不停地搓揉着双手,显得紧张而又局促。吕晓剑神色威严地问:"插在死者胸口的匕首是你给她的吗?""是……不是!我给她的是一把作道具用的假刀,刀柄上装有开关,只要轻轻一撳,刀尖就会自动缩进刀柄里去,样子虽然和那把刀相似,但是绝对杀不死人的……"小张急切地分辩道。

正在这时,一名刑警跑来报告:"吕科长,现场勘察完毕,离死者二十米左右的草地上,又发现了一把匕首。"说着,将匕首递了过来。吕晓剑接过匕首一看,果然是一把作道具用的假刀。

"显然有人在暗中使了调包计,可是,为什么肖琼在使用时一点没觉察到呢?"吕晓剑陷入了沉思……

夜色阑珊,万籁俱寂。公安局刑侦科办公室灯火通明,烟雾缭绕。吕晓剑坐在办公桌前,一根接一根地抽着香烟。摆在他面前的两份检验报告,一份是尸体解剖报告,上面清楚地写着:刀尖穿过胸肋刺及心脏,是导致死亡的直接原因。除此以外,未发现任何可能致死的损伤。另一份是指纹鉴定报告,经鉴定:肇事匕首上所留指纹均系死者本人。道具刀上除死者外,还留有道具管理员的指纹。

"科长,根据这两份检验报告分析,死者很可能是自杀。"高杰在一旁直率地说出自己的看法。

吕晓剑沉吟了一会,说:"根据现有迹象分析,自杀可能性极大,可是死者为何自杀,而且采用假戏真做的方法?这些都还是个谜。因此,在没有掌握到确凿的证据以前，还不能过早地下结论。"吕晓剑顿了顿又说："我看这样，天一亮，你我兵分两路，你带几名同志负责把肖琼的情况调查一下，越详细越好。我到她的住处搜查一下，看是否能找到一点有价值的线索……"

翌日上午，吕晓剑赶到摄制组临时住地。季亚林把他带到肖琼的宿舍，掏出钥匙，打开房门。吕晓剑用犀利的目光，把屋内每个角落审视了一遍，然后仔细地搜索起来。

在肖琼的写字台抽屉里，吕晓剑发现一本蓝色日记本和一大札书信。吕晓剑拿起日记本，打开一看，里面是肖琼记录的一些有关拍戏的体会，以及对剧情的理解和分析。吕晓剑匆匆翻阅着，蓦地，吕晓剑眼睛一亮，一则日记引起了他的注意——

四月二十日　晴

《最后的悔恨》只剩下最后几场戏了，可偏偏在这节骨眼，我身上长出许多红色斑块。这东西令人厌恶，奇痒难忍，有好几次差点在摄像机前出洋相，为了不影响拍摄效果，只有拼命克制住自己。这滋味可真折磨人！但愿能挺过去……

吕晓剑合上日记本，问季亚林："这几天肖琼情绪怎么样？有什么异常的表现吗？"

季亚林思索了一下，说："经你这么一提，我倒想起一件事来：三天前，肖琼收到一封从联邦德国寄来的信，是我交给她的。当时我出于好奇，曾问过她是谁寄来的？她说是从前的一位同学。事后我发现肖琼的神色变得很忧郁，常常一个人坐在角落里发愣，当时我也没当一回事，因为接下来就要拍摄女主角自杀的那场戏,以为她已经进入角色了。所以我嘱咐其他人别去打扰她……"未等季亚林说完,吕晓剑倏地抓起桌子上那一大扎书信,迅速摊开,果然发现一封联邦德国的来信。

"就是这封!"季亚林用手一指。

吕晓剑拿起信,细细辨认了一下盖在信封上的邮戳日期,随后抽出信笺,认真阅读起来——

肖琼:你好!

当你接到这封信时,一定会感到奇怪和突然吧!是的,自从我俩分手不久,我那侨居联邦德国的姑母就为我办好了自费留学的手续。三个月以前,我离开祖国,踏上了这块异国的土地。虽然这里的物质条件比较优越,却难解我思乡之苦,我感到很寂寞,时常想念你和国内的其他朋友。唯一值得庆幸的是,昨天我在这里的超级市场,邂逅以前和你一起在宾馆工作的范琳琳。我们都为这意外的异域相逢感到兴奋,谈了很久,她对你很关心,问了我许多有关你的情况。

临分手时,范琳琳告诉我一个很不幸的消息:你结识的那个乔·杰克逊,一个星期前病死在医院里,患的是艾滋病。范琳琳的伯父与乔·杰克逊的父亲有生意上的来往,出于礼节,范琳琳和她伯父一起参加了乔·杰克逊的葬礼。范琳琳再三嘱咐我别把这件事告诉你,我想来想去,觉得还是告诉你的好,免得你一直蒙在鼓里。时间过得真快,转瞬间,我们已经半年未见面了,不知你现在的情况如何?倘有暇,来信告知。

不多写了,就到此吧。临颂顺颂一切如意。

你的同学季明
四月二十四日于灯下

看到这里，吕晓剑怦然心动，略有所思地点点头，蹙紧的浓眉渐渐舒展开来……

突然，门被撞开，高杰一阵风似的闯了进来，他抬起胳膊，擦了擦额头上的汗水，把季亚林送出门外，这才喘息着对吕晓剑说："科长，情况基本上摸清了。肖琼今年二十五岁，是本市一家四星级豪华宾馆里的服务员。她有一个男朋友，叫季明，是高中时的同学，两人相处多年，感情甚笃。正当他俩准备筹备婚事的时候，偏偏出了岔子：一个偶然的机会，肖琼结识了一个来华洽谈投资项目的西德青年，名叫乔·杰克逊。乔·杰克逊长得英俊潇洒，风度翩翩，对肖琼一见钟情，殷勤备至，肖琼也十分倾心于他，很快两人就打得火热。消息传到季明耳里，他怒不可遏，一气之下和肖琼分了手，肖琼也不在乎，继续与乔·杰克逊来往。可是好景不长，不久乔·杰克逊就回国了。肖琼玫瑰色的梦想破灭了。就在她心灰意冷、百般无聊的时候，被为挑选电视剧女主角而四处奔波的季亚林导演遇上了，季导演发现肖琼无论外表还是气质，都与女主角十分接近，于是决定邀请她担任这一角色。经与宾馆领导交涉，终于将她借调到剧组……"

高杰还没说完，"啊呀！"吕晓剑一拍脑门，拖着他就往外走。

中午十二点钟，公安局三楼会议室。主管刑侦工作的田处长和侦破小组的全体成员，正在聚精会神地听取吕晓剑作案情分析汇报——

"根据我们现在掌握的材料可以得出这样的判断：肖琼在与乔·杰克逊的交往过程中，曾有过不洁性行为。当她从以前的男朋友季明那里得知乔·杰克逊不久前死于艾滋病时，马上联想到自己身上所出现的红色斑块，并且意识到自己已经感染上艾滋病这种可怕的绝症，遂产生轻生的念头。此时恰好电视剧最后一场戏中有女主角自杀的镜头，于是她决定假戏真做。这样做，既能把戏拍完，又可达到自杀的目的，同时可以把自己患艾滋病的丑闻悄悄地掩饰过去。"说到这里，吕晓剑停了下来，伸手拿起面前的茶杯。

所有参加会议的人，都被吕晓剑精辟的分析折服了，大家围绕着这件离奇的案件，小声地议论起来……

吕晓剑啜了口茶，咳嗽了两声，示意大家安静，然后接着说道："出人意料的是，刚才法医在对肖琼的血液化验中，没有发现艾滋病病毒，她身上的红色斑点，是由于在野外拍戏时，吸入大量花粉而引起的一种神经性皮肤过敏。很显然，肖琼还没有感染上艾滋病。"听到这里，所有的人都愣住了，会议室一片寂静。过了好一会儿，大家才缓过神来，纷纷为肖琼的可悲结局惋惜起来……

"虽然肖琼没有感染上艾滋病，但问题并没有结束！"吕晓剑继续说道，"除了肖琼以外，乔·杰克逊在中国逗留期间，是否还接触过其他中国姑娘？这个问题必须迅速查清，否则后果不堪设想。因此，我建议：立即通过国际刑警组织，请求联邦德国警方协助调查一下乔·杰克逊的详细情况，看是否能在他的遗物中发现一点这方面的线索。"

田处长倏地站起身来，大手一挥，果断地说："我们立即向上级汇报！"

没过多久，一份电传送到了田处长和吕晓剑的面前，上面清晰地印着这样几行字：经查，本国公民乔·杰克逊，现年32岁，已婚，有两个小孩。本人身体健康，有关他患艾滋病死亡的消息，纯属谣言。

这回轮到吕晓剑吃惊了，他做梦也没料到，这场悲剧的导演，竟是远在联邦德国的季明。"这个杀人不用刀的报复狂！"吕晓剑气愤地吼了起来。

田处长语气缓重地说:"季明采用如此卑劣的报复手段,固然可恨,但肖琼本人也有不可推卸的责任。一味地崇洋媚外和对爱情极端不负责任的行为,终于使她成为西方性自由腐朽思潮的殉葬品。到头来,自己种下的苦果,还得自己吞下去。这个教训实在太深刻了。"

"是啊,最近我经常思考这样一个问题:我们公安人员除了破案以外,还应该做些什么呢?"吕晓剑说完,迈着沉重的步子,走到窗前,拉开紫色的窗帘,眺望着繁华的街景——

远处,一位穿着时髦的中国姑娘,挽着一个高鼻子黄头发的外国人,屁股一扭一扭地在大街上走着。

"姑娘,好自为之吧!千万别成为第二个肖琼啊……"吕晓剑心里默默地祈祷着。

(柴德义)

(题图:施其畏)

美人痣

日本岩手县九曲警察署在当地一间简陋的公寓房里发现了一具女尸。经过现场勘察和法医鉴定,确诊是服毒自杀身亡。死者不算太年轻,但仍能看出生前是长得很美的,特别是左腮帮下部一颗美人痣,更是使本来非常娇美的脸蛋增添了几分妩媚。警方询问了公寓的管理人员,只弄清这女人是四天前从外地到这里,预付了两周房租,其他一无所知。这有限的情况使承办警察大伤脑筋:不仅死者的死因不明,而且连身份也无法确定。于是警察对死者有限的遗物翻来覆去地验看,希望能发现有搞清死者身份的线索。可是折腾了半天一无所获,直到他们搬开尸体,移开枕头,才意外地发现了一张印刷精致的名片,上面赫然印着:住江不动产公司总经理,立山国柱。

精明的警察当即确定:这个立山国柱即使与本案无关,至少也是搞清死者身份的唯一线索。于是通过电话向警察总署资料室查询。两个小时后，查询结果就出来了，住江不动产公司总经理立山国柱，家住羽代市，公司业务蒸蒸日上，本人有一个和睦家庭，以前无任何劣迹，更重要的是近半个月内一直未离开羽代市，根本没有到过出事地点……

九曲警察署根据查询结果，基本上排除了立山和本案的关系，于是决定直接和立山电话联系，希望至少搞清死者的身份。

再说，立山正躺在客厅的沙发里，一边喝着功夫茶，一边抽着哈瓦那雪茄，一张保养得红润的脸上堆满了志满意得之情。片刻，九曲警察署的电话来了，立山听完警察简单的情况介绍后，弄得丈二和尚摸不着头脑。相识的女人太多了，送出去的名片更是不计其数，谁知道这个死在岩手的女人是谁？本想回说不知道，搁下电话了事，再一想，早听说岩手县水雾闻名，雾中观景似隐似现，别有一番情趣。自己一直想去游览一次，何不趁此机会走一趟？于是在电话中大度地表示：愿意去一趟出事地点，如果死者确系自己认识的人，愿意提供情况，并协助料理后事。

立山说到做到，第二天中午就驾车赶到岩手。在警察的陪同下，一见死者不禁叫了一声："美代！"他当即向警察提供：此人叫美代，是仓桥造型公司的模特，和她是在公司业务联系会上认识的。据说她父母早已故世，有一个姐姐，也不知出嫁到什么地方去了……立山介绍到这里又望了望美代那苍白而又痛楚的遗容，那颗美人痣还是像生前那样诱人。他接着说："警察先生，我和她最后一次见面已有半年多了，她怎么会死在这里，我不清楚，但是看在我们过去认识的情分上，我愿意支付她丧葬费的一半，至于另一半嘛……"他俯身写下了仓桥造型公司的名称和地址。

事情就这么了结，美代的尸体也就在岩手草草安葬了。

第二天一早，立山就驱车回家，一上路，立山果然领略到岩手的大雾了。立山对雾有癖好，因为他觉得雾中看物似隐似现捉摸不透，而做生意、做人不也是靠这一点才能稳操胜券吗？但是不知怎么搞的，立山今天一点也提不起观赏雾景的兴致，他清楚地记得：不是半年前，而是半月前他和美代最后一次幽会的情景。

那是在一个豪华的旅馆里，立山和美代销魂一刻后，立山觉察到美代越来越缠自己，再这样维持下去，将要危及自身的名誉，于是，他像以前对其他女人一样，掏出一张支票，神态漠然地提出要和美代分手。谁知美代连看也不看支票一眼，却像吵嘴似的叫着："不，不！我不要钱，我要你人！立山，我已经不年轻了，如果你还爱着我，就娶我为妻吧！"说着扑倒在立山怀里。

立山对着美代眼泪汪汪的脸蛋喷了一大口烟雾，"让我娶你？我倒是不反对，可你得问问我老婆。老实说，我的长子今年都要考大学了。"

美代惊叫一声："什么？"瞪大了一双泪眼，"你的夫人？这么说你早就是有家室的人？！那你当初为什么骗我？你……"说着挣扎着站了起来。

尽管解决得不圆满，立山还是摆脱了美代。三天后，美代又打了个电话来，语气很平静，一字一顿地说："是立山先生吗？我是美代。看来你只有最后一次没有骗我，我真傻！你在取笑我吧，我已经无所谓了，你当初给我的'爱情'，我会还给你，活着做不到，死后也要见你一面，了却这笔账……"还不等立山回话，电话就挂断了。

现在立山一个人驾车在岩手县的柏油路上，想到这一节，心中不由一惊：至少美代说的"死后也要再见一面"的话应验了，但是"这笔账"算了却了吗？立山感到一阵凉意。他不想再想下去了，望着车外那浓浓的水雾，加大油门企图超过前面的那辆车，也好借以驱散心头的阴影。

就在他揿着喇叭和前面那辆车并肩交会之时，侧眼看见那车的后座上端端正正地坐着的女人很像是死去的美代。脚下的油门一松，车子又慢慢地退了下来。他疑惑地盯了一会儿，终于又摇了摇头：死者怎么能复活？是自己想多了产生的幻觉，也怪这该死的雾……一想到这里，又踩紧油门，准备超过车去，仿佛超过了，一切就会解脱。

就在两辆车并肩交会的刹那，立山忍不住又往旁边车辆的后座上扫了一眼，"啊！"他惨叫了一声，坐在里面的女人正是美代！这回他可看真切了，那眼、那鼻子、那嘴，特别是左腮帮上那颗逗人的美人痣，这正是昨天给她送过葬的美代！此刻美代也好像看见了立山，于是习惯地伸出了一只手，那神情好像在说："你再过来点呀，我还你……"立山恐惧地松开了方向盘，双手用力地盖住了自己的脸……失去控制的轿车狠狠地撞击了美代那辆车的前门，然后一颠，直冲路边的河底！

闻讯赶来的警官让人捞起立山尸体，用白布遮住了他的脸，自言自语地说："又是一个在雾中送了命的人。唉……"旁边报警的人惊魂未定，还在絮絮叨叨："……这先生两次超车我都让了路，可他还是往我车上撞……警官先生，我还得送货去呢，可以走了吗？"警官瞥了一眼他的车，做了个悉听尊便的手势，忽然又好奇地问："对不起，你车上的小姐是怎么了，为什么老是伸着手一动不动？""小姐？我的天，这是仓桥造型公司生产的塑胶模型呀！""塑胶模型！唷，这么美不说，做得可跟真人一模一样，太像了！"报警人得意地说："那当然，这玩意的原型就长得非常美，可惜听说前几天她已自杀了……"说完，开着车子向前驶去。

（金小林 编译）
（题图：陈　宁）

消失的桑塔纳

大年初五,县外贸局办公室主任余航突然不知去向,接到报案后,县公安局刑警大队大队长高翔带了副手小毛立刻赶到余航家,做进一步调查。余航的妻子向雪梅说,余航是昨天傍晚五点左右离开家的,开了一辆"桑塔纳"去东海饭店和朋友聚餐,可是到现在也没有回来,所有能打的电话都打了,却没有关于他的任何消息。

按理,如果临时有事要处理,余航至少会给家里一个电话;如果出了交通一类的事故,公安局也应该接到报告。可是到目前为止,居然什么动静都没有,到底出了什么事呢?

高翔安慰了向雪梅一番,表示公安局将全力以赴,尽快破案。临走之前,他给向雪梅一张名片,说:"这是我的电话号码,有情况马上和我联络。"

随后,高翔和小毛把昨晚和余航一起聚餐的几个朋友请到局里谈话,证实到四个情况:一,聚餐时余航谈笑风生,没有任何反常现象;二,余航在聚餐中前后一共喝了六七两白酒,喝是喝高了点,但没醉,自己完全能清醒地开车回家;三,聚餐结束时有人看过表,时间是晚上八点十五分左右;四,散席后,大家到饭店停车场各自开自己的车回家,余航的车停在车场里面,有个朋友的车就停在车场门口,朋友本来把车发动了之后想等余航的车出来一起走,后来由于大门口进进出出车辆多,他等了一会儿没见余航的影子,以为他先走了,便就自己开车回了家。

高翔又马不停蹄地赶到东海饭店,根据掌握的情况,逐一排查,最后来到饭店停车场,没想在这儿,案情出现了转机。原来,这个停车场除了正门,还有一个后门,后门的门卫一看高翔递上的照片,就肯定地说,见过这个人。

门卫说,昨天晚上八点多钟,余航开车非要从后门出去,门卫和他吵了起来,因为后门属于饭店运送东西的专用通道,没有特殊情况,不准外来车辆通行。但余航当时态度非常蛮横,还说自己是饭店经理的老朋友,要把门卫告到经理那里去,门卫怕给自己惹麻烦,只好开门放了他。从后门出去,有左右两条通道,右边连着城中大街,左面直通城外的大浦河,余航开车出门后,径直驶上了通向大浦河的路,门卫喊了他两声,他根本不加理睬,反而加大了油门,门卫讨了个没趣,就关门进了值班室。

在门卫的陪同下,高翔和小毛从停车场后门出去,沿着左面余航开车的这条路走下去。高翔一路走一路观察:路的一面是饭店围墙,另一面是待拆迁的旧民房外墙,此时已近傍晚,严冬季节天黑得早,如果没有饭店餐厅里透出的灯光,这条路上几乎漆黑一片。

走了大约十分钟，拐过一个J字形的弯口，在路的尽头骤然出现了一条大河，河面宽阔，水波起伏，河里的水与河岸落差仅五尺左右，河边什么遮拦都没有。

余航会不会是驾车坠入河里了？但此念在高翔的脑子里一出现，马上就被否定了：不可能！因为距河边两米的地方，有一个破损的水泥方台，是过去住在这里的居民洗衣洗菜时用的，它砌在路中间靠民房这一边，剩下的路面距离顶多也就是一辆轿车勉强通过，一般司机过这里都得十二万分的小心，何况余航喝了那么多酒！

正当高翔沉思默想细细分析的时候，小毛在不远处一声惊呼："高队，快来看！"高翔循声过去一看，在小毛手电光柱的照射下，河边有两道明显的车轮压过的痕迹。

门卫惊叫起来："不好了，看来这人十有八九是掉河里了，车开到这里还怎么能掉头？"他一边说一边跺脚，"唉，怪我，都怪我，当时要喊住他就好了。"

"难道真坠河了？"高翔盯着河边的这两道车痕，简直不敢相信。他转过身，走回水泥方台边，打着手电，仔仔细细把这里照了个遍，没有发现任何车子摩擦过的痕迹。既然能把车这么平稳地开过这个方台，说明当时余航的脑子非常清醒，那他又怎么可能再把车开到河里去呢？高翔想了想，决定先拨通局里电话，连夜调快艇侦查。

快艇很快就赶到了，艇上的金属探测仪果真在河里测到了轿车的踪迹。第二天一早，就开来一只装有起吊机的驳船，随着钢缆的渐渐提升，余航那辆银色的轿车终于浮出了河面。

初战告捷！然而疑点还未能完全排除，因为勘察后发现，车里除余航外没有他人，余航身上也没有任何异常，他侧身在驾驶座上，头卡在半打开的车窗外,嘴巴张得大大的,这显然表明他是在坠车后试图打开车窗自救,事后的尸检分析也证明了这一点。

可是,这个结果对高翔乃至对所有认识余航的人来说,都太不可思议了:余航为什么要走绝路呢?再往前一步分析,明明他可以驾车从前门离开饭店,为什么偏偏要和门卫大闹一场,硬从后门走呢?

高翔认为余航走后门不外乎两个原因:一,正门那里有他不愿意看到的人或事,二,或者是有人在后门等着他。围绕着这个思路,高翔和小毛扩大了侦查范围,再次寻访饭店服务员以及饭店周围的居民,除了了解到当晚停车场门口曾有交警队员堵查酒后驾车者之外,并没有新的发现,况且交警队员在余航他们离开酒店前也已经撤了。

高翔感到了事情的棘手。

当天吃罢晚饭,高翔再次来到饭店停车场,沿着后门通道缓缓向河边踱去,多年的侦查经历,养成了他喜欢在案发现场徘徊思考的特殊习惯。

这晚,月色特别亮,月光几乎把高翔脚下的路变成了银白色的缎带。他一边踱步一边思考,猛抬头时突然眼前一亮:月光下,路尽头,大浦河白晃晃地横在眼前,不熟悉这里环境的人,绝对想不到好好的路到这里会变成了一条河。

一个闪念掠过高翔的脑海:余航那天一定是在同样的情况下看花了眼,误将河面当路面!

就在这时,高翔腰间的手机响了,打开一接听,辨出是余航的妻子向雪梅的声音:"高队长,我……"向雪梅欲言又止。

高翔感到对方有话要说,便尽量用和缓的语气鼓励道:"有什么话你尽管说,我理解你的心情。"

话筒里传来压抑的哭泣声,几秒钟后,向雪梅对高翔说:"高队长,是我害了余航,是我害死了他啊……"

高翔愣住了,难道自己刚才的推测错了?他冷静道:"人死不能复生,只有把事情说清楚了,才是对死者最好的忏悔。请说吧,怎么回事?"

向雪梅缓了缓,向高翔道出了实情。原来事发当晚,余航和朋友到饭店聚餐,向雪梅就去自己父母家,回来时打车途经饭店停车场门口时,看见有交警人员在那里堵查酒后驾车的司机,她想起不久前余航曾因酒后驾车被重罚过,这种聚会余航不会不喝酒,所以赶紧打电话叫余航千万别自己开车回来。而余航嘴上答应得好好的,私下里却耍了个小聪明,他一定是既想开车回家又想逃过罚款,正好看到停车场里有后门,就硬要从后门出去,结果走上了不归路。向雪梅事后知道余航坠河而亡,郁闷伤痛不已,可是这一切又不敢对外人说,思忖再三,决定还是把真相告诉警方。

高翔怎么也没有料到案情会是这么个结果,抬头仰望明月,心中百感交集……

(夏国强)

(题图:谭海彦)

神秘的女邻居

洪涛是个自由撰稿人,好不容易靠稿费挣得了一套属于自己的房子。可是,这安乐窝却不安宁,每当夜幕降临,对门的邻居要么卡拉OK大作,要么高朋盈门喧声阵阵。夜晚本是他的写作时间,这无异于断了他的生路。他成天长吁短叹:好邻居可遇不可求啊!

幸运的是,两个月后,对门的邻居卖掉房子搬走了。新来的邻居,是一个20岁多一点的女孩。这位女邻居体态婀娜,双目顾盼生辉,让人看着养眼不说,并且作息时间竟和洪涛一致。每晚8点钟左右,洪涛便会听见对面"咣"的关门声,接着"咯噔咯噔"的脚步声渐渐远去。每到凌晨两点左右洪涛收笔之时,那脚步声又由下而上,开门、关门之后,便悄无声息了。

出于职业的敏感，洪涛对这昼伏夜出的女邻居产生了好奇心：看她那副勾人魂魄的长相，会不会是从事"那种"职业的呢？说不定能从她身上发掘出好的素材呢。

这天，凌晨1点刚过，洪涛正在电脑前苦思冥想，楼道里忽然传来急促而杂乱的脚步声，还夹杂着女人的呻吟。洪涛一跃而起，贴近猫眼看去，只见两个身材魁梧、长相帅气的小伙子，将披头散发、双目失神的女邻居左右胳膊紧紧挽住，其中一人腾出一只手来翻着她的坤包，似乎是在找开门的钥匙。

"歹徒！"洪涛额头直冒冷汗，来不及多考虑，就返身扑向电话机，准备打110报警。

他刚拿起话筒，一阵"笃笃"的敲门声吓得他灵魂出窍，一个男人的声音问："有人吗？"洪涛大气都不敢出，呆住了。

接着又传来一个女人的声音："先生，帮帮忙，我的钥匙丢了，帮帮忙吧！"那是他的女邻居！女邻居有难，不能不帮，洪涛来不及多想，"咔嗒"打开了房门。

一个挽着女邻居的男人冲他说："先生，对不起，你的邻居是我们同事，她喝多了，钥匙也搞丢了。"他一边说，一边瞟着客厅的长沙发，"只有明天想法把门弄开了，今晚……"

这时，女邻居一副楚楚可怜的模样，冲洪涛满怀期盼地微微点头。洪涛哪里还能拒绝，连忙和那两个男子将女邻居抬到沙发上。那两人如释重负地喘着气，说了声"拜托啦"，便匆匆离去了。

洪涛知道浓茶能解酒，他转身到厨房烧水，准备给女邻居泡茶。当他再回到客厅时，惊得目瞪口呆：短短几分钟时间，女邻居已端坐在沙发上，风情万千地看着他，哪还有半点醉鬼的影子！见洪涛又惊又窘的模样，女邻居"吃吃"一笑，道："洪哥，今晚我出尽了洋相，又妨碍了你的工作，真是抱歉得很。"

洪涛吃惊地问："你、你怎么知道我姓洪？"

女邻居又是一笑："我租这里的房子，总要先了解一下邻居吧？"说罢，她躬身脱下一只高跟鞋，抽出鞋垫，摸出一把熠熠发亮的钥匙，向洪涛诡秘地一笑，便自顾拧开房门，飘然而去。

洪涛如身在梦境，好一阵才回过神来。他在床上辗转反侧，琢磨着这事的来龙去脉，可是越想越迷糊，直到黎明才昏昏睡去。

第二天晚上，对面又准时响起开门关门的声音。洪涛正犹豫要不要从猫眼看一下呢，却响起轻轻的叩门声。洪涛的心怦怦直跳，不知是兴奋呢还是紧张，他走过去打开门，扑面是一阵香水的气味，女邻居站在门口，浅浅地笑着，显得格外妩媚："洪哥，昨晚真对不起！"

洪涛连连摆手："远亲不如近邻嘛，小事一桩，何足挂齿！"

女邻居迟疑了一下，说："是啊，出门靠朋友，居家靠友邻。今后，如果还有什么麻烦……"她特别加重了"麻烦"二字的语气。

洪涛脱口而出："你太客气了，没问题、没问题。"

女邻居冲洪涛嫣然一笑："你看，我连自我介绍都忘了。我姓李，今后你叫我小李吧。"说罢，她微微欠了欠身，柔声道了声"再见"，便径直下楼了。洪涛直到"咯噔咯噔"的声音消失，才怅然若失地关上房门。

接着，一连几天平安无事。洪涛天天在猫眼里目送小李花枝招展地上夜班后，心猿意马得再也写不出一个字来。这个女邻居的一举一动，似乎都牵动着洪涛的心。

这天凌晨两点，门外又传来熟悉的脚步声，"笃笃笃"，洪涛的门被敲响了。"是她！"洪涛一跃而起，连猫眼也没看一眼便打开了门。果然是小李,只见她发髻散乱、神色倦怠。洪涛还没来得及开口,小李飞速向楼道里瞥了一眼,回头娇媚地说:"洪哥,你爱看书写字,能不能借几本书给我消遣消遣?"

洪涛大喜过望,连忙闪身,彬彬有礼地将小李请进屋里。待小李在沙发上坐定,他便迫不及待地走进书房,拿出一本《飘零的红粉》递给小李。小李慢慢翻阅着,脸上呈现出复杂的表情。

洪涛想借这个机会劝劝她,就坐到她身边,犹豫了一下,说:"小李,你能不能听我一句忠告?"

小李一愣,脱口问道:"我看起来真的像……"但她随即笑了起来,满不在乎地说,"看你说的,哪里得着那么正经!"

洪涛一时语塞。就在此刻,一阵急促的敲门声响起,就在洪涛一愣的刹那,小李捧着他的脸庞一阵急风暴雨般地狂吻,然后轻声催促他去开门。惊慌失措的洪涛完全懵了,呆坐着一动不动。小李杏眼圆睁,态度十分坚决:"求你了,洪哥!是找我的,没事!"

门开了,外面一前一后站着两个青年男子,前者目光犀利,后者神色阴冷。当他俩一看见洪涛满脸殷红的唇印,又看见小李衣衫凌乱地斜躺在沙发上时,相互会意地一笑,阴阳怪气地冲着小李招呼道:"好好乐着吧,明晚的约会,就看你的了!"说罢,便匆匆离去了。

惊魂未定的洪涛刚一转身,小李已捧着书,泰然自若地走到他面前:"洪哥,谢谢你。这本书我一定认真拜读。晚安!"说完,她朝楼道里张望了一下,打开了自家的房门,留下洪涛像个傻子一样呆呆站在原地。

第二天晚上,外面准时响起关门声后,一张纸条从门外塞进洪涛屋里。洪涛拾起纸条一看,上面这样写着:"洪哥,谢谢你的关照和指点。这段时间工作忙,晚上可能不回来了,勿念!小李。"联想到昨晚那离奇古怪的"麻烦",洪涛猛然悟到了点什么,他急忙开门追了下去,可是茫茫夜色中,哪里还有小李的踪影?

这一夜,洪涛一个字也写不出来,万分焦急地熬到小李的正常下班时间,可是楼梯上一点动静也没有。

第二天,女邻居没有回来,第三天,也没有回来,一种不祥的预感围绕在洪涛的心头。第四天傍晚,他从门口的报箱取回报纸,头版一张照片让他瞪大了眼睛:那是一个英姿飒爽的女警察,她不是别人,正是搅得他不得安宁的女邻居!照片旁边,硕大的标题赫然在目:女警官卧底舍身,大毒枭拒捕毙命。洪涛全明白了,女邻居再也不会回来了。

几天后,在市公安局,一名警官接待了洪涛。他先向洪涛表示感谢,因为他们为卧底女警官精心选择的这个邻居,果然在无意中成功地扮演了掩护人的角色。接着,他回答了洪涛的疑问:小李假扮风尘女子,打入贩毒集团,那次她假装醉酒撒野卖傻,是危急之时的脱身之计;而后来贩毒集团对小李的身份有所怀疑,派两个负责盯梢的青年男子半夜来验证,为了消除他们的怀疑,小李将计就计,直奔洪涛家,演了一出戏给盯梢者看。

洪涛张着嘴,像是在听一个离奇的电影故事,他几乎不敢相信这一切真的发生在自己身边。

警官又从抽屉里拿出一把钥匙,轻轻递到洪涛手里,说:"抢救小李时,她让我们将这把钥匙留给你作个纪念,并让我们谢谢你,她说如果有机会的话,很想再做你的邻居……"

(马恒健)

(题图:黄全昌)

我是一名牙医

马文·盖勒是位医术高超的牙医。这天早上,他像往常一样去诊所上班,可刚到门口,望着门上金光闪闪的招牌,就深深地叹了口气。

要说盖勒,平时可一直是以自己的职业为骄傲的,可就在昨天,他新认识了一些朋友。那些探险家、演员和海军军士,他们丰富多彩而又激动人心的人生故事,着实让盖勒觉得牙医生涯太索然无味了。

盖勒默默走进诊所,看着亮闪闪的牙科设备和整整齐齐的病历档案,可这仍然不能振奋他低沉的心情。正好,他的助手福布斯护士来上班了,盖勒冲她挤出了一丝勉强的笑容。

按照惯例,福布斯小姐来向盖勒汇报今天预约来访的病人情况。末了,护士补充道:"有位史密斯先生要来就诊,我告诉他要先预约,但他坚持今天来。"这时，盖勒的心思已经完全被病人吸引了，心情也好了些。

下午一点，史密斯先生来了。

史密斯五短身材，面容憔悴，笑的时候表情有些僵硬，盖勒一眼就看出这是牙齿有问题导致的。

盖勒安慰他："放松点。牙现在疼吗？还是先检查一下？"

史密斯用一根指头指着自己的嘴里说："是的，牙有点疼，就在这儿。"盖勒探了探他的牙齿，很快就找到了坏掉的龋齿："你的牙已经有洞了，需要做补牙手术，不过放心，手术过程不会疼的。"但是史密斯紧闭着嘴，拒绝做手术。

他说："我不做手术，什么无痛手术之类的废话，我听得多了。再说了，我来也不是为了补牙的。"盖勒惊讶地看着这个奇怪的病人，他那满不在乎的样子，确实不像是来求医的。

史密斯继续说道："我来，是为了和你做一笔小小的交易。"他指着橱柜上那一叠病历档案，"我有一位朋友，准备开个小牙科诊所，我想从你这里买下这些病历档案。"

盖勒惊讶地张大了嘴："可这些都是我的个人档案，不卖的。"

史密斯因为牙痛，咧了咧嘴，继续说道："但你也可以破一次例的嘛，给你一千块钱怎么样？"

盖勒使劲摇了摇头："你疯了吗？那些档案只是记录了我的病人以前和现在的牙齿状况，对任何人都没有用的！我肯定不会卖的！"

史密斯大笑起来："好吧，我是个讲理的人，但我的朋友可不那么好说话。"盖勒不容他再说什么，叫道："福布斯小姐——"

史密斯只好悻悻然离去，边走边说，他明天还会再来的。

奇怪的病人走了，福布斯小姐看着盖勒气得颤抖的双手，问："发生什么事了？"盖勒没好气地说："没什么，一个疯子而已。"

第二天早上十点左右，电话响了，又是那个史密斯先生："你好啊，我昨天那个建议，你想好了没有？"

"没想，那些资料我是绝对不会卖的。"

"那你仔细听好了，三千块钱！这是我的底线！下午五点半，我带着现金来找你。"

"做梦！"盖勒大怒，"你来也是白搭，除非你是来找我补牙的！"

"好吧，医生，那我就去请你给我补下牙吧。"

这一天，盖勒一直没办法让自己不去想这件事。下午五点半，史密斯果然准时出现在了诊所里。这时，护士已经下班回家了。

"想得怎么样了啊，医生？"

"我还是先给你治牙吧。"

"好吧，反正也要不了多久。"

盖勒开始专心补牙。在工作时，盖勒对所有病人都一视同仁，就是叫他们张开嘴巴，由他处理牙齿上的任何问题。

"好了，"盖勒放下工具，"我说得没错吧，一点儿都不疼。"

史密斯满意地点点头："还不错，为了表示我的感谢，我也不会让你疼的。"说着，他拿出一个信封，"这里面是三千块钱，现在都是你的了。"

盖勒连连摇头，史密斯立刻收起了笑容："我不希望让你疼，但现在看来，我做不到了。"他伸手向衣服里掏去，这次拿出来的却是一把手枪！

"告诉你，这是抢劫！不要反抗，把病历档案全部给我，一份都不能落下，我可不是在跟你开玩笑！"

面对黑洞洞的枪口,盖勒无法反抗,只能照做。

等史密斯离开诊所后,盖勒立刻把电话打到了警局凶案组。"我是牙医马文·盖勒,刚才有人劫持了我,抢走了我所有的病历档案……"

"先生,您打错电话了,这事不该找我们凶案组。"

"不,等等!最近有没有发生谋杀案?有没有无法辨认身份的尸体?"

"什么意思?"

"那个家伙,先是强行要买我的病人档案,我拒绝后,他又用枪逼着我,夺走了那些资料。如果最近有无名尸体,我猜想,也许是他想阻止你们从死者牙齿入手辨认……"

"请别走开,我们马上就过来。"

不一会儿,一位身材魁伟的警官步履匆匆地来到了诊所,他四周扫视了一圈,又上下打量了盖勒一番,问道:"你怎么会联想到谋杀案的?"

"这种事情不是经常发生吗?尸体被毁或被烧,无法确认,但通常可以通过牙齿来确定他们是谁。我想,我的病人里面肯定有人被他谋害了,如果被害人的身份无法确定,那就很难展开调查……最近你们警局有没有发现无名尸体?"

"还真有,三天前,在树丛里发现的,是一具被焚毁的男性尸体。"

"那可能就是我的病人了,你们只要在我的病人里排查失踪者,应该就知道被害人是谁了……"

警官说:"可是那家伙已经拿到了病史档案,不会再出现了,你能描述一下这人的相貌吗?"

"当然,我连他的牙齿都了解得一清二楚。"盖勒医生的脸因兴奋而神采奕奕,"你们要想找到他,不会太麻烦的,因为我是一名牙医,我有自己的办法——刚才,我给他补牙时动了点手脚,手术钻头一直钻到了他的牙神经,给他弄的补牙材料只能维持十分钟不疼,过了时间,那颗牙将会带给他从未有过的痛苦,他很快就得去找一家牙科诊所了。"

警官会心地笑了起来,盖勒也很高兴,这个奇怪的病人,给他平淡无奇的牙医生涯带来了不同寻常的经历……

(方陵生 编译)
(题图:安玉民)

危情狙击

人质死亡

狙击手向启明今天执行的任务是击毙绑架海河公司老总的一个绑匪。说来也可笑,这绑匪居然是个弱智,以前每天在街上闲逛,谁也不把他当回事,今天不知受到什么刺激,光天化日之下冲进海河公司,用匕首顶在老总汪明洋的脖子上,然后将他强行带离公司,拐进一条正在拆迁的街道,进了一间搬空了的平房。警察接报后,将平房围上了,由于担心人质安全,不敢强攻。随着时间的推移,绑匪的情绪越来越暴躁,一面叫嚷着让警察给他准备100万现金和一辆车,一面残忍地把汪明洋的脖子划开了一道口子。

在这种情况下,警察请求市武警支队派狙击手支援,向启明和他的助手小马奉命火速赶到现场,并在绑匪藏身的那间平房街对面二楼两间房子里埋伏下来。

装好枪，向启明缓缓拉开窗帘，轻推动窗户玻璃，把枪管伸出窗户，枪托顶住肩膀，半弓着腰，右眼贴住枪上的高倍瞄准镜，开始搜索对面罪犯的身影。按照分工，向启明先开枪，如有必要，在另一间房子里瞄准的小马紧跟着再补一枪，不过从以往经验来看，小马从没打过这一枪。

平房外面的警察拉起了警戒线，并不停地向绑匪喊话，劝诫他不要冲动，主要是吸引他的注意力，让向启明在短时间内找到他在屋内的行动轨迹，确保一枪命中。

隔着平房的窗户玻璃，绑匪的脑袋出现在向启明的瞄准镜中，然后是人质那紧张惊恐扭曲的脸。绑匪像是意识到了有潜在危险，挟持着人质不断地移动，时不时把脑袋缩在人质身后。平房不大，向启明很快就判断出绑匪的移动方向和频率，他做了两次深呼吸，正准备屏住气时，突然鼻腔莫名发痒起来，他忍不住打了个喷嚏。尽管向启明训练有素，动作很轻，但枪管还是微微一晃，瞄准镜在这一晃之间划了一个弧，把一部分在警戒线边上的人拉进眼里，他发现负责协调的警察旁边竟站着个他熟悉的女人，那女人叫李依萍，此时她正一脸焦急地与别人通话。

瞄准镜又重新锁定绑匪后，向启明开启对讲机向负责指挥的警察报告：准备完毕！可耳机里传来指挥员"随时待命"的命令同时，夹杂着一个女人歇斯底里的尖叫："我是人质汪明洋的女友啊！"向启明听出，这是李依萍的声音，顿时他像当头挨了一棒，一下蒙了。

别看向启明在武警支队威风八面，执行狙击任务从没失过手，是出了名的"枪王"，但婚姻却并不幸福。向启明的妻子叫王霞，两人谈恋爱那会儿她是城建局的一位科长，当时还不反对向启明做狙击手，可自打婚后升为副处长起，就改了初衷，强烈要求他学学他的战友李向东，也转业混个一官半职。可向启明实在喜欢狙击手这个职业，为此两人多次争吵。王霞官运亨通，没几年又当上了处长，这之后两人虽不明着争吵，感情上却形同陌路，夫妻关系几乎名存实亡了。

半年前，有一天向启明去看一个朋友，碰巧李依萍也在场，他俩就认识了。因为李依萍的眉眼很像老战友李向东的前妻胡韵瑾，向启明对她有种莫名的亲近。前几天向启明还在琢磨尽快与王霞结束名存实亡的婚姻，准备向李依萍求婚，怎么现在她成了汪明洋的女友？

向启明正七想八想之时，耳机里传来指挥员的声音："狙击手注意，狙击手注意，绑匪情绪已经失控，为确保人质安全，开枪！"

一语惊醒梦中人，向启明这才发觉自己走神了，当即收回心神，趁绑匪跨步移动时锁定他的眉心，按打移动靶的要领，果断扣动了扳机。但让向启明意想不到的是，就在他扣动扳机的一瞬间，李依萍突然一把夺过警察手中的扩音器，大声尖叫："不要开枪！"

李依萍的尖叫太突然了，像一颗炸雷，炸得向启明扣扳机的手一哆嗦，随后他听见两声枪响！向启明的心猛地一沉，急忙用瞄准镜观察人质是否受伤，这一看不打紧，他顿时就傻眼了，绑匪和人质都倒在了地上，绑匪眉心中弹，人质右胸也中一弹，双双毙命！

想起刚才自己不仅走神，手还哆嗦了一下，向启明怀疑自己是否紧张过度，竟连开了两枪，于是赶紧抽出弹匣，一查竟然真少了两发子弹！

疑云重重

枪响过后，埋伏在平房外面的警察迅速踹开房门，可进去后见人质也倒在血泊中，一时都愣了，不知该如何处理。平房外面的李依萍见警察冲进屋后迟迟不出来,像是意识到了什么,转身发疯一般也冲进了平房。

片刻过后,平房里骤然传出女人的痛哭声,这声音让在街上围观群众的心都沉了下来。突然,哭声戛然而止,李依萍举着沾满鲜血的双手,走到平房窗户外面,向街对面叫道:"狙击手,你是怎么开的枪?怎么连人质也杀了,你干脆连我也打死吧!"

而此时的向启明,在最初的愣神过后,开始低头找弹壳,很快他在地上找到一个,另一个却怎么也找不到。此时,小马从隔壁过来了,伸头往窗外看了看,说阳台上有一个弹壳,向启明的心一下凉了。

打死人质,属于重大事故,向启明刚回武警支队,就被请进了队长办公室。队长沉着脸向向启明宣布:停职接受调查。

作为目击证人,小马先接受调查人员询问,他是这么说的:"当时我正用瞄准镜锁定绑匪,忽然听见启明的枪响了,子弹正中绑匪的眉心。在我的瞄准镜中,我看见绑匪在子弹的冲击下,手不由自主地一扬,匕首掉在了地上。我正要抬头,耳边蓦地又响了一下,这下我清楚地看见人质右胸中弹,和绑匪一前一后相继倒下。

绑匪和人质被来自同一方向的两颗同型号的子弹打死,两声枪响间隔不超过半秒钟,现场遗有两个同型号的弹壳,小马又没有开枪,这一切都证明当时第二发子弹是向启明打的,可他既然一枪击中绑匪眉心,为什么又画蛇添足打第二枪?

小马虽然也想不明白,但他毕竟是向启明的助手,本身也是狙击手,知道这种射击会受诸多因素影响,所以他向调查人员提供了一个情况:"人质的女友几乎在启明射击的同时用扩音器大叫一声,吓了我一跳,我想启明可能也受到了影响。"向启明也承认了这一点,并且补充说:"我虽然并不认识人质，但我认识人质的女友，关系还不错，当时不仅走神了，手还抖了一下。可我感觉那一抖并不足以再次扣动扳机。"

人不是精密仪器，事实摆在眼前，调查人员并不相信向启明的感觉，初步认定这次事故的原因是他分心所致。人质的女友是向启明的朋友，她的突然出现和尖叫，干扰了他的注意力，加之枪处在连发状态，导致他连续开了两枪，又因后坐力的影响，以及在开第二枪的瞬间，绑匪和人质的身体有位移，结果这一枪击中了人质。为给人质家属一个说法，队里给向启明记大过一次，即日起停职反省，以观后效。

尽管队里对向启明的处罚很重，但还是看得出想保他。可出乎人们意料的是，向启明却不认同这个初步认定，找到队长说："队长，我仔细想了想，还是坚持我自己的看法，我感觉没开第二枪。"队长恼了："你感觉什么？初步认定写成这样已经够照顾了，你脑子进水了？"

培养一个狙击手不容易，队长不想让此事毁了向启明，但向启明却不买账，仍固执地说："队长，对于处罚我并没有异议。作为狙击手，我相信自己的感觉，总觉得这事有些蹊跷，因此我要求队里对那颗打中人质的子弹进行弹痕检测，以确定是否真是我打的，否则这辈子我心里都会有阴影，以后还怎么执行任务？"

队长沉吟了片刻，长叹一声，答应了向启明的请求。走出队长的办公室，向启明长出了一口气，浑身上下顿时轻松了许多，忽然他心中一动：撇开弹痕检测不谈，如果那两枪真都是他打的，那穿过玻璃的两个弹孔的角度应该是平行或者差别不大；假如角度明显有差别，也可证明第二枪不是他打的。

为验证自己的猜想，向启明立即赶往那天的案发现场，可到后却发现，平房的窗户玻璃不知被谁砸了，玻璃碎了一地，他蹲在地上拼了半天，也没拼出一块完整的来。短暂的沮丧过后,他站在平房里微微下蹲,隔着街道往对面看,发现在对面射击,除了二楼位置好外,三楼也不错。

联想起绑匪是弱智这一情况,向启明突发奇想:一个弱智,怎么会与海河公司老总汪明洋有瓜葛?又怎么会突然绑架他,而且还拐到这间平房藏身?会不会是受人指使,事先有人埋伏在这栋楼房的三楼,乘机打死汪明洋,嫁祸自己?

刚想到这里,向启明的手机响了,是李依萍打来的:"向启明,你真还坐得住啊,别以为我不知道那天的狙击手是你!"电话里李依萍的声音冷冰冰的,向启明禁不住打了个寒噤,急忙否认说:"不是我,汪明洋真不是我开枪打死的。"谁知李依萍却哼了一声:"事故的初步调查认定都见报了,还想狡辩?不过看在我们有交情的份上,只要你答应我一个条件,我可以不控告你。"

向启明怔住了,迷惑地问:"控告我,你告我什么?"李依萍冷冷地说:"我知道你喜欢我,而你的婚姻又不幸福,只要我把我们在一起的照片公布于众,就完全可以控告你为得到我而利用这次机会蓄意谋杀!"

谁是黑手

李依萍并没说假话,因为向启明对她有好感,曾多次约她去喝咖啡看电影,如果一开始她就"心怀鬼胎",拍下照片是有可能的。

市武警支队虽然有多名狙击手,但最危险和困难的任务一般都由向启明来执行,因此,李依萍能猜出那天的狙击手是他,他并不吃惊,让他吃惊的是李依萍的要挟,难道她另有企图?

这一揣测,向启明的心顿时收紧了,但嘴上却试探说:"那你就去干好了，我正巴不得让这件事公布于众，好查个水落石出呢。"李依萍冷笑说："向启明，别逞强了，你什么都不怕，可你替你妻子王霞想过没有？前不久城建局刚调走一副局长，她可是几个候选人中呼声最高的！"

向启明不关心老婆的仕途，这一点他还真没想到，虽说他和王霞的关系已经走到了尽头，但他并不想因为自己给她的工作带来麻烦。于是向启明灵机一动，不甘示弱反击说："那你也想过没有，我们交往的事没几个人知道，即便你说那一枪真是我故意打的，我也完全可以说是受你指使，你是主谋！"

向启明本想反戈一击，谁知正中李依萍下怀，她得意地说："向启明，看来你也不傻呀，怎么到这会儿了，你还没意识到成了别人的靶子？"向启明怔了一下，故意不明就里地说："我只是个当兵的，又没招谁惹谁，谁会惦记我？"李依萍却说："你就别揣着明白装糊涂了，既然你怀疑那一枪不是你打的，那打枪的人就更清楚了，难道他不怕被查出来？既然怕，那他下一步将要做什么？"

李依萍话说到这份上，也就表明她清楚汪明洋不是向启明打死的，但向启明倒吸了一口凉气，好一会儿才说："有什么话你就直说，别拐弯抹角的。"李依萍也爽快："那好，咱俩做个交易怎么样？你帮我查明真凶，我不向社会公布我们的关系，反正你也想搞清楚是谁陷害你，正好两全其美。给你一天时间考虑，有兴趣的话明天去上岛，我们好好谈谈。"

上岛是家咖啡厅，他们在那里喝过咖啡，为搞清楚是谁陷害他，向启明心里虽然恼火，但也不得不答应。出乎向启明意料的是，第二天李依萍竟然是化装成男人去的，还戴着个墨镜。见向启明疑惑，李依萍苦笑说："知道我那天为什么大叫'别开枪'吗？因为当时我接到一个奇怪电话，说你为了得到我，会借机打死汪明洋！虽然我清楚，你根本不知道我与汪明洋的关系，怎么会打死他？但当时我还是很怕出事，所以就高声叫喊起来，现在想想，显然是有人想除掉汪明洋并陷害你。如果事情是这样的话，现在知情人只剩下我了，我怕被人打黑枪。"

向启明大吃一惊："既然有这样的情况，那你为什么不报警，也好让我摆脱嫌疑？"李依萍无奈地叹了口气："汪明洋已经死了，虽说我接了那个电话，但却没有证据……"顿了一下她又补充说，"这几天我仔细想了一下，怀疑上了一个人，汪明洋只不过刺激了他一下，他反手就来个借刀杀人，这招太狠毒了。"

一听此事涉及李依萍与别人的恩怨，向启明不想掺和："我现在被停职了，怎么帮你找证据？"李依萍知道他想推脱，便说："可这回却由不得你，他既然把你卷了进来，自然你也是他下一个目标，更何况，我怀疑的这个人你我都熟悉。"

"我们都熟悉？"向启明如坠雾里。

李依萍嘴角嚅动了几下，最后一咬牙，从包里拿出一份当天的晚报，递给向启明，然后指着一条新闻让他看。这是条汪明洋被绑架及被误杀的后续报道，报道中提到一件事，说海河公司前年准备在开发区办工厂，可一直因土地问题谈不拢，后来城建局规划处处长李向东得知了此事，亲自为他跑前跑后，办妥一切和办厂有关的事情，结果工厂刚盖好，汪明洋竟遭如此厄运……

报纸上提到的这个李向东，就是向启明的战友，看完报道，他忽然明白过来："你怀疑是李向东，这怎么可能呢？"李依萍哼了一声："既然你都能被怀疑，为什么不能怀疑他？虽然你们以前是战友，但你并不了解他，他是个十分阴险歹毒的家伙。你想啊，隔着一条街，时间把握那么精确，而且枪法像你一样精准，一枪打死汪明洋，除非受过专业训练，否则谁有这本事?"

李向东是向启明的警校同学,毕业那年市武警支队去他们学校选拔狙击手,他俩因射击出众一同被选中。当狙击手一年后,有一天他俩在业余时间外出,碰到一个姑娘遇窃,在抓小偷时李向东被刀刺伤,在家修养了半年,重新归队后他却说厌倦了当狙击手的生活,于是转业进了市城建局,短短十来年就当上了处长。

见向启明一脸疑惑,李依萍神色严峻地说:"信不信由你,别以为我在故意吓唬你,我们在明处,他在暗处,真出什么问题可别怪我没提醒你。"说完她转身走了。

意外线索

李依萍的话提醒了向启明,仔细想想,他发觉还真不了解李向东,转业这件事就算了,人各有志,不便勉强,但在对待胡韵瑾这件事上,他至今对李向东有看法。

胡韵瑾就是当年向启明和李向东遇到的被偷钱包的女孩,大学刚毕业就开了自己的公司,两年成了颇有资产的成功者。那天她见李向东为抓小偷被刺伤后,便和向启明一道把他送进医院,事后还经常去医院看他,一来二去三人就成了好朋友。

李向东进城建局后,不仅仕途一帆风顺,不久胡韵瑾也嫁给了他,可谓春风得意。可惜好日子没过几年,胡韵瑾好端端地却突然精神失常了,向启明很纳闷,问李向东是怎么回事,他说大概是精神压力太大所致。也许胡韵瑾早料到自己有这一天,为了不拖累李向东,在住进精神病院前与他离婚了,可能是为表达对他的歉疚,离婚前还把所有财产都公证给了他。

胡韵瑾刚住进精神病院时，李向东还经常去看望，不到半年就去得少了，到后来几乎就不去了。向启明本无权过问这些事，作为朋友，看不过眼时说过李向东几次，见他不听，便也不好再说，心里有了疙瘩，后来的交往就少了。

想着这些往事，向启明回到家，刚打开房门，就见王霞黑着脸坐在沙发上，前面的茶几上放着几张照片，赫然照的是他与李依萍待在一起的情形，而且拍摄角度刁钻，让人一看就会觉得两人关系不一般。向启明正想解释，王霞却摆摆手说："本想忙过这段时间，我就给你自由，没想到麻烦这么快就来了。我了解你，在没离婚之前，你不会做对不起我的事。从我们单位很多人都收到这照片来看，明显是有人想打压我。"

向启明马上想起李依萍的话。她刚才还跟自己做交易，即便她真拍有照片，也不会现在背后捅他一刀。想到这里，他忽然问王霞："你们局这次副局长候选人里有李向东吗？"王霞哼了一声说："你这不是明知故问吗？李向东虽然比我晚到城建局好几年，但现在职位和我一样！人家有钱，据说他前妻留下的钱他都为升官打点出去了，这次还能少得了他？"

向启明脑海里的疑团瞬间解开了不少，想了想，也不和王霞解释，当即离家去找了李向东。他突然来访，李向东很诧异："启明，你可是无事不登三宝殿，有什么事吗？"向启明一屁股坐在沙发上，大大咧咧地说："别提了，前几天执行一次任务，结果把人质打死了，被停职反省，心里堵得慌，想找你聊聊天。"

听他这么说，李向东神情舒缓了许多："听说了这件事，不过我怀疑报道的真实性。你的枪法我清楚，更何况第二枪一般也是由你的助手来打,你怎么会连开两枪?"

向启明两手一摊,装作很无奈的样子:"可事实摆在那里,接连两声枪响,我弹匣里少了两发子弹,地上有两个弹壳,助手并没开枪。"李向东面色凝重起来:"启明,在射击前你不会受到什么刺激,射击时出现幻觉了吧?我听说你承认和人质的女友认识,你怎么这么傻?你知道社会上的人会怎么联想你们俩的吗?说你们关系暧昧!言下之意,那一枪是你故意打的!"

听着他意味深长的话,向启明的眉头拧了起来。这时李向东接了个电话,然后继续说:"启明,你先在我办公室坐一会儿,我出去处理点事,回来后我请你,替你压压惊。"

李向东出办公室后,向启明一个人呆着无聊,随手拿起报架上的报纸来看,翻了一会儿,无意中发现少了案发那天的报纸。李向东是处长,他办公室里的报纸一般不会少送,更不会有人动,怎么会少一份呢?不见一份报纸并不稀奇,也许是李向东外出时顺便带走了,可向启明却想到了另外一件事,那就是李向东很爱干净,当年他练习射击时,每次都会把自己卧倒的地方弄得很干净,常做的方法就是垫报纸。

想到这些琐碎细节,向启明的身体蓦地打了个寒战,于是给李向东留了个条,说自己临时有事先走了,以后有空再聊,然后出了城建局又奔那天的案发现场去了。路上向启明想,如果他推测没错的话,陷害他的那一枪应该是在三楼打的,如果位置更高汪明洋胸口的枪眼就不会是平的,而是向下,而且事后把那枚弹壳扔在二楼阳台上也不容易。

这条街正在拆迁,由于搬迁的最后期限还没到,所以整栋楼并没完全搬空,二楼向启明的狙击点那家还没搬,但头顶上三楼那家却搬走了。向启明刚走进三楼那间房间,一眼就看见临街的窗户上垫有报纸,还有一些散落在地上,看样子是有人坐过。不知道为什么,越靠近报纸,向启明的心跳就越厉害,当他清楚地看见报纸上的日期后,突然感到浑身乏力,双腿竟支撑不住身体,一下瘫坐在了地上。

报纸真是案发那天的报纸,而且正好是一份,一张也不少!向启明清楚地记得,案发那天这家已经搬走了,看来这报纸很有可能是陷害他的人带来的,打完黑枪后,急于脱身忘了带走!既然是他铺的,也许报纸上留有有价值的指纹!

惊人发现

抱着一线希望,向启明把报纸送到了负责调查汪明洋绑架案的刑警队,负责这案子的队长是他当年警校的同学,他想让老同学帮查一下他收集来报纸上的指纹,顺便再了解一下那案子。

在老同学办公室,向启明把报纸交给他后问:"那案子有进展没有?"老同学眉毛一挑:"进展?那个弱智连他父母都记不清有多少天没回家了,即便他每天都在街上游荡,谁又能把他放在眼里?这些天连一点有价值的线索都没找到。"

望着老同学手里的调查笔录,向启明说:"这案子把我也卷了进来,我想了解更多的情况,借你的笔录我看一下。"老同学的调查笔录是走访海河公司员工做的记录,通过这些员工的话,向启明得知汪明洋是李依萍的校友,当年在学校时就对她有意思,前年才走到一起。翻看到最后,当看到一张汪明洋和李依萍前年的合影时,向启明一下呆住了。

见向启明表情怪异,老同学以为他发现了疑点,忙问他有什么新发现。向启明指着照片问:"你能确定这是李依萍前年的照片?"老同学看了一眼照片，解释说："是李依萍前年的照片，当时我就问怎么和现在不同，他们员工说后来她整容了。有什么问题吗？"

向启明霍地站了起来，边往外走边说："问题倒没有，不过这个发现对我太重要了，可能会揭开所有的谜底。我现在去精神病院核实一件事，有事打我电话。"话音未落，他已经出了老同学的办公室。

在去精神病院的路上，向启明想，怪不得第一次见李依萍，就感觉她眉眼与胡韵瑾很像，原来是同一个人！奇怪，从她现在的样子来看，精神病早好了，而且此前照片上的她并没有毁容，可她为什么不以原来的面目示人呢？还有，怎么连姓名也改了呢？听她的口吻对李向东恨之入骨，他们之间究竟发生了什么？

这么多问题，一时都纠缠在向启明脑海里，忽然他拍了一下脑袋，真是太笨了，既然知道了李依萍就是胡韵瑾，打电话问她不就行了。于是赶紧打她电话，却被语音提示不在服务区。

行，既然已经走近精神病院了，那就先把问题查清楚，向启明没回去找李依萍，而是去了精神病院。他找到了当年给胡韵瑾治疗的那个大夫，向大夫询问她出院前的情况。大夫查找了一下病历，说："当时胡韵瑾来时病情挺严重的，也很奇怪，越服药越严重。后来经过细致检查，认定她是情绪先受刺激，又服用了刺激神经中枢的药，才导致精神失常的，在服用一个阶段调养药，病情没有反复后就出院了，前后大概三年多。"

回去的路上，向启明仔细回味大夫的话，难道胡韵瑾当年是被药物刺激疯的？事情查到现在，所有的矛头几乎都指向李向东，再打电话找李依萍，依然没有打通。回到武警支队，向启明见战友们在训练，突然发觉自己忘了一个关键问题：子弹！狙击现场那个弹壳可以从三楼扔下来，但他弹匣里的子弹却不能凭空少一发，肯定有人事先动了他的弹匣!

武警支队有枪械室，狙击步枪每次使用后都放回枪械室，下次使用再领。有时情况紧急，事前看管枪械室的老吴会帮忙把弹匣装满。既然是别人看管，又存在代装子弹的情况，如果有人在弹匣上做手脚，有可能会少装一发子弹。

老吴的话证实了向启明的怀疑，他说事发前李向东曾经来过武警支队，当时战士们都在训练，他俩聊了会儿。后来李向东说很久没摸狙击枪了，向他提出想摸摸枪，他想毕竟战友一场，就答应了。中途他接了个错打到他手机上的电话，等对方挂了电话，李向东也出了枪械室。

李向东当过狙击手，熟悉队里的枪支管理，而这次执行任务前向启明已有三个多月没摸那支枪了，情况紧急，又是老吴帮装的子弹。向启明找出那支狙击步枪，仔细一检查弹匣，果然被人动了手脚，再一装弹，真少装一发! 看来老吴装子弹时也没留意，少装了一发，而调查人员的关注点又在案发现场遗留的弹壳上，并没仔细检查弹匣，误认为他打了两发子弹。

此时此刻，向启明心里已认定真凶是李向东，但他手上除了那份让老同学查指纹的报纸外，并没有抓获他的直接证据。向启明回到队里，正要找到队长汇报，队长却先找到他，扬了扬手中的一张纸说:"弹痕检测结果出来了，结果表明，你的感觉是对的，打中人质那颗子弹不是从你的狙击步枪打出的，打死人质的另有其人。我已经把这个结果传给了上级。"

这个结果在向启明意料之中，所以他并不激动，平静地向队长说了对李向东的怀疑，问是否让警方对李向东进行调查，下一步该怎么办。

听了向启明的话，队长很震惊:"当时我只考虑到这事影响不好，一心想把这事压下去，没想到会有人陷害你。李向东虽然可疑，但没有充足的证据之前，先不要打草惊蛇。如果真是他，既然已迈出了罪恶的第一步，那就还会有第二步，所以你千万要小心，减少外出，必要的话佩枪。

生死危情

队长判断得很正确，第二天一早，向启明接到李向东的电话，说看他这几天情绪不好，想陪他去散心，提议去爬象山。

象山是邻县的一座山，离市区大概百余里，当年在警校时他们爬过。这时约他走那么远，向启明怀疑李向东没安好心，可转念又一想，不入虎穴，焉得虎子，就一口答应下来，约定了见面的地点。随后向启明把这一情况告诉了队长，队长支持他的想法，为防万一，让他携带了一把手枪。

李向东比向启明先到约定地点，两人说说笑笑往山上爬，开始时周围还有不少人，可越往上爬人越少。李向东提议说："我们爬到山顶吧，出一身汗，再登高望远，心情也许会好些。还记得当年山顶上那间房子吗？我们就在那里歇脚。"

到了山顶，两人都累得坐在了地上，歇了好一会儿才缓过劲儿来。当年那间房子还在，门半掩着。向启明伸手缓缓推开了门，定睛一看，向启明的嘴顿时就吃惊得合不拢了，刚意识到不妙想转身，后背却被顶上了个硬东西，耳边传来李向东冷冰冰的声音："对不起了，启明，进去吧。"

房子里的人是李依萍，手脚都被捆着，嘴里也塞着纸团。向启明脑海一闪，不由懊恼不已，昨天翻看李向东的报纸后没放回原处，估计他回来后起了疑心，怪不得昨天李依萍的手机打不通，看来她是昨天被绑架的。

把向启明推进房子后,李向东站在门口狞笑说:"启明,当年在武警支队,我枪法赢不了你,在城建局你老婆又比我干得好,可现在你却死在我前面了。不过我也算对得起你,让你和喜欢的女人一块死。"说完就要扣动扳机。

"等等!"情急之下向启明叫了起来,"死我不怕,看在是战友的份上,你总得让我死个明白吧。"李向东得意地大笑了两声,满足了向启明的要求,道出了事情的真相:"海河公司的汪明洋前年求我帮他弄地皮,允诺事成之后给我五十万,他倒也爽快,今年真给了。可他厂房还没完工,又相中了一块地,又想让我帮忙,这回我没答应,谁知他竟给我送来一张光盘,里面是上次他给我送存折的情形!我是什么人,能受他要挟吗?碰巧有次我发现你与他女朋友在一起,而你老婆王霞作为副局长候选人又排在我前面,于是我灵机一动,找到那个弱智,精心设计了个绑架案。在此之前,我去过一次你们队,让人调开老吴,动了你的弹匣,并在那天你开枪前让人打电话刺激李依萍,让她影响你,然后用买来的黑枪暗中打死人质,嫁祸于你,既杀人灭口,又可让王霞升迁受影响,一箭双雕。我想现在城建局已经有很多人收到你和李依萍关系亲密的照片了。"

原来如此!此前向启明虽能隐约猜到一些,但没想到李向东如此阴毒,但他还有一丝不解:"杀人灭口的事,你可以买杀手,为什么亲自动手?"李向东冷冷地说:"我已经上了一次汪明洋的当,找杀手还不授人以柄?再说以我的枪法,本身不就是超级杀手吗?"

李向东话音未落,向启明却哈哈大笑起来:"你也太自负了,你以为你做得神不知鬼不觉,可我还不是在很短的时间内就怀疑上你了?""所以你必须死!"李向东被激怒了,手中的枪又指向了他。

面对李向东黑洞洞的枪口,这次向启明不仅不害怕,反而鄙夷地说:"我看你比我还怕死,急什么?这鬼地方有谁会来?还有件事我一直很困惑,胡韵瑾那么能干,你们也过得好好的,你为什么下黑手把她弄疯,难道仅仅是为了她的钱吗?"

李向东做梦也没想到向启明会问这件事,脸上的表情像突然被人抽了一巴掌似的急剧抽搐着,话也结巴起来:"你,你怎么,知,知道这件事?"随即拉下脸,咬牙切齿地说,"既然你知道了,我也就不藏着掖着了。我自幼就好胜,最讨厌别人比我强,当狙击手我没把握赢你,所以我转业。认识胡韵瑾后,我知道你也暗中喜欢她,就是不敢表白,所以就先下手,终于追到她,总算赢了你。可没过几年,一次偶然的机会,我发现她一本日记,里面记的竟是她如何喜欢你,见你无动于衷,这才嫁给我。看到她这本日记,我心里像吃了个苍蝇那样难受,后来我想了个主意,以此为借口刺激她,说她对我不是真心。她心中愧疚,也表明要真心真意跟我过日子,还把所有财产公证给了我。成功得到她所有财产后,我就开始实施第二步计划,暗中给她吃刺激神经中枢的药,终于把她弄疯了,为了不拖累我,蒙在鼓里的她住进精神病院前与我离婚了。她的钱我都用来升官了,好不容易有了权,刚想捞一把,却又碰上了汪明洋这个瘟神!"

望着李向东那因恼怒扭曲变形的脸,向启明嗤之以鼻,指着坐在地上的李依萍,一字一句地说:"别以为胡韵瑾还在精神病院里,她早就出来了!"

"什么?"李向东简直不敢相信自己的耳朵,声音颤抖着说:"你说谎,她的病很严重,怎么会出来?"向启明没理会他,蹲下身扯掉李依萍嘴里的纸团。嘴一解放,李依萍就怒睁双眼,愤怒地说:"李向东,从医生那里知道我变疯的真相后,我清楚出院后若不整容、改名,被你知道肯定还不会放过我。由于没有你弄疯我的证据,所以我找到汪明洋,让他拉你下水,原本想等你再爬高一点把你整倒,可汪明洋执意要先试探你一下,结果把命送了。你这个魔鬼,打死我吧,做鬼我也不会放过你!"

情况急转直下,这么多事情没在他掌控之中,李向东不由慌了神,就在这一眨眼的工夫,向启明纵身向旁边一跳,同时抽出藏在后腰的手枪,向他扣动了扳机。

一声清脆的枪响过后,李向东手中的枪应声掉在了地上,捂着鲜血淋漓的手,他脸色灰暗,绝望地闭上了眼睛。

(彭晓风)
(题图:杨宏富)

奇怪的「四脚蛇」

这是解放初期的一个反特故事。它发生在驰名中外的避暑胜地——庐山。

那年七月下旬的一天夜里,庐山脚下的九江市一片寂静,唯有公安局一间小会议室里却依然灯火辉煌。公安人员正在开紧急会议,一个个态度异常严肃。

原来,公安局接到上级的电报,说中央有位首长最近要来九江市,在市区逗留一两天,就上庐山检查一个重要会议的筹备情况。因此,要求当地公安局采取一切措施,保证中央首长的绝对安全。

可是,事有凑巧,市公安局在昨天夜里截获了一份敌台密码电报,经过破译,电文叙的虽是一些朋友之谊,但其中"备礼迎客"四个字引起了公安人员的注意：敌人要备什么"礼"，迎什么"客"呢？公安人员经过反复研究、分析，从各方面掌握的情况断定，很有可能敌人会用定时炸弹暗害我中央首长，造成混乱，问题十分严重！

因此，从昨天夜里开始，公安局长路荣亲自领导了侦破工作。经过一天一夜的连续战斗，终于查清电波的来源。路荣当即作了部署，决定连夜出击，搜查敌人的电台和定时炸弹。

再说，庐山脚下有家门面不大的杂货店。那天夜里，店老板正坐在煤油灯下算账。突然，窗外有个黑影一闪，"笃！笃笃！"轻轻敲了三下窗户。店老板连忙走到窗前，问："谁呀？""买货的。""要什么？""饼干。""什么牌？""白兔牌！"听到这里，店老板推开窗户，手一伸："拿来！""啪！"黑影把一个东西放在店老板手里。店老板接过一看，却是一只精制的"四脚蛇"！原来，这店老板是个潜伏特务，这"四脚蛇"是他们特务组织的联络信号。这时，店老板急忙在"四脚蛇"的一个黑点上一按，"啪嗒！""四脚蛇"肚皮自动裂开，露出一封密信，上面写着：

货交来人。杂货店已暴露，电台立即转移。

　　　　　　　　　　　　　　　　　　　　四脚蛇

"啊！"店老板吓得冷汗直冒，慌忙从货架里层摸出一盒白兔牌饼干，交给来人，说："'货'在里面，小心。"来人接了饼干，正要离去，突然，"呜——"传来摩托车的轰鸣声，接着，几道强烈的光柱直射过来，来人惊叫一声："不好！"一头钻进了黑暗里。

店老板吓得手脚无措，赶紧烧掉密信，把"四脚蛇"塞进口袋里，拿起电台正想跳后窗逃走，可是晚了，两辆摩托车已经驰到门口，"噔噔噔"

跳下几个人来。谁？侦察科长苗青山带领侦察员曹志华、夏水莲、王建平、刘德才等，已把杂货店团团围住了。

王建平一下车，就发现有个黑影一闪，他来不及多想，便飞步跟踪追去。与此同时，年轻的曹志华和大个子刘德才两支枪已堵住了大门。"嘭，嘭，嘭！"曹志华一面敲门，一面喊着："开门！"店老板自知难以脱身，赶紧把电台往桌子底下一塞，"噗！"一口吹熄了灯，拔出手枪，隐身在货架旁，准备负隅顽抗。

曹志华还在敲门，性急的刘德才早不耐烦了，"当！"一脚踢开了大门。"砰！"一颗子弹飞了出来。曹志华急忙往旁边一闪，大声命令："放下武器！"店老板哪里肯听，"砰，砰！"继续开枪拒捕。曹志华不禁火冒三丈，手一抬，"砰！"回敬了一枪。只听屋里"啊——！"一声嚎叫，随着又"扑通"一声，好像什么东西倒在地上。刘德才正要开枪还击，只见苗青山跑了过来，说："不要开枪，抓活的！"说完，奋不顾身地冲进店里，几支手电光齐刷刷地照在店老板身上。只见店老板倒在地下，两手捂着胸口，手枪摔在身旁。苗青山手疾眼快，拾起手枪喝道："快把电台和定时炸弹交出来！""我……我……"店老板脸色惨白，瞪着一双恐怖的眼睛，有气无力地哼着。

这时，女公安人员夏水莲已点亮了灯，公安人员开始对杂货店进行搜查。刘德才从桌底下搜出了电台，报告说："苗科长，敌人电台已经查获！"

苗青山仍旧在追问店老板："快说！定时炸弹在哪儿？"店老板一声不吭。苗青山低头仔细一看，早已一命呜呼了。苗青山连忙问："刚才是谁开的枪？"正在搜查的曹志华说："报告，是我！""你怎么乱开枪？线索被卡断了！"苗青山语调中带有责备，随即果断命令："继续搜查。"

经过反复搜查,几乎是入地三尺,仍未发现定时炸弹,看来已经转移了,但转移到哪里去了呢?这时,曹志华在店老板身上搜出了那只"四脚蛇",大伙看着这只怪物,心想:这又是派什么用处的呢?

"砰砰……"突然,远处又响起一阵枪声。苗青山大喝一声:"跟我来!"带着公安人员朝着枪响的方向奔去。刚到山脚,迎面跑来一个人。谁?王建平。原来王建平刚才紧紧跟踪黑影,不料碰上了接应的土匪,打了一阵枪,黑影窜进山里,早跑得无影无踪了。

搜出了秘密电台,挖掉了敌人的耳目,但定时炸弹却失踪了,留下了隐患,同志们心里好生焦急。回到公安局,苗青山当即把情况向路局长作了汇报。路荣感到很奇怪:定时炸弹已经转移,途中还有武装土匪接应,显然敌人是经过周密布置的,说明我们的对手并非一般的人,而且已经抢在我们之前行动了。特别是这只奇怪的"四脚蛇"的出现,更使案情蒙上了神秘的色彩。现在必须尽快查清那个逃窜上山的黑影,把断了的线索再接起来,同时想方设法追查出定时炸弹的下落。路荣想到中央首长明天就要到达九江市,两天后就要上庐山。他决定自己留在市里迎接中央首长,让苗青山上庐山继续进行破案工作,并给他配备四名助手:善于跟踪的王建平、冲锋陷阵的刘德才、爱动脑子的曹志华,外加女秀才夏水莲,并要夏水莲立即打电话给庐山派出所,告诉他们猎物已逃进他们的包围圈,要严密注意,同时,又把市公安局准备上山破案的计划通知了他们。

再说,七月下旬的庐山,正是避暑游览的大好时节。仙人洞外,五老峰下,花径路上,那真是游人不绝,非常热闹。这天早晨,山路上走着一个人,他提着一只竹篮,内装茶杯和铜壶,甩着一只空袖筒,摇摇晃晃地来到了仙人洞外。他从老君庙屋檐下搬出一只炉子,生着了火,烧开了水,便大声吆喝起来:"嗳!喝茶喽!庐山云雾茶,仙人洞的泉水,天下闻名!"这时,一个鞋匠挑着担子过来,在茶摊对面的一棵大树下坐了下来,招揽起了修补皮鞋的生意。

过了一会,来了一个二十多岁的妇女,只见她脸上戴着一副墨镜眼镜,身穿一件黑色紧身旗袍,胸前绣着一只带花的蝴蝶,左手挽着一只绣花小提包,脚蹬一双高跟皮鞋。她走到石栏杆前,眺望着周围的风景,又到仙人洞里转了转,才踱到茶摊前,在石凳上坐了下来。卖茶人忙招呼说:"太太,请喝茶!"一边凑近她,正要说什么,却见旁边走来一个卖香烟的小贩子。这卖烟人来到那妇女身边,说:"太太,买包香烟吧。白锡包,三炮台,美丽牌,强盗牌!"只见那妇女手一摆,冷冷地说了两个字:"不要!"身子一扭,从小提包里掏出一个金黄色小烟盒,拿出香烟吸了起来。卖烟人讨了个没趣,只好走开了。

卖茶人装着沏茶的样子,轻声对那妇女说:"按你的吩咐,白兔牌饼干已送到剪刀峡。""好!"那妇女眼睛盯着路口,又瞟了一眼鞋匠,从小提包里掏出几张钞票,暗暗压在茶杯下,说:"这是'四脚蛇'给你的奖赏,好好干,亏待不了你。"那妇女见有人来了,就起身离去。

这时,过来了一对年轻的夫妻。那男的二十五六岁,身穿毕挺的米黄色西装,手握一把精致的小折扇,中等个,方脸膛,风度翩翩,气宇轩昂;那女的二十二三岁,身着白底蓝花旗袍,脚穿白色高跟皮鞋,长的是瓜子脸,细眉毛,两眼明亮,美丽大方。两人挽着胳膊来到了仙人洞,但见洞顶有块大岩石,像是伸出来一只大手,洞内一股清泉,滴滴有声。男的赞叹说:"仙人洞果然如同仙境!"女的说:"真不负庐山一行!"听口气,看穿戴,显然是一对远道而来的游客。两人大概是走累了,想休息一会。男的见有个茶摊,就说:"茶老板,来两杯浓茶。"说着,就势坐了下来，二郎腿一跷，"刷！"甩开精致的小折扇，轻轻扇着。卖茶人瞧那气派，暗暗吐了下舌头，连忙招呼说："二位请，请！"

男的品了一口茶，连声赞道："好茶！"接着，便兴致勃勃地跟卖茶人拉起了话儿，询问庐山的风景。卖茶人为了显示自己，就滔滔不绝地介绍起来，听得这对夫妻眉飞色舞。男的高兴地说："我们算是找到庐山通了。"女的接着讲："是啊！我看这位茶老板为人热情，人熟地熟，就请他帮帮忙吧！"男的想了想，说："茶老板，实话对你说吧。我们是外地来的客商，要在庐山做一笔大买卖，想找一位熟悉本地情况的人帮忙，如果茶老板愿意……"他拍了拍鼓鼓囊囊的口袋："我们一定加倍酬谢！"

卖茶人是个见钱眼开的人，听到"加倍酬谢"这句话，再看看对方那鼓鼓的口袋，就像蚊子见了血，口水早已流了三尺三，忙献媚地说："承蒙先生看得起，本人一定尽力，但不知……"男的向四周望了望，很神秘地说："此处不是谈话之地，我们另找个地方详细谈谈，你看怎么样？""好，好！"卖茶人连忙收拾好茶具，跟着这对夫妻离开了仙人洞，沿着青石小路，来到了一间客厅前。男的停住脚步说："就这儿，请到里面谈谈。"

"好的，好的！"卖茶人喜滋滋地跨进门坎，抬头一看，"啊！"不禁倒吸了口冷气，刹那间全身骨头像散了架，两腿筛糠似的抖个不停。原来这不是什么客厅，而是一间临时审讯室！靠墙摆着一张条桌，房子正中孤零零地放着一张凳子。刚才在仙人洞的那个鞋匠不知什么时候站到了桌子旁边，大门一侧，站着一个威风凛凛的公安人员：那是王建平和刘德才。卖茶人想要退出来，旁边的刘德才喝道："进去！"卖茶人叫嚷起来："我犯了什么法？你们凭什么……""坐下！"桌后面传来严厉的声音,他抬头一看,"啊!"顿时像泄了气的皮球,惊得跌坐在凳子上。那对夫妻不是别人,正是曹志华和夏水莲乔装打扮的。原来,市公安局根据庐山派出所提供的情况,掌握了这个到杂货店取"货"的特务,名字叫方金标。今天,为了不打草惊蛇,采取了智捕的方法。这时,曹志华和夏水莲已换上了公安服装,正威严地坐在审讯桌后。

曹志华"笃笃"轻轻敲了敲桌子,开始审问:"方金标,老实交代,你昨天到杂货店去取的定时炸弹,现在在什么地方?""我……"方金标像触电似的从凳子上弹了起来,接着又"噗"跌坐下来,舌头直打结,"我……不懂你说的什么意思,我是个老实的生意人。""生意人?不要装蒜了!解放前你就参加了特务组织,铁证如山,岂容抵赖!""不不,没……没有的事,可怜我是个残废人……"曹志华见方金标提到了断臂的事,就顺着他的话头说:"你是个可怜虫,又是个十足的糊涂蛋!据我们所知,你的胳膊根本没有跌断,而是帝国主义分子勾结医院的特务把你害的!""啊!"方金标如坠五里云雾之中,傻呆呆的不知怎么回事。

原来公安人员在对方金标采取行动之前,详细调查了他的身世和断臂的情况。了解到方金标原来靠打柴为生,一次不慎跌伤了左胳膊,但并未伤及骨头,根本用不着截肢。可是,当时有个代号叫K先生的帝国主义分子,正需要骨头治病,就勾结医院里的特务,故意夸大病情,扬言不截肢就有生命危险,结果,锯掉了方金标的胳膊,把骨头接到了K先生身上,害得方金标终生残疾。而方金标却完全蒙在鼓里,还被国民党特务机关拉下了水,成为中国人民的罪人。

曹志华把内幕一说,又拿出两份病历卡搁在桌上,说:"你睁开眼睛看看!白纸黑字,这儿有详细记载!"方金标脑子"嗡"一声响,不由自主地抓住那只空袖筒,呆住了。曹志华趁热打铁说:"方金标,你总该清醒了吧!现在悬崖勒马还来得及,只要你老实交代,我们可以宽大处理,否则,你就死路一条!何去何从,你自己选吧!"方金标听着听着,突然"噗"一跪:"长官,我该死,我有罪!我坦白,我交代!""好,我们欢迎你这种态度。起来谈吧!""是,是!"方金标规规矩矩地坐回凳子上,开始交代问题。夏水莲在一旁作记录。

方金标交代说,他是庐山"四脚蛇"潜伏组的成员,代号03,他们的上司就是"四脚蛇"。曹志华问:"'四脚蛇'是谁?""不……不知道。我们是单线联系。""你的联系人呢?""花蝴蝶石美玲,她是庐山咖啡馆的老板娘。"曹志华又问:"昨天晚上你到杂货店取的是不是定时炸弹?""我只是奉花蝴蝶的命令,去取白兔牌饼干,放到剪刀峡的小石洞里。里面是不是定时炸弹,我不清楚。""你说的都是实话吗?""有半句谎话就雷打火烧,不得好死!"方金标对天发誓,哀求着说,"长官,你饶了我吧!我以后再也不干了。"说着,又要下跪。曹志华见方金标似有悔罪之意,就按原计划将他释放了,要他继续跟花蝴蝶联系,有情况及时汇报,争取立功赎罪,还向他交代了回去以后应该注意的事情。

方金标一走,曹志华他们认为那包饼干肯定是定时炸弹,就叫刘德才立即到剪刀峡去,把定时炸弹取回来。曹志华和王建平、夏水莲回派出所去向苗科长汇报。苗青山一见他们回来,忙问方金标是否逮到,定时炸弹查出来没有。曹志华便把经过情况简要地说了一遍。苗青山很满意,半开玩笑地对曹志华和夏水莲说:"好哇!你们这对假夫妻扮得不错嘛!什么时候成为真夫妻,请我们吃喜酒呢?"苗科长幽默的话语,把大家逗乐了。夏水莲涨红了脸,说:"苗科长,看你高兴的!眼下定时炸弹还没有拿到手,'四脚蛇'也还没个影子哩!"一句话,又把大家说闷了。是呀!中央首长明天就要上山,破案工作才仅仅开始,那奇怪的"四脚蛇"究竟躲藏在哪里呢?那盒饼干究竟是不是定时炸弹?有人会拿走吗?大家一面等刘德才回来,一面研究对付花蝴蝶的方案。

不多久,刘德才上气不接下气地跑回来,说:"苗科长,剪……剪刀峡的小石洞里什么也没有!""啊!"大家心里顿时一沉,定时炸弹没有找到,严重的威胁就没有消除,难道是方金标假交代?还是花蝴蝶已经取走了定时炸弹?同志们正在分析时,路局长从山下挂来了加急电话,告诉苗青山,中央首长已安全到达九江市,原定明天上山的时间推迟,要他们抓紧时间破案。大伙一听,心情越发沉重起来。是不是因为定时炸弹还没查到,"四脚蛇"潜伏组还没挖出来,才推迟了中央首长上山的时间呢?路局长在电话里虽然没有明说,但作为肩负保卫任务的公安人员,谁又不是这样想呢?

刘德才按捺不住,跺着脚说:"我早说了,不要婆婆妈妈,该抓就抓,该审就审。依我看,赶紧把花蝴蝶逮起来,要是她再飞了,我们又得抓瞎!"刘德才的意见虽说有点偏急,但是,抓紧破案,不能耽搁中央首长上山的时间,是大家的共同心愿,大家都恨不得马上就把咖啡馆翻个底朝天。于是,决定就按刚才研究的方案办。

再说,方金标经过公安人员的教育,决心悬崖勒马,重新做人。他回到家里,精疲力尽地往椅子上一靠,"唉!"长长舒了口气。猛然发现屋里有个黑影,像鬼魂似的正一步步向他走来。此时正是黄昏,黑沉沉的看不清来人的面目,吓得方金标三魂丢了两魄,从椅子上"蹭"地跳了起来,惊叫一声:"谁?"走过来的是一个女人的身影:"'03',我向你投案来了,快把我交给共产党领赏吧!"方金标这才看清,原来是花蝴蝶石美玲。她到这儿来干什么呢?又怎么知道我已经自首了呢?方金标的心绷得紧紧的,忙说:"老板娘,这……这是哪儿话?"

花蝴蝶怎么会突然出现在方金标的屋子里呢？原来上午花蝴蝶在仙人洞跟方金标接头时，本来还要交给方金标一项重要任务，由于有人过来喝茶，她一时无法开口。离开茶摊以后，她并未走远，还想寻机会把线儿接上，后来发现方金标竟跟一对陌生的夫妻谈笑而去，心里好生奇怪。为防情况有变，她立即赶到剪刀峡把白兔饼干取回咖啡馆，所以刘德才去拿扑了个空。然后，她从门门溜进方金标的家里，准备对方金标来个突然袭击："我问你，上午在仙人洞的那对夫妻是什么人？你跟他们到哪儿去了？"

方金标一惊：好厉害的花蝴蝶呀！但他很快镇定下来，根据曹志华交代的口径，编了一套，末了还说："既然老板娘知道了，这笔钱我也不能独吞，干脆二一添作五，咱俩平分了吧！"花蝴蝶并没有轻易相信，瞪着眼说："胡说！他们根本不是什么商人，而是公安局的！你能骗得了老娘！"说完，两手叉腰，逼视着方金标。"这这……老板娘，你可不能乱说呀！那男的姓钱，女的姓金，住在牯岭旅社202号，不信，你可以去问嘛！"

花蝴蝶一想，既然这样，一查不就明白了，谅他不敢说假话。她告诉方金标，"四脚蛇"本来打算待共产党中央要人登岸时就下手的，可惜杂货店暴露了，不得已只好在庐山再跟共产党作一番较量。她要方金标格外小心，不要跟不相识的人拉拉扯扯。方金标连连点头，又问："我们下一步怎么办呢？天一早，你到舍身崖去取一份情报，送到和尚庙老银杏树下。'四脚蛇'自有安排。""和尚庙？"方金标还是第一次从花蝴蝶嘴里听到"和尚庙"三个字。他一直想知道"四脚蛇"的秘密，便试探地问："莫非老和尚就是'四脚蛇'？""这……我也不知道。"花蝴蝶说的倒是实话，她只知道自己听老和尚的调遣，别的一概不知。

花蝴蝶趁夜幕溜出了后门，故意绕到牯岭旅社门前，斜眼向二楼望去，隐约见一对年轻夫妻坐在阳台上品茶聊天，这才更加放心。回到咖啡馆，便忙着开门张罗营业。

约莫过了个把钟头，只见进来一位穿着讲究的少爷。谁？曹志华。曹志华带着侦察定时炸弹的任务来到咖啡馆，一看，里面摆着五张圆桌，全铺着雪白的台布；右侧是青石砌成的柜台，颇有山城特色；柜台内摆着各式名酒香烟、糖果糕点。曹志华刚落落大方地在靠近柜台的圆桌边坐下来，花蝴蝶就满脸堆笑地上前招呼："先生，喝点什么？鲜牛奶，葡萄酒，咖啡……""选好的拿来。"

花蝴蝶吩咐女招待端来咖啡、点心，打量着这位客人，认出他就是上午在仙人洞遇见的那位少爷，心想：不妨对他试探试探，便主动热情地拉起话来："先生，您不是本地人吧？""外地客商。""贵姓？""姓钱。""住哪儿？""牯岭旅社202号。""啊！失敬，失敬！"花蝴蝶见他跟方金标说的一模一样，才放了心，她指着桌上的糕点，客气地说，"先生随意用吧！"

花蝴蝶正忙着招呼别的客人，不提防那个卖香烟的小贩，突然跑了进来抢生意。他走到曹志华身边，把香烟盘儿搁在桌上，说："先生，买包香烟吧！白锡包，名牌货！"花蝴蝶满脸的不高兴，连忙把他赶了出去，笑着对曹志华说："先生，跳跳舞吧！"曹志华正想到舞厅里看看，也就满口应承了。

花蝴蝶目送着这位"钱先生"步入舞厅，转身刚要进柜台里去，忽听身后有人喊道："老板娘，有点心吗？"花蝴蝶回头看时，是一个中年男子，就问："先生，你要些什么？""饼干。""什么牌？""白……兔牌！"说着，偷偷亮了亮手中的"四脚蛇"。花蝴蝶知道是"四脚蛇"派来的人，连忙轻声说："这边来。"说着，走进了柜台。那人向四周扫了一眼，随身坐在刚才曹志华坐过的椅子上。花蝴蝶飞快地从柜台下提出一只装唱片的箱子，正要打开，猛然发现那个"钱先生"从舞厅里出来，便灵机一动，顺手拿起一块抹布在箱面上擦了擦，急忙放回柜台下，掩饰着说："先生，我这儿只有金鸡、菠萝饼干，你要哪一种？"咦？怎么改口了呢？那人很奇怪，起身走近柜台，正要开口问，抬头见舞厅里出来一位西装毕挺的青年男子，忙把嘴边的话儿又咽了回去。这一切，曹志华全看在眼里，但他仍若无其事地坐到原来的椅子上。

曹志华刚一坐定，苗青山带领王建平和刘德才来到了咖啡馆。那中年男子一看来了公安人员，赶紧混入人群，待曹志华发现，已不见踪影了。这时，花蝴蝶心里也一惊：糟了！定时炸弹还没有交出去哩！但她表面上强装镇定，招呼说："公安同志，喝点什么？请，请！"苗青山一摆手，说："不！听说你这儿经常放一些黄色唱片，对不起，我们要检查检查！"

王建平和刘德才是醉翁之意不在酒，先查出了几张黄色唱片，虚晃一枪，便集中注意搜查定时炸弹。刚才苗青山跟花蝴蝶说话时，曹志华暗暗向刘德才打了个手势，所以刘德才很快发现了柜台下的那只唱片箱子，一看，还上了锁，便向苗青山报告说："苗科长，这儿还有只箱子！"苗青山紧盯着花蝴蝶问："里面有黄色唱片吗？能不能打开看看？""不，不……"花蝴蝶吓得脸色发白，一颗心都提到嗓子眼上来了，忙说，"都是些女人之物，不……不太方便……"刘德才火了，说："打开！"天哪！定时炸弹就在箱子里呐！这……怎么办？花蝴蝶嘴唇都快咬出血来了。

刘德才开箱一检查，眼睛忽地一亮："报告，有一盒白兔饼干！""白兔饼干！"人们的眼光"刷"都投向这平时并不引人注意的饼干盒，空气陡然紧张起来。苗青山说:"刘德才,打开看看!""是!"刘德才打开了饼干盒子,苗青山和王建平急忙凑过去看。曹志华虽然表现得若无其事,像是与己无关,但他的心也被这小小一盒饼干牵了过去。花蝴蝶紧张得几乎透不过气来,眼睛像吃人似的,充满了血丝,心里暗暗叫苦:"完了!"

可是,检查结果却出人意料之外,这确是一盒普普通通的饼干,根本不是什么定时炸弹。公安人员面面相觑,心里打了个问号:怎么回事呢?连花蝴蝶也感到惊讶不已:这明明是自己从剪刀峡取回的定时炸弹,怎么一下子变了呢?这难道是"四脚蛇"做下的手脚吗?这时,苗青山急忙转了个弯子,说:"一盒饼干,又不是什么贵重的东西,锁在箱子里干什么?老板娘,以后要遵守政府法令,黄色唱片一律不准放,知道吗?"说完,一挥手,带着公安人员走出了咖啡馆。

一场风波算是过去了。客人们谁也不愿多待,赶紧离开这是非之地,曹志华也跟着走了。花蝴蝶打发走了女招待,赶紧关上店门,靠在门上直喘气。她怎么也弄不懂,定时炸弹怎么会不在饼干盒里呢?原来定时炸弹不翼而飞,是"四脚蛇"发现情况突变,临时采取的移花接木之计,结果使花蝴蝶受了这一场虚惊。

这时,花蝴蝶准备抽支烟定定神,她掏出了那个金黄色的小烟盒,慢慢地走到靠柜台的那张圆桌边,正要点火,突然发现盘子底下也有个小烟盒,其大小、形状、颜色跟自己的烟盒一模一样,怪呀!这是哪个粗心的顾客丢下的呢?她随手拿了起来,打开一看,顿时惊得目瞪口呆,里面竟是一封密信。只见上面写着:

共产党中央要人已改变上山时间,小天池两侧人马火速撤回。

"03"已自首,宜速干掉。咖啡馆已暴露,立即转移。和尚庙有人接应。

四脚蛇

"啊!"花蝴蝶跌坐在椅子上,半晌说不出话来。这是谁送来的密信?难道"四脚蛇"进了咖啡馆吗?那么谁是"四脚蛇"呢?是那个奇怪的卖烟人?还是那个中年男子?要不,难道是那个"钱先生"吗?刚才就是他坐在这个位置上的呀!

花蝴蝶怕门外有人监视,不敢马上出门,在黑暗中一直坐到半夜三点敲过,想到方金标今天一早要去舍身崖取情报,正是干掉他的好机会,于是连忙换了装束,藏好手枪,还准备了一支有剧毒的香烟,趁着黎明前的黑暗,闪身出了后门。

花蝴蝶心急如焚,顾不得山高路险,急匆匆赶到舍身崖时,天刚微明。这舍身崖高达千仞,面临深渊,悬崖峭壁,非常险要。这时的花蝴蝶像一个输红了眼的赌棍,她用阴森森的目光向四处搜索,发现在岩石边有一个黑影。是"03"!哼,好哇!今天让你知道老娘的厉害!

花蝴蝶没有看错,那个黑影确是方金标。昨天,方金标本想把花蝴蝶叫他取情报的事报告公安局,可又怕花蝴蝶暗中盯梢。他想:索性把情报取到手,交到公安局,也好将功赎罪。没想到一场杀身大祸,正等着他。

这时,方金标从石缝里摸到了一只"四脚蛇",知道情报就在里面,心里好不高兴。他小心翼翼地放进口袋,返身上了路。还没走几步,忽听有人喊了声:"'03'!""啊!"方金标赶紧往树边一闪,心怦怦直跳,一看,是花蝴蝶。怪呀!她怎么到这儿来了呢?只听花蝴蝶不阴不阳地说:"'03',你好准时呀!"方金标摸不清对方的意图,陪着笑脸说:"嘿嘿嘿,老板娘吩咐，我怎敢耽误哇！"

"很好，难怪'四脚蛇'这么赏识你。不过，情况有变，为防意外，'四脚蛇'特命我来接你！"花蝴蝶把个"接"字说得特别重。她看了方金标一眼，叹了口气说："唉，难哪！听说共产党的保卫工作布置得很严，我们难以下手哇！来，坐下歇歇吧。"方金标不知她葫芦里卖的什么药，只好老老实实地坐在石头上。花蝴蝶掏出了那只小烟盒，拿一支烟叼在嘴里，又拿出那支有剧毒的香烟递给方金标："抽支烟吧！"方金标接过烟，掏出一盒火柴夹在腿上，"哧！"划着了火，正要点，突然又停住了：花蝴蝶一大早赶到舍身崖来干什么？为什么一反常态分外殷勤？这其中会不会有诈？方金标想着想着，火柴烧到了手还不知道哩。花蝴蝶见他没点烟，就把打火机送了过去："抽哇！"方金标怕被花蝴蝶看出破绽，连忙说："我这有火！有火！"

就在这千钧一发之际，突然，"啪嗒！""哎哟！"旁边传来一阵响声。两人大吃一惊，方金标吓得香烟也掉了。抬头一看，咦！原来那个卖烟人，不知从哪儿冒了出来，大概是赶路走得急，绊了一跤，香烟盘摔在地上。只见他手忙脚乱地拾起了撒在地上的香烟，骂了句："大清早见鬼了！"说着拍了拍身上的灰尘，匆匆走了过去。嘿！事有凑巧，正好把方金标掉在地上的香烟踩得粉碎。方金标连连喊叫："哎，我的烟，烟！"卖烟人抱歉地说："哎呀！对不起，对不起，我赔你一支。"说着，递给方金标一支，转身就走。

花蝴蝶看着，大为恼火。这讨厌的卖烟人把她的如意算盘全打乱了。怪呀！仙人洞他来纠缠，咖啡馆他来卖烟，今天又在这舍身崖……为什么到处都有他的影子呢？这里定有蹊跷！她大喝一声："站住！你究竟是干什么的？"卖烟人转身嬉笑着说："太太，这不明摆着，我是卖香烟的呗!""不对!你为什么成天跟着我转?"花蝴蝶一步步逼了过去。"买卖人到处转,还不是为了多赚钱。""胡说!我看你一定是个密探!"

花蝴蝶说到这儿,只见石头后面"突!突!"冒出了两个歪帽子斜眼睛的人,花蝴蝶知道,接应她的人来了。她的胆也壮了,气也粗了,"刷"拔出手枪:"哼,今天让你认识认识我花蝴蝶!"卖烟人急忙用手一摆:"太太,为了我们的事业,你可不能这样做哇!"

"我们的事业?"花蝴蝶糊涂了:这卖烟人究竟是个什么角色呢?难道是自己人吗?可又一想:如果他是共产党的密探,岂不糟了!量小非君子,无毒不丈夫,管他是马是驴,干脆干掉算了。花蝴蝶一咬牙,举枪就要向卖烟人射击。谁知这个卖烟人也是个厉害角色,将身一闪,"噗"一脚把花蝴蝶的手枪踢出一丈多远。这时,两个特务早拔出两把明晃晃的尖刀,恶狼似的扑了上来。方金标吓得掉头就跑,一个特务持刀追了过去。另一个特务一刀向卖烟人刺了过来。卖烟人将身让过,顺势一个扫堂腿,"扑通"!特务成了"饿狗吃屎",摔倒在地。卖烟人把香烟盘猛砸过去,紧接着来了个"猛虎扑羊",想把特务压倒在地。哪知这个特务也不是窝囊货,就地一滚,让开了香烟盘,一个"蜻蜓点水",纵身腾空跃起,来了个"泰山压顶"。卖烟人看得真切,叫了声:"来得好!"避开锋芒,就势一个"双手托月",喝了声:"下去!"只听"啊"一声嚎叫,那特务掉下了万丈深渊。

花蝴蝶在一旁惊得呆了,待她清醒过来,忙拾起手枪,对准卖烟人的背心就要扣动扳机,只听一声枪响,"啪嗒!"花蝴蝶的手枪被打落在地。这时,王建平和刘德才快如疾风地冲了上来:"不准动!""举起手来!"另一位公安人员拾起了花蝴蝶的手枪,掂了掂,说:"老板娘,我们又见面了。"花蝴蝶一看,天哪!这不就是那位"钱先生"吗?原来,公安人员布置了可靠群众在咖啡馆周围作暗哨,当他们得到花蝴蝶溜出咖啡馆的报告,立即追了上来,逮住了花蝴蝶。

这时候,那个卖烟人才舒了口气,拾起香烟盘,感激地说:"要不是各位救了我,恐怕早没命啰!谢谢,谢谢!"卖烟人连声道谢而去。

苗青山眉头打了个结:这人行动诡秘,老是出入在是非之地,真叫人感到难以捉摸。这时候,夏水莲捕获了另一名特务,但方金标已被特务刺伤,他立即交出了那份情报。只见上面写着:

我已派人潜伏小天池两侧,伏击共产党中央要人,命你上午率队接应,以防不测。

四脚蛇

其实,这份情报是"四脚蛇"原先布置的,后来由于情况突变,"四脚蛇"临时写了封密信,要花蝴蝶通知潜伏在小天池的人马撤回。由于花蝴蝶不知道舍身崖情报的内容,又急于干掉方金标,所以直奔舍身崖。而我公安人员由于没有见过那封密信,所以现在看到这份情报,不觉大吃一惊,建议马上跟驻山部队联系,及时歼灭小天池两侧的敌人。苗青山想了想,说:"对!应该马上联系。"

公安人员跟驻山部队取得了联系,围歼小天池两侧之敌的战斗便打响了。自然是秋风扫落叶,不必细表。

但是,这份情报是给谁下的命令呢?花蝴蝶怎么知道"03"自首了呢?特别是那奇怪的"四脚蛇"怎么知道中央首长原定今天上山呢?现在只有突击审讯花蝴蝶,才能查个水落石出。当天,苗青山亲自主持了这场事关重大的审讯。

花蝴蝶被带进了审讯室。苗青山坐在条桌中间,曹志华和王建平分坐在两旁,夏水莲作记录,刘德才站在一旁,监视着坐在房中间的花蝴蝶。苗青山紧盯着花蝴蝶:"石美玲,老实交代你的罪行!""我……什么都不知道。"曹志华冷笑了一声:"哼!你倒是死心塌地为'四脚蛇'卖命,可惜你的主子却并不放过你。"他向门口警卫的公安员摆了摆头,说:"带上来!"

公安员把在舍身崖擒住的那个特务押了进来。苗青山问:"老实说,你的任务是什么?"这个特务是个怕死鬼,连连点头哈腰:"长官,我坦白!'四脚蛇'命令我们,以接应为名,待花蝴蝶杀死'03'以后,就把花蝴蝶干掉。长官,我讲的都是实话!"特务被押走了,花蝴蝶却呆住了。她万万没有想到,她这样提着脑袋为"四脚蛇"出力,"四脚蛇"竟要她的命!她好像挨了一闷棍,惶恐地说不出话来。

苗青山见状,轻轻一拍桌子,说:"石美玲,现在你总该明白了吧!老实说吧,剪刀峡的白兔饼干是不是你取走的?""这……""定时炸弹是不是你换走的?""不不,定时炸弹我……不知道。"曹志华又问:"'03'自首,你是怎么知道的?是谁指使你杀害'03'?你又准备把定时炸弹交给谁?"

一连三个问题,问得花蝴蝶脑门上冷汗直冒,喉咙口像火烧一般。她喃喃地说:"我……我口渴!"刘德才瞪了她一眼,很不情愿地走到茶几旁边拿起了茶杯,正好曹志华也来倒水,他便把茶杯递给了曹志华,站回原位继续监视花蝴蝶。曹志华倒了水走过去,苗青山站起来,伸手把茶杯一按,指着墙上的标语对花蝴蝶说:"石美玲,你抬头看看,'坦白从宽,抗拒从严',你要老实交代,不准再耍花招!"然后一挥手,曹志华便把水递给花蝴蝶。

花蝴蝶望着这个曾经跟自己打过交道的"钱先生",心里嘀咕起来:昨天夜里,我就是在他坐过的桌子上发现"四脚蛇"密令的呀!今天早上,又是他把我逮来的呀!他……他究竟是什么人呢?"四脚蛇"出没无常,来去无踪,谁知道他会在哪儿出现呢?不说,过不了眼前这一关;说了,"四脚蛇"又能饶得了我吗?她左不是来右不是,最后她心一横,"咕噜噜"一口气把水喝了个干净,说:"我得到了'四脚蛇'的密令。"曹志华问:"什么时候?""昨天晚上。""在什么地方?""咖啡馆桌上。"苗青山紧紧追问:"谁坐过那个位置?"花蝴蝶瞪着眼睛,一咬牙,猛然指着曹志华说:"他!"

"啊!"晴天一声霹雳,人们都惊呆了。"啪",夏水莲的钢笔失手掉在地上。"刷",公安人员的眼光一齐集中在曹志华身上,室内空气紧张得点火着就。苗青山紧皱着双眉,看了曹志华一眼,回头紧盯着花蝴蝶:"你说清楚些!"花蝴蝶不敢看曹志华,低着头说:"你们离开咖啡馆以后,在他坐过的地方发现一只香烟盒,'四脚蛇'的密令就放在香烟盒里。"曹志华微微一惊,愤怒地说:"花蝴蝶,你死到临头,还敢胡说八道!"

"不不!我……我……"花蝴蝶突然神色大变,两手拼命撕拉前胸,豆大的汗珠从脑门上滚了下来,一会儿又捧腹哀叫:"哎哟!哎——哟!"她绝望地瞪着曹志华:"你……你……"一个踉跄,摔倒在地,口吐白沫,就像挨了刀的母鸡,满地乱滚。

事情发生得太突然了,简直使人目瞪口呆。苗青山拍案而起:"赶快抢救!"并拿起花蝴蝶用过的茶杯,吩咐夏水莲:"小夏,带去化验!"曹志华跟几个公安人员把花蝴蝶抬走了,经过一阵忙碌,审讯室才静了下来。苗青山沉思着说:"奇怪呀!"刘德才按捺不住,说:"曹志华怎么知道花蝴蝶死到临头?店老板也是他打死的,我怀疑是他通风报信,杀人灭口!"王建平说:"路局长还在山下接待中央首长,我看这个问题要慎重。"苗青山说:"对!敌人栽赃陷害也是有的,我们不能轻信口供。"

一会儿,夏水莲拿着化验单气喘吁吁地跑了进来,报告说:"苗科长,化验结果,杯里有毒,花蝴蝶是服了烈性毒药。"刘德才又嚷了起来:"这就更加明白了!苗科长,有花蝴蝶的口供,又有化验结果,人证物证俱在,我看一定是曹志华暗中放毒,杀人灭口!""你说什么?"夏水莲简直不相信自己的耳朵,坚决否定,"不!这绝对不可能!""不可能?那我问你,曹志华为什么要开枪打死店老板?花蝴蝶又为什么偏偏在他坐过的地方发现'四脚蛇'的密令?他倒给花蝴蝶喝的水又为什么有毒?这不是明摆着嘛!"

"这……"夏水莲愣住了,她无法解释这些问题,两眼直瞪瞪地望着苗青山,叫了声,"苗科长……"喉咙就哽住了。就在这时,曹志华跑了进来,说:"苗科长,花蝴蝶抢救无效,中毒身死!"

这真是火上加油,唯一的线索又断了!夏水莲禁不住泪水扑簌簌地滚了下来。曹志华问:"怎么回事?"苗青山说:"曹志华同志,杂货店老板之死,咖啡馆的密信,都跟你有牵连。今天,花蝴蝶中毒,问题又变复杂了……唉!""什么?你们说我……"苗青山沉痛地说:"为了保卫中央首长的安全,在事情没有弄清楚以前,你暂时停止办案。是真是假,要相信组织上会把问题弄清楚。"随即吩咐刘德才说:"把曹志华的手枪……卸了!""是!"

这件事发生以后,公安人员议论纷纷。有的说:"真没想到,我们到处找'四脚蛇','四脚蛇'竟藏在我们的身边。"也有的不太相信,说:"曹志华平时表现不错,怎么可能是'四脚蛇'呢?"但不管怎么议论,反正案情是更加复杂化了。因为事关重大,苗青山亲自挂电话向路局长作了详细汇报。路局长指示,要苗青山一方面抓紧追查,尽快搞清楚曹志华的问题；另一方面要做好一切保卫工作，决不能耽搁中央首长上山的时间。苗青山问："中央首长什么时候上山？"路局长说："就在这一两天内。"有关具体工作，他准备就上山来跟苗青山作详细研究。

再说，夏水莲自审讯室的事件发生后，心里矛盾极了。从感情上说，她无论如何也不会相信曹志华是特务，可是，店老板之死、咖啡馆的密信、花蝴蝶的中毒，这三件事该如何解释呢？她觉得应该找曹志华当面谈谈。

曹志华的家在庐山三宝树附近，家中还有一个老母亲。夏水莲脚步沉重、忧心忡忡地来到曹家门口，曹妈妈一见，真是分外热情："水莲哪，听说你们上山来了，几天也不到家里来打个照面，可把妈妈想坏了！快坐，坐！喝茶，刚泡的热茶！"夏水莲强打笑脸，问："志华呐？""他不是跟你在一块工作吗！怎么，没跟你一路回来？"夏水莲见曹志华还没回家，不好明说，只得扯了个谎："啊，他……可能还有点事。""这孩子呀，真一点不懂事，按说怎么也得陪你一道回来呀！水莲，你可不要见怪！待志华回来，就一块儿在家吃饭，啊？""噢，噢！"夏水莲心事重重，不知该怎么说才好。曹妈妈又喜滋滋地拉着水莲的手，说："水莲，说句不该说的话，你们俩年纪也不小了，我看就趁早把婚事给办了吧！""曹妈妈，你……你别说这个。"夏水莲心如刀绞，极力抿住嘴唇，不让眼泪流出来。曹妈妈还以为夏水莲害羞哩，忙说："好好，不说，不说。你坐一会儿，志华也快回来了，我先弄饭去。"

夏水莲目送曹妈妈进了厨房，不觉一阵心酸。她不忍心把真情告诉曹妈妈，白发苍苍的人怎经得起这样的打击呢？天黑下来了，曹志华还没有回来。突然，"砰！砰！"不远处传来两声枪响，有情况！夏水莲拔出手枪，说了声："曹妈妈，我走了！"急速朝着枪响的方向奔去。她跑了一段路，又拐过一个山嘴，遇见了苗青山和刘德才。原来他们正在路上巡查，听到枪声就赶来了。三个人就近查看了一番，没见什么动静，就一同回派出所去。

到了派出所，值班的同志告诉苗青山，路局长已上山来，正等他研究工作；同时交给他一封信，说是断黑时不知什么人从门缝里塞进来的。苗青山一看，要紧问："曹志华呢?"值班员说他回家去了，夏水莲心里一惊：没有哇，难道出了什么意外? 她问："苗科长，出了什么事?"苗青山抖了抖手里的信纸，脸色铁青："你看看吧!"夏水莲一看，原来是特务组织的一封警告信。信中说：

苗青山：

你上山数日，处处跟我们作对，而且胆敢动到我们姓曹的头上，实难容忍! 现我们将曹接回，小心你的脑袋!

四脚蛇　即日

斗争太复杂了! 这一系列事情，一个比一个突然，夏水莲简直无法理解。苗青山把信交给路局长，路局长看完以后，眉头皱成一个疙瘩，问："老苗，你看下一步该怎么办?"苗青山激动地说："个人安危无所畏惧，最要紧的是必须尽快找到曹志华的下落。"路局长说："对!"随即吩咐王建平，要他立即带几个同志去侦察，然后又对苗青山说："我刚刚上山，得把材料先看看，具体工作，明天我们再详细研究。"

再说，曹志华究竟到哪儿去了呢? 原来他被停止工作之后，便一个人朝家走去。回家路上，突然从路边的树林里跳出几个彪形大汉，一下就把曹志华绑了起来，蒙上眼睛，还朝天放了两枪，推推搡搡，把他带到了和尚庙。去掉蒙在眼上的黑布，曹志华一看，只见庙堂当中，坐着一个老和尚，身披袈裟，颈挂佛珠，见了曹志华，一脸奸笑地说："年轻人，没想到吧，我们会在这儿见面！"曹志华瞪了老和尚一眼，说："你这个'四脚蛇'……"老和尚一阵狂笑："哈哈哈，误会，误会！实话对你说吧，'四脚蛇'就在你的身边，天天跟你打交道呐。""你……""我就是奉了'四脚蛇'的密令，把你接到这儿来的。因为你现在的存在，对党国的事业实在是个不小的障碍，所以'四脚蛇'特命我接你上西天！"说到这里，老和尚突然脸一沉："来人，给我拉出去——注意，不要开枪。"曹志华破口大骂，被两个匪徒拖出了庙堂。

庙堂外有堵一人多高的围墙，围墙内有几棵笔直的大松树，直插云天。匪徒把曹志华拉到树下，其中一个"刷"拔出一把明晃晃的尖刀，白光一闪，恶狠狠地向曹志华刺去。

就在这千钧一发之际，突然，一个黑乎乎的东西从墙上飞落下来，不偏不倚，"光当！"正好把匪徒的尖刀砸落在地。紧接着，墙上"腾"跳下一个人来，飞快地拾起尖刀，"扑！"把那匪徒刺了个透心凉。另一个匪徒吓呆了，拔腿就跑，那人又一个扫堂腿，把匪徒摔倒在地，双手举起一块石头，"啪！"来了个铁锤砸西瓜，匪徒的脑袋开了花。那人干净利落地收拾了两个匪徒，轻轻喊了声："志华同志！"急忙给他松绑。曹志华好生奇怪，忙问："你是……""我叫项明天，是归路局长直接指挥的！"曹志华趁月色定睛一看："啊！"是卖烟人，原来这个卖烟人是不露身分的秘密侦察员啊！

"此处不可久留，快走！"项明天拉着曹志华紧跑几步，正要翻墙出去，可是已经晚了，庙堂里的匪徒听见动静追来了。项明天料想两人难以脱身，赶紧拿出一份情报交给曹志华，说："这是一份机密情报，请你一定要面交路局长。快走，我掩护！""不，我掩护！"说话间，已有两个匪徒端枪冲了过来。项明天奋勇迎上去，"刷! 刷!"双手抓住敌人两杆枪，回过头，以命令的口气对曹志华说："快——走!"曹志华见情况危急，为了护送紧急情报，只得含泪翻墙出庙。

项明天见曹志华脱离了险境，就夺过长枪，刺倒一个匪徒，又一枪托砸死另一个匪徒，然后握枪在地上一撑，纵身跳上了围墙。正要翻墙下去，不料，这时老和尚已带着几个匪徒狂呼乱叫地奔出来，情急中，老和尚也顾不了不要开枪的禁令，"砰!"一枪向项明天打去。项明天猛一转身，一手捂住胸口，一手拔出一把短刀，用尽最后的力气一甩，只见一道白光直往一个匪徒身上飞去，"啊!"那匪徒应声倒地，项明天也终因伤势过重，壮烈牺牲。

曹志华在项明天的掩护下，冲出了罗网，带着情报，一路紧跑。突然，身后传来一声枪响，曹志华不由得心里一沉，但他已来不及多想，决心先完成项明天未完成的事业，把这份重要情报交给路局长，尽快挖出那条可恶的"四脚蛇"! 可是，这时候该往哪里去呢? 回派出所吗? 不行。这样会打草惊蛇误了大事。对! 还是去找夏水莲，让她和我共同完成这项任务。主意打定，曹志华迈开大步，急往夏水莲的家里奔去。

这时，夜已深了。夏水莲还没有入睡，正在想着这几天来发生的事情。"笃笃!"深更半夜的，谁来敲门呢? 夏水莲有点奇怪，问："谁?""我。快开门!"是他! 曹志华! 夏水莲又惊又喜，急忙打开了房门。曹志华闪了进来，把门掩上，精疲力尽地靠在门上喘气。只见他衣服撕破，脸色铁青，伤痕累累，血迹斑斑。夏水莲一阵心酸，忙掏出手绢，轻轻给他擦去脸上的血迹，问："你……你这是怎么啦?"曹志华把经过情况简单地说了一下，接着说："现在要马上找路局长，我有重要情况向他汇报! 注意，不能惊动任何人!""知道。"夏水莲带上手枪走了。

第二天,路局长找苗青山研究案情。两人谈了很长时间,最后路局长深思了一会,下了最大的决心说:"老苗,我看决不能让'四脚蛇'缠住了我们的手脚,根据上级的安排,中央首长今天下午就上山。安全保卫工作由我来布置,你和刘德才同志在所里值班,掌握全盘,有情况及时向我联系。"苗青山乍一听中央首长下午就要上山,感到有点突然,但他坚决表示说:"放心吧!我一定坚守岗位。"路局长又亲自向刘德才作了交代,要他守住电话,一步也不要离开。

整个下午,沿途各哨所不停地打来电话,先是向苗青山报告:"情况正常!"后来却是一个接一个地来电话询问:"中央首长怎么还没有来?"直到傍晚时分,路局长才打电话告诉苗青山,为了安全起见,临时改变了路线,中央首长已经从莲花洞登上好汉坡,步行上了庐山,命苗青山带领保卫人员晚上九点到云中宾馆值班,担任宾馆外围的安全保卫工作。

晚九点整,苗青山和其他保卫人员准时来到宾馆的一幢小别墅。只见室内灯火辉煌,人影晃动。走廊里摆着藤椅、沙发,几个年轻的女服务员端着茶盘,穿梭似的在小会议室里进进出出,一片忙碌。苗青山走了过去,只见夏水莲迎了出来,热情地招呼说:"苗科长,你来啦!这儿坐。"苗青山在沙发上坐了下来,服务员立即送来一杯热茶。苗青山呷了一口,掏出香烟抽了起来,问:"小夏,今儿一天都没有看见你呐,原来你在这儿!"夏水莲说:"我一直在宾馆做迎接中央首长的准备工作。"

苗青山吐了一口烟,说:"首长是坐车上来的吗?""不,是步行上山的。首长身体可健呐!听路局长说,攀登好汉坡时,一口气登上了一千多级石阶,还笑着要跟陪同人员比赛哩!"苗青山笑笑说:"嘀!那可不容易呀!小夏,你请示一下路局长,看还有什么具体任务。""好,你稍等一会。"夏水莲走进室内,一会儿便出来告诉苗青山说:"路局长要你检查岗哨,保证首长的绝对安全!""好!""苗科长,你坐,我还有点事呐。"苗青山随口问:"忙什么哪?""布置会场。""布置会场?晚上还开会?""不!"夏水莲警惕地看了看四周,走近苗青山,附耳低语:"中央首长要在这儿接见九江的党政军负责同志。""啊?什么时候?""十点整!"苗青山抬头看看墙上的挂钟,说:"都九点半了,你忙去吧!"

苗青山站了起来,抽着烟踱了几步。这时,刘德才正在外面巡逻,苗青山喊道:"刘德才!""到!""今晚不同往常,责任重大,要提高警惕,不能有丝毫疏忽。这儿有我,你加强右面的保卫。""是!"苗青山又坐了下来,吸着烟,一会儿看看室内,一会儿又看看墙上的挂钟。

这时,路局长从室内走了出来,显得特别兴奋。苗青山见了,说:"路局长,你今天是老当益壮,精神抖擞啊!"路局长说:"可不是吗?庐山才解放不久,中央首长就不辞辛劳来视察工作,作为一个公安战士,能亲自站在首长的周围,履行自己神圣的职责,能不高兴吗?老苗,我看你此时的心情也不平静吧!""那当然!不光是我个人,就是所有担任保卫工作的同志,心情都是不会平静的。"路局长问:"岗哨都检查过了吗?""检查过了。左有王建平,右有刘德才,这儿有我,保管万无一失。""好!你考虑得挺周到。"

夏水莲从会议室里走了出来,请示说:"时间快到了,是不是请九江的党政军负责同志马上到这儿来?"路局长看了看表,时针指着九点四十五分,他果断地说:"立即电话通知,准时接见!""是!"

路局长进室内去了。苗青山仍然大口大口地吸着香烟。他一抬头,见时针已指到九点五十分,"笛笛!"远处传来几声汽车喇叭声。中央首长果然上了庐山，九江的党政军负责同志也马上就要到了。他把烟头一丢，刚一转身，正碰上服务员小马端着一只大花瓶过来，就笑着说："嗬，小马，这花真漂亮，给我看看。"苗青山把花瓶接了过来，拨弄了一会，赞赏地说："行啊！看不出我们小马还真能干哩。"说着，就要把花瓶还给小马。这时，路局长大概已经听到汽车的响声，从室内走了出来，说："老苗，这瓶花确实不错，你亲自把它送进去吧。""好！"苗青山端着花瓶，高高兴兴地掀开门帘，走了进去，见一个人端端正正地坐在沙发上，再一看，不由得惊叫了一声："啊，假的！"怎么回事？原来里面坐的根本不是中央首长，而是曹志华！

这时，路局长也紧跟着进来了，说："对！完全是假的！"苗青山指着曹志华说："他……"路局长说："不，我说的是你！你身上披着公安服装，却是地地道道的假货！你自以为聪明，其实，狐狸尾巴早就被我们抓住了！"

这时，曹志华一把夺过花瓶，一看，花瓶里有一块饼干模样的定时炸弹，时针正指着十点。曹志华当即作了处理，苗青山见大势已去，伸手就要掏枪，刘德才大喝一声："放老实点！"一把夺过手枪。路局长说了声："带走！"曹志华和刘德才把苗青山押走了。

原来，昨天夜里路局长看到曹志华送来的情报，连夜逮捕了老和尚。经过审讯，断定定时炸弹在苗青山手上，便设下了这个诱敌之计。苗青山果然中了圈套，不仅挖出了定时炸弹，"四脚蛇"也落入了人民的法网。

(肖士太)

(题图：安玉民)

神探·谜案

shentan mian

神探与凶手之间进行的，从来就是一场没有悬念的猫鼠游戏。

穿雨衣的人

1967年4月的一个早晨,米雪太太像往常一样站在她家窗帘后面,注视着大街上发生的一切。她每天的大部分时间都是这样度过的,因为她是一个寡妇,又没有孩子,而且还住在这样一个小县城里,除了琢磨邻里之间的琐事外,她还能干什么呢?

米雪太太家的对面有一幢单门独院的住宅,主人叫卡罗尼。米雪太太非常了解这一家人,尤其是对他们家中来来往往的人都很面熟……

卡罗尼是一个大老板,是这个小城里的知名人物,他狂妄、野蛮、粗暴,几乎所有的人对他都没有好感;而且,几乎每个周末,他都开着豪华轿车到首都去。他对周围的人说,去巴黎是为了生意上的事,可事实上谁都知道,卡罗尼到巴黎是为了跟他的情妇幽会。

卡罗尼的夫人哈丽娅特，显然是一个受害者，在她丈夫看来，她这样的模样，谁还能看得上呢？再说，他们也没有孩子，她的命真苦，城里人都知道哈丽娅特是一个安分守己的人。

但是，一个星期天的早晨，米雪太太却目睹了一件特别的事件：就在卡罗尼先生去巴黎刚走不久，一辆出租车停到了他家门前，一个穿雨衣的矮小男人从车里走了下来。米雪太太确信，她从未看到过这个矮小的男人。哈丽娅特一人在家,他来干什么？手里为什么拎着一只提箱？

米雪太太还没有完全从惊讶中清醒过来，却又见这个矮小男人居然还有卡罗尼家的门钥匙！米雪太太屏住呼吸：这太不可思议了，这个人的一举一动就好像在自己家中一样！

米雪太太拿起电话正准备报警，突然又住了手，她恍然大悟："哈丽娅特也有情人！"

半年之后，一个星期天的早晨，这位神秘的穿雨衣的矮小男人已经第三次出现在卡罗尼的家门前。他每次都利用卡罗尼去巴黎的时机乘出租车来，自己拿钥匙开门，而且整个周日都待在那儿，从不出去，只是哈丽娅特有时外出两三次去采购东西。

米雪太太在窗帘后面将这一切都清清楚楚地看在眼里，她的嘴巴是从不饶人的，接着，全区的人很快都知道了这个秘密，有的人愤怒地斥责哈丽娅特，有的人却又为她感到喜悦：她以这种方式对待不忠诚的丈夫也是理所当然的。

可是10月25日这一天却异乎寻常，米雪太太简直不敢相信自己的眼睛……

晚上六点左右，正是黄昏时分。刚才，也就是十分钟以前，哈丽娅特从家里出去采购东西，可就在这时，那个穿雨衣的矮小男人来了，可是这一次,卡罗尼先生在家!

米雪太太紧紧盯着这个矮小男人的一举一动:他步态跟往常一样自信,他会掏出钥匙开门吗?不,这一次他却按了门铃……时间一秒一秒地过去,一会儿,卡罗尼先生来开门了,瞬息之间,只见穿雨衣的那个矮小男人从口袋里掏出什么东西,紧接着响起两下枪声。米雪太太看到卡罗尼先生倒了下去,就在米雪太太惊魂未定的时候,这个矮小的男人已逃得无影无踪……

米雪太太浑身哆嗦,她本想看一场闹剧却没想到会出人命,她的脑子一下全乱了,战战兢兢地拿起电话报警……

几分钟后,地区警察局局长赶到了现场,他凝视着卡罗尼的尸体自言自语:"两颗子弹都打中了心脏,真是干脆利索。"

米雪太太处在激动和害怕之中,她用失真的声音回答了警察的问话。

"您说是哈丽娅特的情人开的枪?"

"是的,我敢肯定,在卡罗尼先生不在家的时候,他来过三次,我是从窗户里偶然看到的。"

警察一边记录一边说道:"您能给我描述一下这个人吗?"

"身材矮小,棕色头发,每次来都穿一件雨衣;年龄大概在四五十岁左右,不过这很难说准,因为我只是从远处看到的。"

正在这个时候,哈丽娅特从超市采购东西回来了,这意外的惊变使她失魂落魄,她双腿跪在丈夫的尸体旁,悲痛欲绝,泪落纷纷,好长一段时间,她垂着头,掩着脸,自言自语地说道:"米歇尔……真的是你吗?"

警察局长平静地问:"米歇尔是谁?"

哈丽娅特的脸上略微有点不自然,她回答的声音很低很低:"我的情人……我也不知道他的真实姓名……"

过了一会儿，卡罗尼的尸体被警察们抬走了，警察局长在客厅里单独询问这位受害者的妻子，哈丽娅特吞吞吐吐地诉说着她和米歇尔交往的经过：

去年十二月，卡罗尼对哈丽娅特说，他想单独一个人和客户到冬季运动场去度圣诞。事实上，哈丽娅特知道，他是想跟情妇在一起。这一次，哈丽娅特没有像往日那样吵闹，等卡罗尼走后，她独自来到突尼斯的一个俱乐部，准备度过一个星期的时光。就在那儿，哈丽娅特结识了米歇尔。米歇尔从不让哈丽娅特问他的真实姓名，他只是说自己已经结婚了……

哈丽娅特讲到这里，苦涩地笑了笑，继续说道："我丈夫不在的时候，米歇尔来过三次。米雪太太就住在我家对面，她又有这方面的爱好，我想，她肯定把在窗帘后看到的，全告诉您了。他最后一次来是在一个月以前，他对我说，以后他将要离开了。他没有告诉我去哪儿，就在那一天，米歇尔对我说：'我可怜的哈丽娅特，我必须帮助你，我要送给你一件告别礼物……'他就这样走了，以后我再也没有见到他……"

警察局长惊讶地说道："您的意思是说，谋杀您的丈夫，这是米歇尔送给您的……告别礼物？"

哈丽娅特没有回答。警察局长想了想，眼下也没有什么可值得补充的，于是，他离开客厅到了小花园里，想到那里再看看。在路上，他看见米雪太太仍呆呆地站在一边，似乎还在等着警察的问话。警察局长无意间抬起头来，只见晚霞满天，天气晴好。突然，他心头一怔，走上前去问米雪太太："您确定看到的哈丽娅特的那个情人穿的是雨衣？"

"是的，他每次来都穿雨衣。"

"米雪太太，您看见过哈丽娅特和她的情人待在一起吗？"

米雪太太没有明白警察局长的意思,她尽力回忆着,最后,她回答道:"我确实没有见到他们两个人在一起,我每次都是分别看到他们……可这又有什么关系呢?"

警察局长再也没有时间听她说话了,他赶紧冲进客厅,见哈丽娅特不在,他又飞一样地扑进房间……这时,哈丽娅特正在那里,手里还拎着那个购物袋。警察局长从她手中抢过袋子,将里面的东西全倒在桌上……购物袋里倒出了一件雨衣、一个男人的假发和一支手枪……哈丽娅特本想躲进房间销毁证据,想不到警察局长的动作比她还快……她彻底认输了,她只是愤愤不平地诉说了原委:"你们可知道,卡罗尼这个伪君子他让我承受了多大的痛苦!我一直希望能有一个情人来为我报复,但一直没有,于是我只好自己来扮演这个角色……太遗憾了,如果真的有一个米歇尔就好了……"

说到这里,哈丽娅特那苍白的脸颊上淌着眼泪,眼睛里充满了绝望……

(张志红 编译)
(题图:张恩卫)

警察和狗

那天在巴黎市郊,从一户人家走出了一个人,他西装革履,气度不凡,腋下夹着一只鼓鼓囊囊的皮包,他刚出门,猛听见一声叫喊:"站住!"他一怔,收住了脚步,打量着这个突然出现的人:一米八十的个子,体壮如牛,身着风衣,头戴礼帽,嘴叼烟斗,一对闪亮的眼睛逼视着他,他有点胆怯,问:"你、你是谁?"

那人掏出了证件,原来是巴黎市的司法警察梅格雷。梅格雷问:"你是不是趁人不在家偷了东西?"

"哪里的话!"那男子竭力否认,梅格雷看着这人一副蒙冤受屈的样子,心里想道:"难道我真的怀疑错了吗?"梅格雷侧耳听了听屋里的动静,里面没声音,这说明屋里没人,而眼前这人,又不像这屋的主人,梅格雷决定把这个男人带回警局盘问。

这男子一听急了:"我真的是这屋的主人呀!"话音刚落,一只浑身披着长毛的狗从屋里跑了出来,一边摇着尾巴,一边嗅着那男子的脚。

男子摸着狗的头,对梅格雷说:"这是我家的看门狗玛丽。"

梅格雷楞了楞,心里思忖着:"这么说,我真的怀疑错了?"他有点尴尬,回想起来,在办案中他还从不曾出过这样的洋相呢!

这时,那狗离开了男子,跑到电线杆旁,抬起一条后腿,撒了一泡尿。狗撒完尿,那男子也准备走了,梅格雷走上前去,掏出手铐,以敏捷的动作把他铐住了……

男子大叫冤枉,梅格雷冷笑一声,说:"你问我凭什么说你是小偷,我问你,这狗叫什么?"

"叫玛丽呀!"

"它是雌的还是公的?"

"这个……"那男子不明白梅格雷为什么要这样问,正在奇怪,梅格雷又开口了:"我告诉你,公狗是抬起一条后腿叉开来撒尿的,而母狗不是,既然这是公狗,怎么会叫'玛丽'呢?"

那男子冷汗直冒,再也说不出什么了。梅格雷叼着烟斗,动作悠闲地把那男子带走了……

(孟乐天　编译)
(题图:箭　中)

看看你是谁

吉斯是小镇上新来的居民,他虽然平时寡言少语,很少跟小镇上的其他人交往,但他待人和气,见谁都是一脸微笑,显出一副绅士样子。这天,镇上出现了十几个荷枪实弹的警察,将吉斯的住宅楼团团围住。

有个警察拿着一个电喇叭向里喊话:"屋里的人,请双手放在头上,走出屋子,接受检查!"

警察的话音刚落,只见吉斯双手抱头,慢慢地从屋里走了出来,他走到警察跟前,几名警察立即端着枪前后左右把他围住,另外一些警察冲进屋里进行检查。这时,一个警察上前搜了吉斯的身,最后确认身上没有携带危险物品后,才命他放下双手。检查完毕,一个胖警官走到吉斯身边,打量一番后,板着脸说:"我是亨利警长,奉命对你进行调查。

请问，你叫什么名字？"

吉斯镇定自若地回答："吉斯。"

亨利警长"嘿嘿"一笑，说："你装得倒很像啊，你不是吉斯，你是警方通缉一年多的在逃要犯那特尔！"

吉斯微微一笑，摊摊手，耸耸肩，说："警察先生，你一定弄错了，我是吉斯，那特尔是我的弟弟，我是他哥哥，我们不是一个人。"

警长看了看他，疑惑不解地问："可是——你怎么跟那特尔长得一模一样啊？"

吉斯"哈哈"大笑起来，说："我跟那特尔是一对孪生兄弟，从生下来到今天，我俩不仅外貌相仿，连言谈举止都一样，只不过有一样我俩是不同的，那就是——他是一个被你们警方通缉的在逃犯，而我是一个遵纪守法的公民！"

正在这时，负责到屋内搜查的警察也一个个走了出来，向警长报告说："屋里没有发现任何可疑之处。"

警长听后，挥挥手，让其他警察退到一边，然后掏出一份印有那特尔指纹的通缉令，对吉斯说："我们不能凭你的一面之词就认定你不是那特尔，请你伸出右手，我要核对你的指纹。"

吉斯十分配合地伸出右手，让警长核对指纹。警长抓起吉斯的右手，对着通缉令上的指纹，认认真真对照着、核对着，最后，他深深地叹了口气，对吉斯说："非常对不起，是我们弄错了，把你当成那特尔了。"

吉斯轻松地笑着说："没什么，希望你们早一天抓到那特尔，他是一个十恶不赦的恶魔，虽然我俩是弟兄，但我不能徇私枉法。"

警长对吉斯的态度十分赞赏，他挥挥手，对身边的警察说："撤，赶快回去向局长报告！"警察们随即坐上汽车，离开了吉斯的住宅楼。

警察走后，吉斯进了家门，他把门关死，又从窗户里向外面看了看，确信没有人后才挪开大衣橱，拍了一下手掌，于是从夹墙里面走出一个人来，这人长得跟吉斯一模一样，他就是吉斯的孪生弟弟那特尔，吉斯得意地对那特尔说："都走了，凭着我俩天生一模一样的长相，那些警察就是有天大的本事，也奈何不了我们!"

一年前，吉斯和那特尔合伙抢劫了银行运钞车，还打死了两个押运保安，不过，从一开始，两人就精心策划、合伙行动：那特尔在明处干，吉斯在暗中接应，然后两人又利用长相上的特殊优势对付警察的追捕。平时，他俩都是一个藏在家里，另一个外出活动，而且他俩很少跟其他人接触，这样一来，别人都以为那特尔是罪犯，吉斯是遵纪守法的公民。这个小镇风景很好，两人决定长期居住下来，于是就在这里买了房子，并偷偷地挖了一段夹墙，不料他们住下不久，很快引起了警方的注意，但又很快被他们轻松地打发走了。

这时，那特尔对吉斯说："你到夹墙里呆一会儿，我到外面透透气，注意，千万别出岔子了。"

吉斯一边往衣橱后面的暗室钻，一边得意地说："放心吧，我俩这样演双簧，又不是一回两回了，你只管去外面享受阳光和新鲜空气吧。"

那特尔神态悠然地走出屋子，坐在草坪的椅子上，一边吸着雪茄，一边享受着清新的空气，欣赏着天空中自由飞翔的鸟儿。

正在这时，警长带着几个警察又走了进来，那特尔禁不住一呆，但是很快镇静了下来，他主动向警长打招呼："警长，你还有什么问题没有解决吗？"

刚才，那特尔躲在大衣橱后的暗室里，通过吉斯随身携带的极隐秘的无线话筒和窥视装置，早认识了这个胖警长，并把吉斯和警长的对话听得一清二楚,现在他跟吉斯就像一个人似的,谁能看得出破绽?

警长先是歉疚地冲那特尔笑笑,然后愤愤不平地说:"实在对不起,吉斯先生,刚才我回去向局长报告了在你这里搜查的情况,那个混蛋竟暴跳如雷,大骂我无能……"警长说着,拿出一张纸,对那特尔说:"吉斯先生,给你添麻烦了,请你务必在那特尔的指纹旁边也留个指纹印。"

那特尔愣怔了一下,然后强作镇静地问:"有这个必要吗?"

警长鼻孔里"哼"了一声,恼怒地说:"根本没有必要!可是,我们那个混蛋局长硬是说我刚才察看你的指纹不仔细、不准确,他非要我把你的指纹取回去,然后他去察看、核对……"

那特尔脸上的汗沁了出来:"我可以拒绝吗?"

警长一脸公事公办的样子,他为难地摊摊双手,说:"尽管我跟你一样非常反感那个笨蛋局长的做法,但是,一个公民应该配合警察的工作,这是法律规定的;再说,留个指纹,也不会给你带来什么麻烦的,你说是吗?"

那特尔站起身来,要往屋里走,警长带来的几个警察立刻挡住了他:"请你留下指纹再走,不然,我们将以妨碍公务罪拘捕你!"

那特尔还是强作镇定地推脱着,警长一挥手,几个警察冲上前,硬拉着那特尔的右手,在印有那特尔指纹的旁边又按下了新的指纹,警长仔细看了看两个指纹,神色大惊,伸手掏出手枪,一声吆喝:"把他给铐起来!"

(张运国)

(题图:佐 夫)

连环杀

双簧表演

克莱尔是一位很有名气的探长,因为他的办案效率一向很高。这天,他接到了丽娜女士的电话,电话那头说她姐姐爱德娜突然死亡。

克莱尔探长觉得事不宜迟,就叫上法医,火速赶到现场。

案发地就在爱德娜家里,克莱尔探长到时,看到丽娜正抱着姐姐的尸体,悲痛欲绝地哭着。

法医检查了爱德娜的尸体,摇摇头说:"她的身上没有任何痕迹,似乎就是自然死亡。"

爱德娜也就是二十五六岁的样子,这样年轻怎么会突然死亡呢?克莱尔探长想到这里,问道:"爱德娜有没有既往病史?"

丽娜抽泣着回答说:"爱德娜的身体总是不好,她有心脏病。"

克莱尔探长又看了看法医,法医若有所思地点点头,大家一时陷入沉默。

突然,一个沙哑的声音打破了这种沉默:"出了什么事?让开,让我进去,让我进去。"来人叫亨利,他是爱德娜的丈夫。亨利跑进房间,吃惊地望着地上的尸体。因为过度的悲痛和惊吓,他的表情显得相当复杂。

丽娜在哭泣中抬起头,只见亨利一下子瘫倒在地,哭喊着说:"这究竟是怎么回事?爱德娜她怎么了?"

克莱尔探长说:"亨利先生,非常抱歉,您的妻子已经死了。"

亨利发疯地喊道:"你在说什么!这怎么可能啊?"他呆呆地看着爱德娜的尸体,一副精神失常的样子。

在克莱尔探长对亨利和丽娜一番询问之后,爱德娜的尸体被推车推了出去。亨利垂下头,一副不忍心看着妻子离去的样子。克莱尔探长摇摇头,向他们表达了同情就离开了。

现在,屋子里只剩下亨利和丽娜了,亨利伤心地流着泪——他整个人看上去真的是痛不欲生。

沉默了一会儿后,亨利终于开了口:"我要去打几个电话。"

丽娜看着亨利,嘴角浮现出一丝淡淡的微笑,可亨利并没有对她微笑。丽娜忍不住了,她说:"亨利,现在只有我们两个了,我们不要相互伪装了!"

亨利冷冷地说:"伪装什么?"

看到他一脸迷茫、无辜的样子,丽娜感到特别意外。她耐着性子,说:"亨利,你和爱德娜结婚,无非是为了她名下那笔巨额信托基金,不是吗?我们仍旧相爱着,不是吗?你刚刚的眼神不是在告诉我——我们终于可以在一起了吗?我明白你的暗示……"

亨利却打断她的话:"我要到楼上去。"

丽娜拦住他:"慢着。我要你先帮我找到一个东西———一管樱桃味的润唇膏。姐姐一向把它放在手包里的,可是,我翻遍了她的包,也没有找到。你知不知道姐姐会把它放在哪里?"

亨利似乎有些愤怒:"你现在还有心情找别的东西,你姐姐人都死了!真是可笑!"他转身上了楼,不再给丽娜其他的说话机会。

精心设局

丽娜留在楼下,开始在房间里四处寻找。这时,楼上传来亨利的声音,那是他在给别人打电话,说:"爱德娜死了。"接着又传来他的哭声:"没有她,我该怎么办啊!"

听到这些,丽娜窃笑了几声,自言自语道:"亨利的表演还真投入啊!"

丽娜听见亨利抽泣了几声,接着放下了电话,于是她决定上楼去看看。她轻轻地转动了把手,门开了,眼前的情景令她大吃一惊——亨利正拿着一管樱桃味润唇膏,把它慢慢地伸向自己的嘴唇!

"不要啊!"丽娜慌忙地冲进房间,但还是晚了一步,就在她夺下那管润唇膏的瞬间,亨利已经用它抹了他的嘴唇。更加可怕的是,她还撞倒了亨利,而那管润唇膏竟然掉进了他的嘴里。

亨利爬起来,莫名其妙地问:"这是怎么了?丽娜!"丽娜一把抓住亨利的胳膊,心急如焚道:"快,快,马上清洗你的口腔。这管润唇膏上有毒药,我就是这样解决了她!"

亨利却一动不动,只见他一脸恐惧和不解的样子:"你解决了什么?你把谁解决了?"丽娜看着亨利,更加焦急了:"来不及了,亨利,求求你快点儿。你怎么还不明白啊,当然是解决了爱德娜!正如我们一直计划的那样——我杀了她!"

亨利的脸色变得异常难看,他喊道:"我们计划的那样?我们计划什么了?你疯了吗!"丽娜急得声音都变了:"我知道,你爱的是我。我杀了她是为了我们的幸福,我不想让你为这件事情操心。现在爱德娜死了,我们终于可以在一起了,但是你必须活下去。"

就在这时,门突然开了,克莱尔探长出现在卧室里。他微笑着说:"你们刚才说的话已经被录了下来。"他抓住丽娜,拿出手铐,铐住了她的双手。

亨利几近哀求地喊道:"不,警官,请不要伤害丽娜,她的精神不怎么好。"

听到这里,丽娜大叫:"亨利,你还爱着我,不是吗?"然而,她话还没说完,就被带走了。

正当亨利长出了一口气的时候,克莱尔探长又进来了。亨利平静地问:"丽娜认罪了吗?"克莱尔微微地点了一下头:"是的,我刚录完口供。她都承认了。"

接着,克莱尔向亨利讲述了丽娜的供词——

四年前,爱德娜已经和别人订了婚,她居然抛弃了未婚夫,把亨利从丽娜的身边夺走,这让丽娜一直怀恨在心。于是,丽娜就下定决心要毒死姐姐。机会终于来到,她使用了一种致命的毒药,它可以让死者的症状与突发性心脏病的症状非常相似,这样很难引起人们的怀疑,只是它的毒性发作需要几个小时。还有很重要的一点,姐姐的嘴唇总是干裂,所以总是随身携带一种樱桃味的润唇膏。

丽娜正好是一家制药公司的员工,她从公司里偷了些毒药,并放到了姐姐的润唇膏上，这样，润唇膏的樱桃味掩盖了毒药的异味。当爱德娜在嘴唇上涂抹润唇膏的同时，她会舔润嘴唇，自然会不知不觉地将毒药吞咽下去。看着姐姐痛苦地、慢慢地没有了呼吸，丽娜才给克莱尔探长拨打了一个电话。

听完克莱尔探长的讲述，亨利脸上浮现出一丝不容易察觉的欢喜，问道："你为什么会怀疑丽娜？"

克莱尔探长点了一支雪茄，慢慢地说道："因为有人向我提供了线索，丽娜的一位同事亲眼看见的，她从实验室里偷出了毒药。可是，等我们赶到你的家里，爱德娜已经中毒身亡，而她的手里还攥着那管小小的润唇膏。可笑的是，心慌意乱的丽娜竟然没有发现它！于是我就对这管润唇膏产生了怀疑，经过化验，润唇膏上面果然有毒药。"

亨利问："既然已经查出来有毒了，为什么还要让我帮你演戏？"

克莱尔笑笑说道："单凭一管润唇膏，显然还不能证明丽娜就是凶手，所以，我才设计让你演了那出戏。证据确凿，丽娜只能接受惩罚。杀人偿命，天经地义。当然，我让你演戏用的那管润唇膏是无毒的，而有毒的那管已经被当做证物留交了。"

说到这里，克莱尔站起来向亨利告别："非常感谢你的配合。"

看着克莱尔探长离去的身影，亨利靠在椅子上，长长地松了一口气，他的嘴角露出一丝微笑——这次他的计谋真正成功了！

局外有局

原来，爱德娜和丽娜的父亲去世前，留给爱德娜一笔巨额的信托基金，条件是如果爱德娜死亡，这笔财产再由丽娜继承，而亨利作为爱德娜的丈夫却并不享有继承权。现在好了，丽娜亲手杀死了爱德娜，他就可以名正言顺地成为这笔财富的主人了。他觉得自己高明极了，他所做的，只不过是适时地给丽娜一些深爱她的暗示，私下里向她透露一下自己的想法：一定要让爱德娜从这里消失，否则我们就没有机会在一起。没想到，丽娜真的会这么快、这么心甘情愿地钻进自己设计的圈套。

其实亨利才是第一个发现爱德娜尸体的人。案发的那天早上，他在爱德娜的手袋里找到了那管致命的樱桃味润唇膏。为了把丽娜送进监狱，他把这管不起眼的、致命的润唇膏放到爱德娜的手心里。接着，在上班的途中，亨利在街边的电话亭，伪装成丽娜的同事，给警察局打了匿名提供线索的电话。

亨利心满意足，靠在椅子上深深地吸了一口雪茄，雪茄的味道好极了，但是，他突然感到胸口开始剧烈地疼痛。

这时候，房门被打开了，克莱尔探长再次走了进来。

"你故意将润唇膏放到爱德娜的手上。"克莱尔取下亨利嘴里的雪茄，说道，"亨利，这样做，你反而暴露了自己。你打匿名电话向警方提供线索，打电话的时间与死者的死亡时间实在是太短。更别说从你的住处到你的办公室，这段路上只有三个付费电话亭，可想而知匿名电话一定是出自这三个电话亭的其中一个。可惜这些证据不能证明什么。"

亨利惊讶地瘫倒在椅子上，他突然感觉自己已经透不过气来。

克莱尔探长抽了亨利的雪茄一口，狠狠地吹出了一口烟，冷笑着说："亨利先生，如果现在我不告诉你，你恐怕永远也不会知道你为什么会死去。为了让你表演，引出丽娜——我故意给你一管润唇膏，让你涂抹自己的嘴唇，实际上，这就是毒死爱德娜的同一管唇膏！除了我，再没有其他人知道这一点。而丽娜已经对自己的罪行供认不讳，现在那管致命的润唇膏已经安全地放回到警局的证物室了。一两天后,假如有人发现你的尸体并且报了警,我会主动负责这件案子。不过我现在就可以告诉你我的调查结果:亨利先生无法承受失去爱妻的打击,心脏病突发而死。"

亨利挣扎着说:"法医会发现我体内的有毒物质……"

克莱尔探长笑了,淡淡地说:"如果法医在你的体内检出有毒物质,我可以把结论改为——丽娜不小心用同一管润唇膏毒死了亨利先生。"

接着他弯下腰,对着亨利的眼睛悄悄地说:"亨利,杀人偿命,无论是用什么样的方式来偿还。爱德娜本来是我的未婚妻,你抢走了她,又间接杀死了她,你要为你的卑劣行为付出同样的代价。"

慢慢地,亨利的身体变得越来越僵硬……

(温　荣　编译)
(题图:佐　夫)

七彩佛珠

惊魂

宋朝年间,福建建阳有一个读书人叫宋惠文。他知识渊博,文武双全,平时尤其喜欢看一些唐代狄公断案的传奇故事。这年,他决定北上京城赴考。

一日傍晚,宋惠文来到福建和浙江的交界处,在路边的一个茶肆里坐下来歇歇脚,顺便问问有没有投宿的地方。那茶肆老板叫陆生,是个跛脚,脸上爬满了一条条蚯蚓似的斑驳伤痕。他看看周围没人,附耳过去,道:"这位公子,你千万不要到前面的寺里去借宿,那里闹鬼!"

说到这里，他脸色发白，惊恐万分。

宋惠文听了，怀疑道："你又没见过鬼，怕什么？"

陆生左右看了看，坐在旁边的长凳上，说出了一个秘密。三年前，陆生也是个进京赶考的举子。那年，他跟同乡好友金开声相伴赶路。一路上他们读书对句，游山玩水，好不自在。那天，他们到前面山腰的寺里投宿，睡在一间厢房里面，厢房的外面是一面悬崖。由于一路走得疲惫，很快，他们就入睡了。半夜，陆生觉得有什么动静，睁开眼睛，只见金开声左手拿着一盏油灯，脖子上套着一串七彩佛珠，右手在拼命地向外拉扯。那串佛珠越缩越紧，金开声脸色通红，舌头伸出嘴外。"咚"的一声，只见金开声手里的灯掉在地上，瞬间一片漆黑。陆生觉得有另外一串冰冷的佛珠在慢慢接近他的脖子，大惊之下，他推开窗户，跳了出去。他摔下悬崖，浑身擦伤，还断了一条腿，挂在一棵树上。次日，他被一个采药的老人救起。

三年来，陆生一直不敢回到寺里去探听金开声的下落，也不愿回家。他给家里写了封信，说他们在京里住下了，不中进士就不罢休，然后就在山下开了一家茶肆，不断小心提醒上京赶考的举子。至于从别的路途上山的人，他可劝不着了。有些人相信他的话，就在他的茶肆里将就一晚。有些人说他是在说瞎话兜揽生意，固执地上山投宿。路上有鬼的事，但凡上京赶考的人即使碰上也都不轻言。他们认为说出去是不吉利的，有碍科考。不过，也有很多在寺里投宿的人次日安然无恙地上路，时间长了，他的话也就没有几个人相信了。

宋惠文听了，道："我不知你话的真假，今天就在这里住一夜，明日一早我再到寺院借宿歇息，住上几日。如若真有鬼怪，我就把它揪出来，为你屈死的兄弟报仇。"

上山

次日一早，宋惠文不顾陆生的劝阻，毅然上山。陆生在他身后担心得一边摇头一边叹息。宋惠文来到寺前，只见上面写着"半山寺"三个大字。他向开门的僧人说自己连夜赶路，非常劳累，想在寺里歇息歇息，并且说自己喜欢清净，最好是有远离人群的厢房。那个僧人瘦小黝黑，见有人一早来投宿，显得十分惊讶，他让宋惠文在外面等一下，自己转身进去通报了。

过了好一会，那僧人才返回来，把宋惠文让进门来，领着他来到寺院西面僻静处的一个厢房。这个厢房只与南面的一间僧人厢房曲折相连，东面是一个小院，院子里放着一个巨大的鼓，厢房远离其他房屋。宋惠文进入房间，推开西面的窗户，冷风扑面而来，下面云雾缭绕，是一个深不见底的悬崖。他心里一动，又见里面东西堆放不齐，显然是有人草草收拾过了，应该就是在他等候的这段时间做的。他不动声色地说道："好一个清幽的场所，我要在此多住几日，温习温习功课。"言毕，他从包裹里摸出一锭银子，交到僧人的手里，说是一点香火钱。

那僧人走后，宋惠文仔细察看了居室内的每一寸地方。他看到屋子用的椽和柱都是用毛竹做成的，而且有一根靠墙的竹子留有一个碗口粗的孔。他觉得很诧异，搬起凳子放在床上，然后踩到上面探头过去，眯起眼睛看去，里面黑漆漆的。他又俯耳倾听，听见有些微的风声，显然毛竹是和外面或者另外的房间相通的。他用鼻子闻了闻，竟有一股腥臭混合着硫磺的味道。

宋惠文下来后坐在窗边，拿起一本书边吟诵边冥思苦想。一天很快就过去了，天渐渐地变黑了。

那位僧人按时送来斋饭，又给他点亮了一盏油灯。宋惠文道："今日投宿的人多吗？"僧人点点头，宋惠文又让他替油灯加满了油。等他出去，宋惠文从包裹里取出一根银针，在饭菜里搅拌了一会儿，不见什么异状，于是就开始放心地食用了。用罢斋饭，宋惠文端起油灯，把房间里的一张桌子搬到床上，再往桌子上放了一个凳子。他小心地爬上去，坐在凳子上，守在竹孔的旁边，吹灭了油灯。

搞鬼

一弯新月渐渐落到西边的天际，宋惠文却一点睡意也没有。这时，他闻到一股浓重的硫磺味，紧接着从毛竹管子里传来"窸窸窣窣"的声音。等到那声音明显地逼近竹孔，宋惠文摸出火折子，点燃油灯，然后把烧着的油倾倒在竹孔里。那奇怪的声音先是停了下来，接着又响了起来，渐渐远去。片刻之后，竹孔里隐隐传来一声恐怖的吼叫声。宋惠文再听时，却没有了声响。

又过了一会儿，外面还是没有声音，宋惠文跳下凳子，来到南边的僧房前，里面烛光摇曳。他轻轻推了推门，那门竟然没上拴，"吱呀"一声开了，出现在他眼前的是一个高鼻梁、深蓝眼睛的胡僧，只见他双目圆睁，血红的舌头吐在嘴巴外面，脖子上分明缠着一串七彩佛珠。胡僧的双手紧紧抓住佛珠，显然想要拽它下来。宋惠文探了探他的鼻息，摇了摇头。胡僧显然是刚死去不久。猛然间，宋惠文看见胡僧脖子上的七彩佛珠"啪"地掉在地上，开始慢慢蠕动。惊骇之下，宋惠文抡起一只木凳连连狠砸，佛珠渐渐不能动弹了，待凑上去看时，那七彩佛珠竟然是一条色彩斑斓的大蛇。

宋惠文打量了一下房间，不出所料，胡僧房间里也是用毛竹作椽柱，其中一根毛竹通到地上，顶端是一个碗口粗的孔，孔边是一堆没有烧完的硫磺，还有一个装蛇的竹篓。显然，胡僧先把蛇放进竹管，然后开始用硫磺熏，蛇怕硫磺，自然会一个劲地往上爬。当它爬到隔壁的房间，已经被硫磺熏得性情暴躁，就会开始行凶伤人。宋惠文虽然不能确定里面是什么，但他想到大概就是这样的方法，于是早有准备，用滚烫的油把对方逼了回去。大蛇被硫磺熏了又被烫油煎熬，从出口出来后，立刻兽性大发，竟然把主人活活箍死了。宋惠文点点头，自言自语道："看来他们就是这样杀人的，再把书生们的银子给抢了。"

这时，天色已经微亮。宋惠文来到院子中间的大鼓前面，双手抡起两根棒棰，大力击打，沉闷的鼓声远远地传开去。很快，寺里的十几个和尚和借宿的数十名书生都跑了过来……一切真相大白于天下，于是半山寺的和尚被一大帮书生押着去了县衙。

之后，陆生在宋惠文等人的带领下，来到那个悬崖的谷底。只见下面一具具白骨的手臂都向上举着，似乎在自己的脖子上向外拉扯着什么。陆生扑在地上，不断地寻找着好兄弟金开声的尸骨……最后，宋惠文带领大家把屈死的人的尸骨一一埋好。

后来，宋惠文进京赶考，一举中了进士。之后，他居官清廉，体恤百姓，一生经办案件数不胜数，还著有《洗冤集录》，流传广泛，影响深远。他就是中国历史上赫赫有名的大宋提刑官宋慈。

（董程东）
（题图：黄全昌）

求字

大清制币局失火，造币纸被趁乱偷出，闹出一桩惊天大案。但是，再缜密的犯罪，依然会留下痕迹，一旦找到线索，接下去，就是慢慢地抽丝剥茧……

京城有个书法家叫乐游亭，他生于书香门第，一手乐家书法写得炉火纯青。俗话说"家有梧桐必招百鸟"，乐游亭的"尚游斋"堂前，每天来求字的人络绎不绝，对此，乐游亭是来者不拒。

这天，乐游亭突然放出话来，要求字的人自带纸张，他才给写字。原因是但凡喜好字的人，家中必有好纸，好字配好纸，那才更有收藏价值。

这个新奇的做法，似乎更激起人们的好奇心，一时间携纸来求字的人更多了。

这天上午，一个名叫甘双喜的书生捧着纸来求"前程似锦"四字。乐游亭是行家，拿过纸一抖就赞叹一声"好货色！"随手将纸铺在案上，一挥而就。写完，交于研墨的老仆。老仆研墨累了，刚喝了口水还没咽下，也不知怎地，一个喷嚏，一口水全喷在纸上，"前程似锦"四个字被洇得一塌糊涂，可那纸却仍光亮平展。

"就是你了！"突然"啪"一声，乐游亭拍响镇纸，冒出一句，屋后立刻蹿出两个衙役，将这个叫甘双喜的人按倒捆住。"我犯了哪家王法，为什么抓我？"甘双喜挣扎着喊。来求字的人也都被这场景惊呆了。

乐游亭一扫平日儒者风雅，斥道："你的罪迹，就在这纸上，还不招来？"

"我没犯法，要我招什么？身为儒者你不能设扣陷人呀！"在场的人也交头接耳，那神情就是要乐游亭把这事说清楚。

乐游亭叹了口气，说道："那我就从头说起吧。"

那是一个月前的一个夜里，大清制币局不慎失火，很快被官兵扑灭，可事后一查库存，却发现库里的纸丢了许多。窃贼乘乱偷纸做什么？还用问，是要制作假币呗。皇上得知后大怒，将此列为大清第一要案，责令限期破案，不破，就将制币局管带哈德全家抄斩！

听到这里，甘双喜连连叫冤："这案子京城里谁都知道，可制币局丢了纸，与我何干？"

"因为你就是那夜的偷儿，这就是你乘乱偷得的贡纸。"乐游亭扯起那张被水洇过的纸，又继续说下去，"眼看破案期限要过，市面上却没见假币出现，难道偷儿放弃了私制假币的打算？原来，那夜制币局丢失的纸有两种，一种是产自南方的'蔡侯纸'，另一种是产自关外的'高丽纸'。由于偷儿不知道大清银票是用哪种纸印制的,所以他们暂时没敢用。正在这时,闻听'尚游斋'要人自带纸张求字的告示,你就上当了,用上好的纸求字,以后比大清银票还要保值升值。你现在带来的纸,就是用来印制大清币的高丽纸!"

甘双喜仍不服,说:"纸上又没有标注,你怎么知道我拿的是高丽纸?再说,那蔡侯纸为什么就不能制大清币?"

乐游亭笑了笑说:"因为这两种纸表面相似,可内质有别。蔡侯纸用的是南方水,造出的纸性温绵软,稍遇水即浸蚀离解。而高丽纸产自寒冷的关外,油性具足,性烈耐寒,加厚的纸页甚至韧如牛皮,只有这样的纸印出的大清银票才不易损毁,经久耐用。"

甘双喜听到这里,顿时叹息一声:"天网恢恢,怨只怨我自作聪明弄巧成拙,我这是自投罗网呀!"

一桩惊天大案破了,一些还没求到字的人忽然担心起来,如今偷儿捉住了,那乐游亭的求字承诺还继续下去吗?过了几天,"尚游斋"堂前又贴出告示,继续"带纸求字"。

没过几天,一个叫钱克千的人来求字,他求"福禄长寿"四个字以报母育之恩。这是个孝子呀! 乐游亭二话没说,取过他的纸写了"福禄长寿",递给研墨老仆。这回老仆没有打喷嚏,而是抬手将案上一碗清水整个泼在纸上,这下,不仅刚写的字模糊了,整个纸也洇湿,化作了一团纸糊! 这时又听一声"拿下!"两个衙役从屋后奔出来将钱克千按住捆绑起来。

钱克千慌乱挣扎:"我家有八十岁老母……这到底怎么回事呀?"那个声音又喝道:"有这蔡侯纸为证,你才是盗取造币纸的偷儿!"

在场的人这一下又都迷糊了,盗取造币纸的贼,不是已经抓住了吗?

乐游亭微微一笑，指指老仆，说道："只因前日那段公案还没有讲完，我看还是让他接着说吧……"

那个研墨的老仆不紧不慢地说道："一个月前的夜里，制币局失火丢了纸，圣上震怒，将此列为大清第一要案，眼见破案限期要过，制币局管带哈德就要被全家抄斩……"

"这个故事我们早就听过了，"这时钱克千最先不耐烦了，叫起来，"偷纸的甘双喜，不是已经被你们捉住了吗？"

"哈哈哈，没有甘双喜前日的飞蛾投火，哪有你今天的登门送绑？"老仆继续讲下去，"正为难时，哈德的墨中至友乐游亭送来一计，就是要人自带纸张来索字，这便有了甘双喜携高丽纸求字被捉一事。而你以为替死鬼被抓住，你就可以放心大胆地造假了。可是你太贪婪了，你不仅用偷得的高丽纸仿印了假币，还不放弃蔡侯纸，拿它来求字，留待日后升值。可你哪里知道，真正印制大清银票的不是高丽纸，正是这蔡侯纸呢。"

"是蔡侯纸……"钱克千怔一下，可还不认账，"可我没有偷啊……"

老仆将墨砚"啪"地拍响："真是茅厕的石头，又臭又硬！"回头朝后堂喊道，"搜赃的回来了吗？"

"来了。"一个人手拎包裹应声进来，他虽然穿着衙门皂衣，人们还是认出来了，他正是前几日被擒的甘双喜！刚才甘双喜带衙役去了钱克千家，搜出了用高丽纸印制的假币。

原来，不久前，钱克千潜入大清制币局放火，乘乱偷回贡纸。可印假币毕竟是他头一回干的勾当，所以为弄清大清银票用哪种纸印他是费尽心机，可最后还是被一步步引入圈套。钱克千被押下去了，可有人不理解，问老仆："大清银票不使用经久耐用的高丽纸，却使用遇水即化的蔡侯纸,这不合情理呀!"

老仆解释道:"天下纸林林总总,当属蔡侯纸声名远扬,墨迹能够力透纸内,细密不退。也正是因为蔡侯纸制出的纸币极易损毁,人们在使用它时才会格外当心,担心损毁了不能再用。也只有内心珍惜了,才是真正的经久耐用呢。"

在场人也听得如醍醐灌顶,这研墨老仆对大清制币如此通悉,他到底是何人?

这时老仆除去胡髯,亮明身份:他就是大清制币局的管带,哈德。

(王东生)
(题图:黄全昌)

杀人凶手

从前,在黄土高原的缅山村里,住着一户人家。男主人姓王名兆汉。兆汉三岁那年,父亲喝了碗水中毒身亡,母亲被县官判以谋杀亲夫罪斩首示众。王兆汉就这样失去了父母,靠村里一些好心人将他抚养长大。到他十岁那年,觉得不该再为乡亲们添麻烦了,于是就偷偷离开村子,到外地要饭,过起了四处流浪的生活。

一晃五年,他回到了老家,靠上山砍柴、卖柴维持生活。在他二十六岁那年,被村里一个名叫翠翠的姑娘看中,嫁给了他。婚后,两夫妻和睦相处,日子过得很顺心,并于三年后生了个儿子,取名宝财。

一天,王兆汉从山里砍柴回来,累得他一头倒在炕上。翠翠连忙端来一碗开水,放在窗台上说:"宝财他爹,先喝点水吧,我这就给你烧饭。"谁能想到,王兆汉喝了这碗水以后就再也没有起来,当天晚上就抛下妻儿死去了。

对于王兆汉的死,众说纷纭,有人说他是得急病而死,有人说是他父母把他叫去了,也有人说可能这间屋里有妖怪作祟,更有人怀疑是翠翠下的毒手。王兆汉的亲戚本想告官,但考虑到宝财尚小,不能没有母亲,也就忍了。翠翠办完了丈夫的后事,就一心扑在儿子身上,苦撑苦熬将宝财带大。

宝财长到十六岁,就和他父亲一样勤劳能干,挑起了家庭担子,生活一天天好起来了。到他二十岁那年,娶了个媳妇,名叫爱花。夫妻恩爱,婆媳也相处得很好。一年后爱花生下个大胖小子,取名平安,把翠翠高兴得整天咧着嘴巴笑。

谁知道,就在平安七岁那年,突然间大祸临头,意想不到的事又发生了。那天爱花得了病,宝财急忙请来医生,切了脉,开了药方。宝财抓了药回来,送了碗开水进屋,放在窗台上说:"爱花,你先喝点水,我这就去煎药。"可是等宝财把药煎好送进屋里一看,爱花已经口吐白沫,奄奄一息,不多久就气绝身亡了。

爱花的娘家人,得知女儿不明不白地死去,都赶来了。他们发现尸体身上发青,认定是中毒而死,哪肯罢休,一张状子告到了县衙门。县太爷派人验尸,确是中毒而死,于是当即把宝财捉进县衙审问。

宝财把事情经过作了详细交代,但拒不承认有杀妻的念头。他说:"大老爷,我和妻子一向和睦相处,相亲相爱,儿子七岁了,我们夫妻间没有吵过架,也没红过脸,我确实没有半点害妻之心呀!今天我给她煎的药还没喝,只喝了半碗白开水就死了,说我毒死妻子,实在是天大的冤枉,青天大老爷,你得为小民做主呀!"

县太爷细细一想,觉得人命关天,草率不得,当即令衙役将宝财收监,宣布退堂。退堂后,县太爷立即坐上轿子来到缅山村,向村民们查访。村里人都说他们是恩爱夫妻,绝不可能是谋杀。大家还说,宝财家尽出怪事,他爹是喝了一碗水死的,他爷爷也是喝了一碗水死的,如今他老婆又是喝水死的,看来真是有鬼呀。

县太爷心里暗想:一碗水就能把人毒死吗?这倒要搞个水落石出。于是就来到王宝财家里,细细察看,细细查问,最后叫人端来一碗开水,放在窗台上,热气一阵阵上升,没过多久,只见碗里的水动了一下,漾起了微微的波纹。县太爷马上叫人拿来白面,放在碗里搅成糊,然后给狗吃。狗吃了面糊,没过半个时辰就口吐白沫,抽筋而死。县太爷又到窗边细细察看,只见窗台顶上有一道长长的裂缝,心想,也许妖魔鬼怪就藏在这里。他又叫人拿破棉絮扎在棍子上,再蘸上油。然后点燃,对准裂缝燃烧。果然,不到一袋烟的工夫,从裂缝里掉下来一个东西,大家一看,原来是一条五寸多长的大壁虎。县太爷说:"看见吗?这是真正的杀人凶手!它躲在裂缝里,窗台上摆一碗热水,壁虎受热后就撒尿,那剧毒的尿落进水里,人喝了能不死吗?这可恶的壁虎,害得王宝财祖孙三代不得安宁啊。"

当天,王宝财就被释放回家。邻居们对他说:"宝财,害死你爷爷、奶奶,你父亲,你媳妇的杀人凶手就是这只壁虎,要不是县太爷认真仔细,不知还要害死你家多少人呢!"宝财听完,大哭一场,并把壁虎剁成了血酱。

从此,人们才知道壁虎尿有毒,也知道官有清官和昏官,清官能查出真正的杀人凶手,昏官则跟着杀人凶手再杀人。

(关起业)
(题图:王世坚)

一个老好人

这天一大早，警察局接到一个报案电话，说是红鹦鹉街的一家小杂货店遭到了抢劫。威尔警官立刻带着两个警员赶到那里。

小杂货店前已经围了一大群街坊，七嘴八舌地说着什么，店里一片狼藉，一个肥胖的中年女人倒在血泊里，她的丈夫是一个小老头，满脸惊恐，浑身战抖地坐在一边。威尔警官走过去，俯下身子检查，发现老板娘心脏中弹，已经死了。

威尔警官冲小老头亮出了证件，问："你能说一下事情的经过吗？"

小老头看着威尔警官，好一会儿才从惊恐中恢复过来，他回忆道："今天早上，杂货店刚刚开门，我一个人在店里，突然冲进来一个拿着枪的歹徒，他逼着我把收银机里的现金全部交给他，他拿了钱正要离开，我妻子刚好从外面进来，于是歹徒朝我妻子开了一枪，出门逃走了……"

威尔警官把这些记录下来，又问："除了你，还有谁看到抢劫过程吗？"

小老头摇着头，说："那时候天刚亮，街上一个人都没有。"

"那么，你记得那个歹徒长什么样么？"

小老头想了想，肯定地说："他四十来岁，瘦高个子，大约有六英尺高，左眼角有一道又细又白的疤痕，一直延伸到左耳垂，脸颊这里有一个大大的、长毛的痣。"他指着自己的右面颊说，"他的皮肤黑黑的，像吉卜赛人，黑头发，有点儿油光光的，鼻子很大，不管在哪里，只要再见到他，我就能认出来。"

威尔警官说："你观察得很仔细，他穿什么衣服你还记得吗？"

小老头不假思索地说："当然记得，他穿着茶色长裤，茶色皮夹克，戴一顶茶色毡帽。哦，在他持枪那只手的手背上还文了一条蓝色的蛇盘绕着一颗红心。"

"太好了！"威尔警官满意地说，"这对我们抓住嫌疑犯很有帮助，我们可以画一幅凶犯的像来通缉他。"小老头听了这话，脸上现出了安慰的神色。

威尔警官在杂货店里搜查了一番，又来到隔壁的一家当铺，打听案发时的情况。当铺老板告诉他，那时候天刚亮，街上还没什么人，他听见了一声响，像是枪声，但声音很轻，所以没放在心上，也没有出门去看。

威尔警官问："你和隔壁的杂货店老板夫妇熟吗？"

当铺老板呵呵笑道："我和他们是多年的老邻居啦！说老实话，我不喜欢那个老板娘，她是个厉害角色，在咱们这儿是出了名的，她丈夫——也就是你刚才看到的小老头却是个老好人，心地善良，为人正派，平时总是受他老婆的欺负，有时候还要挨他老婆的打呢。"

"哦……"威尔警官点了点头，又问，"他们有孩子吗？"

当铺老板说，他们没有亲生的孩子，但是几年前收养了一个小女孩，老板娘开始很喜爱小女孩，后来发现她有先天性的智力障碍，就开始厌恶起小女孩来了，不仅经常饿她肚子，还动不动就把她打得遍体鳞伤，为这个，杂货店老板和她争过好几次，可是，凶悍的老板娘还是常常虐待他们的养女。

威尔警官又访问了这条街上的另几家店铺，得到的回答和当铺老板差不多。几乎所有人都喜欢杂货店老板，说他是一个善良、温和的人，而老板娘是一个不折不扣的泼妇，惹人讨厌。

威尔警官回到警察局，让下属根据小老头的描述，画了凶犯的图像张贴出去，一天过去了，没有任何线索。

让大家想不到的是，威尔警官拘捕了小老头。小老头的邻居们都很吃惊，因为他们不相信小老头会是杀害他妻子的凶手。在警察局，小老头矢口否认自己杀害了妻子。威尔警官说："我本来也没有怀疑你，可是你把凶手的样子描述得太仔细了，这不符合常情，因为一般人在这种情况下早就吓坏了。我们的凶犯图像贴出去以后，一点消息都没有，因为根本就没有这样一个人！"果然，小老头听了这话，眼神里流露出一丝惊慌。

威尔警官趁热打铁，让小老头把那个凶犯的长相和衣着重复描述一遍，只要他说得前后不统一，就能证明那是他编出来的。可是，小老头仿佛早就知道威尔警官会来这一手，竟然把"凶手"的特征背得滚瓜烂熟，一字不差地复述了一遍又一遍，无论威尔警官怎么问，也抓不住丝毫破绽。没有证据就不能定罪，最后，威尔警官无计可施了，不得不释放了小老头。

第二天一大早,威尔警官打电话给小老头,他很不情愿地说:"对不起,我们确实搞错了,昨天晚上我们已经抓到杀害你妻子的凶手了!"

小老头在电话那头显得很吃惊,他问:"真的?你们真的抓到了杀害我妻子的凶手?"

威尔警官说:"是的,虽然凶手自己还没有承认,但我肯定就是他,请你到警察局来帮助我们指认一下吧。"

小老头连声答应,没多久,他就来到了警察局。威尔警官把他带到指认嫌疑犯的房间,隔着大玻璃窗,能看见5个男人站成一排,他们全部穿着茶色的长裤和茶色的皮夹克。第一个人有着一头油渍渍的黑发,黑皮肤,鹰钩鼻子,从嘴角到左耳有一道细细的白疤,右面颊有一颗带毛的痣。他站在那里,双手下垂,左手背上纹有图案,是一条蓝色的蛇盘绕着一颗红心。

小老头瞪大了眼睛,好像不相信似的死死盯着这个人。威尔警官用麦克风向这个男人提了几个问题。这个男人回答说,他是一个建筑公司的工人,家里有5个孩子,最大的13岁,最小的才2岁。

威尔警官问完,满意地回过头,问小老头:"你看清了,他是那个抢劫犯吗?"

小老头犹豫了很久,舔了舔嘴唇,说:"不,不是他,他确实和我描述的抢劫犯长得很像,可是不是他。"

威尔警官冷冷地说:"你的邻居都说你是个好心肠的人,不过,这事儿可不能心软。他和你形容的那个人一模一样,尤其是手上也有一条蛇的文身。天下没有这么巧的事吧!"

小老头的额头上冒出了冷汗,他半天没有说话。

威尔警官又说:"你别因为他有5个孩子就同情他,他是个墨西哥移民,没有文化,连律师也请不起,只要你指认他是凶手,我们就能让他招供,把他送上电椅,你放心好了。"他一边说,一边死死地盯着小老头。

小老头的额头布满汗珠,他的脸色苍白,最后终于忍不下去,跌坐在椅子上,抱住头叫了起来:"不! 警官先生,他是个无辜的人! 是我,我杀死了我的妻子……"

接着,小老头痛苦地交代了自己的作案经过,因为他不愿意看见养女继续受到妻子的虐待,就伪造了这样一起抢劫案,杀死了妻子。他本以为编造一个抢劫犯的形象,警察永远也找不到,谁知,警察局真的抓到一个长相酷似的嫌疑人,如果他不自首,这个可怜的建筑工人就会被冤枉了。

案情真相大白,小老头被带走了。威尔警官坐在屋子里,默默地回想着整个案情。这时,有人推门进来,正是刚才那个要小老头指认的"建筑工人"!他一边用毛巾在手背上擦着文身,一边笑着问威尔警官:"他招认了吗? 你怎么看起来闷闷不乐的?" 原来,这出戏是威尔警官忙了一整夜导演出来的,这个"建筑工人"是他找同事假扮的。

威尔警官苦笑了一下,说:"是的,他招认了,可是我的心里却一点也不轻松。过去我们总是利用人们的贪婪、恐惧、报复等心理来抓住罪犯,这一次,却利用了别人的善良和同情心,他,他真的是一个老好人啊……"

说到这里,威尔警官把头深深地埋下去,长长叹了一口气。

(陈　波)

(题图:箭　中)

密谋·奇案
mimou qian

凶手为自己精心谋划的案件耗费着所有智慧与耐心,犯罪动机往往却令人啼笑皆非……

办公室里的电话案

这天快下班时,于科长从机关支部庄书记那儿回来,科室里的手下都看得出于科长显得很生气,看样子问题很严重。

于科长在办公桌后坐下,喘了阵粗气,说:"下班谁也别走,先把这件事情解决喽!"然后他从兜里摸出一张纸条,按了一下桌上台式电话的"免提"键,照着纸条上的号码拨了一串号,"嘟——"电话接通了,于科长"喂"了一声,里面立即传出一个娇滴滴的女声:"喂,老板,您好吗?我是小娜娜,今年十八岁,非常高兴为您服务,哼哼哼……"让人听了浑身直起鸡皮疙瘩。

于科长挂了电话,说:"不到一分钟,五块钱就没了!"

于科长今天演的是哪场戏?原来,刚才庄书记把他叫去,告诉他,有人用他们科的电话打了一个信息台,这个台的收费标准是每分钟五块,一共打了两个小时,六百块钱。机关所有台式电话都是办的两百块钱封顶的套餐,但打给信息台的热线,话费却要另算,结果财务科负责交纳话费的同志把状告到了庄书记这里。

按照机关惯例,每个科室每晚须有一人值班到晚上十点,这种电话白天不可能打,只能是趁晚上单独值班时打,其实只要去通讯公司了解一下通话时间,核对一下那晚科里谁值班,案子就破了,但通讯公司说是要为客户的通话保密,不肯提供,声称只有公安部门介入,他们才会配合,这可怎么办?全科四个人,三男一女,年纪最大的是于科长,过年就退休了;其次是老衷,四十多岁,拉家带口的;第三是大罗,孩子刚上小学,最小的是小萧,十八岁,才中专毕业分配来的女学生……会是谁干的?

沉默了半晌,于科长清了清嗓子,分析说:"咱们科四人,每晚轮流值班,因此谁都有嫌疑,当然了,这种电话,小萧作为一个女孩子,可以排除了,剩下咱们仨,看看怎么解决吧!"

眼瞅着别的科室都下班了,大罗显得有些着急,不耐烦地说:"我老婆今天下班晚,我还得接孩子呢!要不这样吧,不就六百块钱话费吗?咱们三个平摊,交上不就完了嘛!"

老衷急了,说:"凭什么?凭什么?我明明没打我凭什么交?这不是钱不钱的事,我一交钱不等于默认我打了吗?"

大罗问:"那你说咋办?"

"我哪知道咋办?反正我没打,这冤枉钱我不交!再说,如果那个家伙今后继续打信息台,我还月月当冤大头帮他交钱?"

其实也不怪老衷,这个科是个清水衙门,没什么油水,就靠那点死工资，他家庭负担挺重，平时一分钱恨不能掰两半花，凭空叫他掏两百块钱，他能不肉疼？

这时，于科长咳了咳，对老袁说："这点你尽管放心，我们已经叫通讯公司采取了措施，从今晚零时起，取消咱们机关所有台式电话打信息台的功能，今后想打也打不成了，关键是这次这六百块钱，庄书记叫咱们自己解决。"

"不行就报案嘛，让公安局介入，让通讯公司把通话记录调出来，不就迎刃而解了吗？"大罗眨了眨眼睛，想出了这么个主意，可于科长瞪了他一眼，没好气地说道："你不嫌丢人我还嫌丢人呢！庄书记还嫌丢人呢！堂堂国有企业机关干部，利用值班时间，用公家电话打黄色信息台，打色情电话，传出去可不好听哟！你说是不是这个理，老袁？"看得出，于科长这话其实是冲老袁说的，让他让让步，就按大罗的提议把问题解决了散伙。

谁知老袁却油盐不进，忿忿地说道："反正我没打，我就是不交！"

于科长终于火了，拍案而起，训斥道："你没打难道是我打的？难道是大罗小萧打的？你这个人怎么一点集体主义观念也没有？像这种事，不平摊又能怎么办？"于科长有心脏病，一激动，忙去兜里掏硝酸甘油片，邻桌的小萧已麻利地起身给他杯子里续上水，劝道："于科长，您别激动，别激动！"于科长含了药片，一屁股坐下，揉着胸口喘个不休。

就在这时，小萧开口了："好了好了，这六百块钱，我交了吧！"小萧这么一说，大家都松了口气。小萧的父亲是本地有名的大款，按说她这样一个学历不高的女孩子，连招工都困难，更甭提进机关了，但人家就是进机关了，用她父亲的话说，一个女娃，捧个铁饭碗就成。

于科长心里乐意，可嘴上还客气地说："小萧，这恐怕……不太好吧？"

"是啊是啊，怎么能让你一个小姑娘家掏这种钱呢！"

"就是就是，这可不妥！"老袁、大罗嘴上这么说，但他们已经开始收拾桌面，准备下班走人了。

小萧从背包里数出六百块钱，放到于科长桌上，说："我一个单身女孩子，无牵无挂，这个钱，还是我出吧。"

问题就这么解决了，三个男人都不由佩服起小萧这丫头来，这孩子真懂事，漂亮又大方，不愧是大户人家的千金。

小萧下了办公楼，开着她参加工作时父亲送的那辆车回家。车开出几公里路后，她"怦怦"狂跳的心才缓缓平静下来：那天晚上她在科里值班，偶尔从报纸上看到那家信息台的广告，当时广告上也没说这种电话每分钟要五块钱，她一时好奇，就拨打了电话。对方一听来电话的是女孩子，立即换了名男子接电话，他的声音太好听了，她一下就被他那富有磁性的嗓音迷住了，于是就情不自禁地和他聊了个痛快……她只是不解：自己和那男的并没有聊什么不好的话题，怎么于科长非说那是个黄色信息台？打那个电话就是打色情电话？

小萧吓得够呛……

(老　三)
(题图：安玉民)

第三次『婚姻』

罗纳德是一位中年男士，身材瘦高，风度翩翩，一双深蓝的眼睛总散发着迷人的魅力，非常讨女人喜欢。可谁又知道，他却是一个谋财害命的凶手，已杀害了两名女子，并顺利得到了她们的遗产。

罗纳德作案的手法是这样的：先到一个陌生的地方度假，结识一位平凡而富有的单身女子——她最好没有任何亲人，并且生性腼腆。接着，他向她大献殷勤，使其坠入爱河。结婚后，他会花言巧语骗她写下一份遗嘱，同意将所有的财产都留给他。不久，这名女子就会"意外"死去。

罗纳德第一次作案是在南部的一个小镇上。一名女子和他结婚不到三周，就"意外"地死在了浴室里，警察没有发现任何破绽。唯一关注此事的是当地一家小报,他们登了一篇悼文,还配发了婚礼和葬礼的照片。

第二起案子给罗纳德带来了一点小小的麻烦。新娘当初告诉他,她在这个世界上孑然一身。谁知在她死后,居然冒出了个哥哥,和罗纳德争遗产。不过,罗纳德最终还是打赢了官司,将遗产尽收囊中。

如今,罗纳德又开始策划他的第三次"婚姻"了。这个猎物叫爱蒂丝,是他在一次旅行中遇到的。当时,爱蒂丝独自坐在餐厅里,一脸忧郁,更重要的是,她的小指上戴着一枚贵重的钻戒。晚饭后,罗纳德上前跟她搭话。一开始,爱蒂丝不太愿意搭理,但罗纳德精于搭讪,一来二去,他们之间便无话不谈。几次约会后,两人便坠入了情网。

爱蒂丝的身世也颇为符合罗纳德的要求:她在一所女子学校教了10年书,后来父亲卧病在床,便回家照顾老人,直至老人去世。如今,43岁的爱蒂丝孤身一人,虽然有很多钱,但对未来感到迷茫。

相识5周后,两人在旅游胜地举行了婚礼。当天下午,他们就拟定了一份遗嘱:夫妻俩无论谁先离世,所有的财产都会留给对方。因为是旅游淡季,他们便在当地租了一栋靠海的房子,住了下来。

婚后,罗纳德发现,爱蒂丝知书达理、温柔体贴,完全符合他心目中妻子的标准,他甚至考虑过和她厮守一生。

但有两件事让罗纳德不得不下决心提早动手:一是爱蒂丝将自己所有的存折和有价证券都锁在一个皮箱里,从不让他碰;二是爱蒂丝对他的工作特别感兴趣。罗纳德说自己是一家工程公司的股东,每年出现几次即可。爱蒂丝便常常问一些公司的情况,甚至想去他的办公室坐坐。

眼看谎话要被揭穿,于是,罗纳德决定动手。

这天,爱蒂丝在厨房收拾了一个下午,罗纳德爱怜地对她说:"我去楼上浴室帮你放好水,让你舒舒服服地泡个澡好吗?"

爱蒂丝感激地吻了他一下,罗纳德便上楼了。浴室是这栋楼里唯一一间上过漆的房子,是罗纳德亲手刷的油漆。他还在浴缸的上方安装了一个小架子,用来放置洗护用品和一个小型电暖器。这个电暖器非常便宜,有两根发热管,通体呈白色,和墙的颜色很相近,不注意根本看不出来。浴室里没有电源插座,但他可以将电暖器连接到浴室外的一个插座上。

罗纳德开始收拾起浴室来。这时,他听到厨房门"砰"的一声,他不禁一惊,爱蒂丝要上来了?他没有听见上楼的脚步声,便往窗外望去,看到爱蒂丝走出后门,绕过花园,到隔壁串门去了。隔壁刚搬来了一户人家,爱蒂丝生性腼腆,但却和那家的女主人交上了朋友。罗纳德对此很不高兴,他之所以搬到这里来,就是为了避人耳目。因为环境越生疏,认识的人越少,他成功的可能性就越大。

不过,爱蒂丝此时去串门,正好让罗纳德有充足的时间做准备。他转过身来,开始往浴缸里放水。他感觉到心脏在"咚咚咚"地直跳,但他很快便平静下来。

水放好后,罗纳德打开电暖器,看着发热管慢慢变红。然后,他走出浴室,来到楼梯间的电源总闸处,扳下开关,将电源断开。

做完这一切,罗纳德又回到浴室,见电暖器的发热管正慢慢变暗,就用厚布将架子上的电暖器拎起,放到浴缸的底部。这样,它看起来就像是从架子上意外掉落下来似的。

爱蒂丝从花园回来了。罗纳德一边听她的动静,一边取出一瓶沐浴液,并仔细看了看上面的说明。

突然,罗纳德听到身后有响动,他猛地一转身,看见窗外两米远的地方，爱蒂丝正站在梯子上，费力地清扫房顶的枯叶，她的视线刚好能看到浴室里发生的事情。

罗纳德做贼心虚，故作镇定地问道："你在干什么，亲爱的？"

爱蒂丝吃了一惊，差点从梯子上掉下去，她说："你吓死我了！等我把这些落叶清扫完，就来洗澡。"

"辛苦工作后泡个热水澡可是一件无比惬意的事情，快上来吧，我已经放好水了。"

"亲爱的，你真是太好了。"

"不客气。今晚我要带你出去，我想让你看起来尽可能漂亮点。快点儿，亲爱的，泡沫一会儿就会散去，快上来吧。"见爱蒂丝爬下梯子，罗纳德将沐浴液倒进浴缸中。他再次打开水龙头，转眼间，浴缸里便充满了泡沫，并散发出醉人的玫瑰花香。同时，泡沫将那个小小的电暖器完全遮盖了起来。

很快，爱蒂丝来到浴室门口，叫道："哦，泡沫太多了，都溢出来了，到处都是——连地板上都是！"

"没关系。如果没有泡泡，那还有什么意思呢？我出去了，你自己慢慢享受吧。泡完澡，你的皮肤会更加柔嫩白皙的。"

罗纳德走出浴室，侧着耳朵听了听。不出所料，爱蒂丝锁上了门。他慢慢走到电源总闸处，深吸一口气，然后大声问道："亲爱的，感觉如何？"

"我还不知道。我才刚进浴缸。但这种香味好闻极了。"

罗纳德将裹着厚布的手放到了总开关上："一，二……三！"他用力合上了开关。随着一阵"噼噼啪啪"的爆裂声，身后电源插座火花四溅，冒出一股浓烟，他闻到了电线烧焦的味道。接着，整栋楼一片死寂。

过了一阵子,罗纳德走到浴室的门前,边敲门边轻声喊:"爱蒂丝?"里面没有人回答,静悄悄的。

现在,罗纳德要实施计划的第二步了:发现尸体。这并不是件简单的事情。尸体迟早会被发现,但不能太早。他的第二任妻子发生"意外"时,他就太心急了,结果警察不停地盘问他,为什么预感会出事。这次,他决定等上半小时,再去喊人。

趁等待的空隙,罗纳德走进卧室,找到爱蒂丝放钱的那个皮箱。皮箱的锁很难开,他好不容易撬开了锁,看到里面有一些财务文件和一两个厚厚的信封,在这些东西的上面,是一张存折。如今,他可以名正言顺地占有它们了。

罗纳德用颤抖的手翻开存折,17000英镑、18600英镑、21940英镑……他翻到下一页,突然,他的心狂跳不止:两天前,她已经将存折上所有的存款全部取光了!

罗纳德发疯似的打开信封,里面的各种证件、信件散落了一地。突然,他看见了一个署有自己名字的信封,上面的日期是两天前的。他打开一看,不由大吃一惊。

亲爱的罗纳德:

当你读到这封信时,恐怕会吓一跳吧。难道你不知道,每个中年妇女在贸然和一个陌生人结婚时,都会在心里问自己,他为什么要娶我?

一开始,我以为是因为你爱我。但婚礼的当天,我们立下遗嘱时,我就有些担心了。后来,你又在这栋房子的浴室里做了手脚,我便偷偷报了警。

你注意到刚搬来的那户邻居了吗?你从没和那对夫妇说过话。其实,他们并不是夫妇,而是两名警察。那名女警察给我看了两篇从旧报纸上剪下来的文章，写的是两个女人在婚后不久，都在洗澡时意外死亡。两篇报道都附有葬礼上那位丈夫的照片。虽然照片不太清晰，但我还是一眼就认出了你。

有件事我想告诉你，罗纳德。如果有一天，你在浴室找不到我，我一定是顺着梯子爬到了花园里。然后，我可能正坐在邻居的厨房里喝茶呢。是的，嫁给你是我这辈子做过的最愚蠢的决定，但我并没有愚蠢到你想的那个地步。

爱蒂丝

读完信后，罗纳德嘴角一阵抽搐。房子里依然像死一般沉寂。突然，他听到厨房的后门被撞开了，一阵沉重而杂乱的脚步声冲上楼梯，朝他奔来。

（袁劲松　改编）
（题图：佐　夫）

古怪的乘客

晚上九点半，巴士女司机周梅驾驶最后一班公共汽车返回终点站，在闹市区的商业大厦车站，陆续上了几名乘客，投币后分散坐在汽车前排的几个位子上。最后上来的是一个胖乎乎的中年男子，腋下夹着个不大的包，投币以后径直走向巴士最后一排光线最暗的座位。

还差四五站到终点的时候，车上的乘客就只剩下坐在最后一排的那个胖子了。周梅从视镜里向后看看，问道："先生在哪一站下车？"胖子含糊地回答："再过几站。"车到清源住宅小区站，胖子下了车。周梅似乎觉得他比上车时身上少了点什么，不过一身的疲劳让她也没再多想。

第二天一早周梅上班后，把装有午饭的饭盒放在座位旁边，启动巴士。一开车门，第一个上来的就是昨天晚上的胖子，他径直走到最后一排他昨天晚上坐过的座位，因为是上班早高峰，车从起点站开出以后乘客越来越多，一直到终点站还是满满的一车人。

这趟巴士从起点到终点一共需要一个小时五十分钟，到达终点后周梅在驾驶员的座位上伸个懒腰活动一下自己的腰腿，这时她才注意到胖子正在汽车外边活动筋骨。这下周梅纳闷了：哪有乘客下车后不赶路的，这胖子倒像是售票员似的，周梅胡乱想着，下了车，休息室休息了。大约过了半小时，轮到周梅这趟车返回了，车门刚开，第一个上车的竟然还是那个胖子，他看也不看周梅一眼，直奔后排座位。

接下来的事儿就更让周梅奇怪了，整整一天，胖子就重复这一件事，坐在同一个座位上往返于起点和终点之间，别人的车他不坐，连午饭都没顾得上吃。胖子也注意到了周梅疑惑的目光，每次上下车都装作不去看周梅的样子，一声也不吭，坐在座位上眼睛也很少朝窗外看，就这么低着头专心致志地坐车。

晚上九点半，周梅驾驶的末班车又往终点站驶去，车上又只剩下了那个胖子，静静地坐在最后一排。周梅的好奇心慢慢变成了恐慌，她时不时偷偷从后视镜里打量胖子的身影，越想越觉得胖子可能在打自己的主意，想开口说说话打破车厢里的沉默，又不知说些什么，况且他要真是坏人，和他搭话不正中了他的花招？

周梅正在胡思乱想的时候，一辆国产面包车猛然间从巴士后面急速追上来，超过巴士后在巴士的前方又猛地刹了一下车，周梅眼看着两辆车要撞在一起，一边刹车一边快速转方向盘，可还是晚了一点，巴士的保险杠与面包车的尾部刮了一下，两辆车先后停了下来。

"哪有这样开车的！"

周梅抱怨着，生气地打开车门下了车，面包车上也下来一高一矮两个男子，三人一同察看了车辆受损的情况，好在巴士的保险杠伤得不重，两名男子又不住地道歉，表示自己负全部责任，等协商好赔偿办法后，面包车开走了，周梅转身回到巴士上打算继续开车到终点站，这时候，她吃惊地发现车上的胖子不见了，她想也许胖子是嫌停车时间过长，自己从敞开的车门下车了，周梅悬着的一颗心总算放了下来，看样子自己是多虑了。

车到终点站后，周梅突然发现自己带午饭的饭盒不见了，她明明记得饭盒是放在驾驶台上的，撞车以前好像还看到了，莫非是被那个胖子拿去了？可那个破烂铝饭盒只值两三块钱，要是那胖子足足坐了一天车就是为了偷这东西，他八成就是从精神病院跑出来的了。

第二天早晨，周梅一上车就开始注意上车的人，可她并没有见到胖子。上午十点钟巴士停靠在站台上，上来一个衣衫不整的黑瘦年轻人，右手提着一个又脏又旧的塑料袋，里面好像放了一只饭盒，周梅因为刚丢了饭盒，条件反射似的多看了两眼。又过了一站，上来一高一矮两个男人，周梅突然发现他们就是昨天晚上开国产面包车的两个人，高个不理睬她走进车厢，矮个向投币箱里投硬币的时候眼睛直盯着周梅轻轻摇摇头，示意她装作不认识，不要说话。

周梅小心地启动巴士向前开，不时地瞄着后视镜，打量一高一矮两个男子，只见两个男子若无其事地向后挤，到了先前上车的瘦子身边，一左一右把瘦子夹在中间。瘦子似乎意识到了什么，局促地扭着身体，向后面的车门走去。矮个男子俯下身来系鞋带，突然在瘦子的旧塑料袋上猛地一扯，随着"哐当"一声，一个旧的铝制饭盒掉在地上。周梅猛地踩了一脚刹车，巴士停了下来，她看见掉在地板上的饭盒是她昨天晚上不见了的那个。高个男子右手搂住瘦子的脖子，把他牢牢地压在身下，左手从后腰中抽出手铐，铐在瘦子的手腕上，矮个男子从地上捡起饭盒打开，饭盒里面是满满的白色药片。

车上的乘客被这突如其来的情况吓了一跳，七嘴八舌地猜测是怎么回事。高个男子拿出手机，只轻轻说了句："好了，马上过来接我们。"大约一两分钟后，一辆警车拉着警报迅速驶来，停在巴士前面。警察从警车里拉下一个人，周梅仔细一看，竟是昨天坐了一整天车的胖子，胖子手上同样戴着手铐，沮丧的脸低低地垂在胸前。高矮两个警察押着瘦子来到胖子跟前，高个警察问胖子："抬起头！看看是不是他！"胖子偷眼瞅了瞅，点点头。"带走！"一声令下，胖子和瘦子被塞进警车，警灯闪烁疾驰而去。

后来，高个警察到周梅的车上调查取证时，周梅才把事情的来龙去脉搞清楚。原来市里破获了一起大规模贩卖摇头丸的案件，这块地盘上的大买主就是胖子，摇头丸经胖子的手再转卖给各个零售点的毒犯。警方为了一举根除贩毒网络，发现胖子后并没有立即抓捕他，而是利用他抓获他的下线。

前天晚上，胖子准备和下线接头，他狡猾地把接头地点选在繁华的商业中心，可还没到接头时间，警惕的胖子就感觉到了周围有警方的监视，立刻放弃接头，乘坐周梅驾驶的末班巴士离开接头地点。为了安全，胖子在巴士的后排座位悄悄撬开塑料座椅，把摇头丸藏在夹层里，又把座椅复原成原样，自己空手下了车。

胖子当然不甘心丢掉整整几百粒摇头丸，于是打算第二天铤而走险取回毒品。因为巴士后排的塑料座椅被自己撬得松动，只要有乘客坐上去肯定能感觉得到，毒品也就随时有被发现的危险，没办法，他只有从早晨开始一直坐在这个座位上。车上乘客始终很多，他不可能在众目睽睽之下打开座椅夹层取出毒品,只有整整一天坐在上面,而警察也就在周梅的巴士后面跟了一天。

"到了末班车的时候,车厢里最后只有他自己了,他为什么不取出毒品呢?"周梅还有些不明白。高个警察笑了:"是你的警觉帮了倒忙,我们也希望他快点取出毒品和下线交易,可胖子交代说,他发现你总在后视镜里瞄着他,就始终不敢动手,要知道做贼心虚嘛。我们猜胖子一直没机会拿出毒品,就想出制造个小车祸的办法,只有这样你才能离开车厢,给胖子拿毒品的机会,胖子拿到毒品后为了不引人注意,就把摇头丸装进你的饭盒里,装作下班回家的样子下了车。

"这回,胖子和瘦子还是选择了在车站交易,这是他地盘上最热闹的地方。瘦子拿到东西后立刻上了车,碰巧上的还是你的车,看来是主动来给你送还饭盒了。"高个警察打趣地说。

周梅笑着回答:"那饭盒我可不要了,谁还敢再用它吃饭!"

(林 子)
(题图:箭 中)

画像里的阴谋

拉姆莱先生是位中间代理人，住在伦敦。这天，一位自称斯奈思的美国人来到了他的办公室，说有事委托他办。

斯奈思告诉拉姆莱，他是个木材商，也爱参观各地的博物馆和画廊，去年在法国一个小城买了一幅18世纪法国肖像画家格勒兹的少女头像，可惜那只是一幅临摹的画，不是原作。最近他来英国，和达勒姆市的亚瑟勋爵谈一笔生意，竟然在勋爵书房的壁炉上方看见了那幅原画，后来他趁勋爵出门的时候，请伦敦稽尔美尔街一家古画店的行家米契尔先生替他去鉴定，结果证实了那幅画确是真品。

最后，斯奈思说："据男管家说，那幅画是50年前亚瑟勋爵的爷爷买的。米契尔估计它目前值3000镑。我现在想把它买过来，请你替我弄到手。"

拉姆莱沉吟了一下:"既然是他爷爷传下来的,勋爵不大可能转让吧!"

斯奈思先生弹了下烟灰,胸有成竹地说:"我正是为了这个缘故才来找你帮忙的。"说着,他从公事皮包里取出一样用绵纸包着的东西,小心翼翼地揭开绵纸,露出里面一幅镀金框架的油画,大约1英尺长,10英寸宽,那是一幅少女头像,画得精美绝伦。拉姆莱看了,赞赏不已。

"好玩意儿吧,"斯奈思先生咂吧着嘴唇说,"虽然这只是一件临摹品,但和原画几乎一模一样。我知道勋爵爱面子,但他最近手头有点紧。我建议你去拜访勋爵,给他看看这幅画像,直截了当告诉他这是一件临摹品,可是天底下谁也辨别不出来。就说有人拿这幅画再加2000英镑换他那幅原画。这样他既拿到了钱,又不失面子。就算别人发现这幅画是假的,也只会以为他爷爷当年没眼光,买了幅临摹品,事成之后,我可以给你200镑佣金。"

"200镑!"拉姆莱一阵惊叹,但他又疑惑地问,"可您为何不亲自去和亚瑟勋爵谈呢?"斯奈思叹了口气,说:"你知道,上次我和他谈木材生意闹僵了,要是我自己去找他,准保碰钉子,想来想去,还是托一个中间人办这事比较保险。你好好跟他谈,要是2000镑打不动他,干脆加码到3000镑,这幅临摹品就算白送给他。"

拉姆莱想了想,说:"好吧,斯奈思先生,我尽力而为。"

"好,那就数数这个。"斯奈思当即掏出一大卷钞票,数出20张100镑的钞票交给拉姆莱。"不过,"斯奈思又说,"你千万不要在勋爵面前提起我的姓名,别让他一开始就起反感。另外,我今天夜里去巴黎,星期五下午返回,傍晚6点钟来取画,7点钟乘美国邮轮回国。听明白了吗?"

"明白了,"拉姆莱答道,"也就是说给我三天时间来办妥这件事。"

第二天一早,拉姆莱就坐火车来到亚瑟勋爵的府第。他给领进客厅,没多会儿勋爵便露面了,他是个上了年纪的人,彬彬有礼地请来客坐下。

"我是一位中间代理人,"拉姆莱自我介绍道,"这次前来是受一位美国富商的委托,向您提出一项要求。事成之后,我可以得到200镑佣金。所以,我希望您能充分考虑。"

勋爵笑了,说:"好啊,您那位委托人到底有什么要求呢?"

拉姆莱从皮包里取出斯奈思的那幅画,刚一揭开绵纸,亚瑟勋爵便惊呼道:"哎呀,这是我那幅格勒兹的画啊!怎么到了您手里?"

"别紧张,亚瑟勋爵,这不是您那一幅,只是一件临摹品。您觉得怎么样?"亚瑟勋爵弯腰审视,惊叹道:"要不是您说明,我还真以为就是我那幅画呢,连画框都一模一样!来,把它拿到书房去比较一下。"

两人走进另一间布置精美的屋子。勋爵关好门,让拉姆莱注意壁炉上方,那幅原画果然挂在那里。两人仔细端详,真是分辨不出两幅画有什么区别,就连画框也完全一样。

"我简直不敢相信,"勋爵指着一把扶手椅说,"请坐下说说您的来意吧!"

拉姆莱就坐下来把斯奈思的要求说了一遍。

"这可真是一桩古怪的交易!"勋爵坐下沉吟了片刻,说,"我给您说实话,我一向以为我自己这幅画是复制品。即使是真的,我认为它也值不到您提出的那个价。我虽然对古画不太懂行,可我敢说它最多值1000镑。不过,既然您的委托人这么想得到它,我就答应他的条件吧。"

"太好了,谢谢。"拉姆莱忙掏出那20张钞票放在桌上。

勋爵点过钱,又说:"我不想让您的委托人上当,如果一个月内他发现那幅画是件复制品，我可以退还他的2000镑，换回那幅画。反正您已经得到佣金啦。"

拉姆莱接过勋爵收钱的字据，交换了画，道谢后便离开了。午后他搭火车回伦敦，一边抽烟一边琢磨，究竟这幅画是真是假，斯奈思和亚瑟勋爵谁的看法正确。事属凑巧，火车路经一个小站时，他的一位好友多布斯上了车。多布斯是皇家艺术学会会员，常跟拉姆莱一道打高尔夫球。寒暄过后，拉姆莱想听听多布斯怎样评价这幅画，便从公事皮包里取出那幅肖像问："你觉得这幅画怎么样？"

"光线太暗，不大好说。"多布斯看了看画像。"不过这是一件复制品。"

"复制品？"拉姆莱愣了。

"对，这幅画相当有名，"多布斯笑道，"除非你刚从巴黎把它偷来，因为原画一直挂在卢浮宫博物馆里。"

拉姆莱目瞪口呆："你这话当真？这可是一位行家让我代买的！花了2000镑呢。"

"我的老天！"多布斯道，"你不是在开玩笑吧。这幅原画也不过值1200镑。"他用手敲敲那幅画，"这件复制品嘛，至多值40镑！"

拉姆莱心都凉了。回到伦敦，他越想越奇怪，斯奈思先生既然经常参观欧洲画廊，怎么会不知道那幅原画挂在卢浮宫里。拉姆莱起了疑心，他又查了工商名人录，结果发现稽尔美尔街上既没有那家画店，也没有米契尔这个人。也就是说，斯奈思一直在撒谎！

拉姆莱决定向伦敦警察厅报案。他赶到那里，一位探长接待了他。

拉姆莱叙述了他的奇遇，探长起先冷淡地听着，可是一听到亚瑟勋爵的名字，目光突然闪亮了。等拉姆莱讲完后，那位探长走了出去，不一会儿带进来一位手拿卷宗的警探,向拉姆莱介绍道:"这位是尼伯洛克探长。"

尼伯洛克从卷宗里取出一叠照片,递给拉姆莱,说:"请看看这些!"

拉姆莱一看,全是些模样长得普普通通的男女照片,翻到第四张,正是斯奈思的全身像,不禁大吃一惊:"就是他!他托我去换这幅画的。"

尼伯洛克高兴地说:"太好了,您帮了我们一个大忙!"两位探长嘀咕了一阵,随后尼伯洛克转身问道:"拉姆莱先生,我们能不能借用一下那幅画,在明天下午5点以前还给您?""没问题,你们这就可以和我去取。"

两个探长于是跟着拉姆莱回到他的办公室,取走了画。

第二天黄昏时分,两位探长来了,身后还跟着一名警官。"还您这幅画,"尼伯洛克说,"完整无损,只是换了一个新框架,要是斯奈思发现换了框架,就说是您自己不慎造成的,向他道个歉,旧框架也给他留着呐。别的事就交给我们来处理吧。现在我们得躲在隔壁,您独自等他来。"

6点钟,斯奈思露面了。他解开大衣坐下,急切地问道:"事情办得怎么样?成交了吗?"

"成交了,斯奈思先生。不过勋爵说他那幅画也是件复制品。"

斯奈思却并不显得吃惊,只是说:"哦,没关系,你把东西给我吧。"

拉姆莱从保险柜里取出了那幅画。斯奈思按捺不住兴奋的心情,急忙抢了过去,可他只注视了一下,脸色顿时变了。"不对,不是这一幅。"他嚷道,"原先不是这个框架。"

拉姆莱说:"我不小心把画掉在地上,摔坏了一个框角,换了新的,旧框架也给送回来了。"斯奈思连忙嚷道:"你干嘛不早说?旧框架我也要。"

拉姆莱从保险柜里把它取出来交给了斯奈思,斯奈思把框架翻过来看看,一时愣住了,接着把它"砰"的一声砸在桌面上,猛地站起来,脸都气青了:"你这个窃贼!限你10秒钟,如果不交代清楚,我就送你进地狱!"说着,他突然拔出一支手枪对准了拉姆莱。

这当儿,忽然有人打断了斯奈思的话:"别这样,詹金斯。"斯奈思大吃一惊,回头一看,两位探长正举着枪对准他。他手一软,手枪掉在桌上。那位警官马上走过去,捡起手枪,然后把他铐住了。

"拉姆莱先生,很抱歉,让您受惊了。"尼伯洛克说,"不过我们非这样办不可,好让他在我们这几个证人面前表明,他真正要的是那个框架而不是这幅画。拉姆莱先生,请容许我们带走这幅画和这个旧框架,至于这事,我们会向您解释清楚的。"说完,他们把斯奈思押走了。

两天后,拉姆莱来到警察厅,见到了那两位探长和亚瑟勋爵,亚瑟勋爵一见到他,便张开双臂迎向前去,热情地说:"您的行动真叫我佩服,我要向您道谢。"拉姆莱被弄愣了,惶恐地答道:"可是,可是我并没有帮您做过什么事呀?"

一边的尼伯洛克探长笑了,说:"您那位好朋友多布斯先生估计那幅画值40镑,而斯奈思也就是詹金斯却对您说它至少值2000镑。他们说的都不对,那幅画其实值45000镑!"拉姆莱惊讶得透不过气来。"您想知道为什么那么贵吗?"尼伯洛克一边说,一边从抽屉里取出一个小盒,从中取出一串银光闪闪的玩意儿。

"珍珠!一串项链!"拉姆莱惊呼道。

"对,一串项链,勋爵夫人最喜爱的一串项链,价值45000镑,6个月前被人偷走了。那个窃贼就是斯奈思,勋爵夫人的侍女露西尔是他的老相好,常跟他提起夫人那串项链,他便决定下手,混进府里当了一名仆人。有一天府里举办舞会,勋爵夫人打算戴上那串项链,把它暂放在梳妆台的一个抽屉里,斯奈思趁乱偷走了项链。勋爵立刻报了案,警察迅速监视了勋爵府,确保没有人把项链带出去。在调查过程中,我们首先就怀疑斯奈思,因为他是新来的仆人,可我们找不到一点证据。三个月后他辞职离开了勋爵府,他也知道我们在怀疑他,所以不敢把项链随身带出勋爵府。我们断定项链仍然藏在府里某处,可是经过一阵仔细搜寻,却一无所获。"

拉姆莱渐渐明白过来了,说:"他一定知道自己没办法把项链带出去,所以把它藏在这幅画的画框里面,然后借机连画带项链一起弄出来。"

谜底终于揭晓了,亚瑟勋爵为了感谢拉姆莱,不仅退还给他那2000镑,还额外酬谢他1000镑,他认为这位中间代理人劳苦功高,理应受赏。

(李新民 改写)
(题图:箭 中)

密室谋杀案

近日,东京发生了一起神秘的密室谋杀案件,引起社会各界的广泛关注,不光电台里有声,电视里有影,就连地铁站、理发店、餐桌上,人们似乎都在谈论这件事。

这桩密室谋杀案,有三大神秘之处:第一,死者田中博士,是著名的高科技专家,已经发明了多项专利。据说他向来与世无争,怎么会有杀身之祸呢?第二,致死的直接原因是由于胸部受到强力挤压,造成窒息身亡。而且,根据法医的验尸报告,田中博士的尸体就像海蜇一样,骨头都被挤碎了,这可是闻所未闻的事啊!第三,田中博士是在自己的研究室里被杀害的,而门上的锁是从室内反锁上的,现场没有留下任何线索。那么,罪犯究竟是怎么作案的呢?

该案件一出，立即引起警察当局的高度重视，特派市警察局刑侦处资深警官铃木负责侦破此案。铃木警官接到任务后，紧急行动，带着助手加藤勘察了现场。

加藤虽说刚刚参加工作，但眼光相当敏锐，他看了一会就说："这是一起典型的密室谋杀案！"

铃木点头同意："是啊，而且凶手的作案手段也很残忍。"

加藤望着上司，发表自己的见解："现场没有留下任何犯罪线索，说明凶手极有可能是个老谋深算的惯犯。"

"嗯，有可能。"铃木若有深思地说。

加藤问道："密室的门是从里面反锁上的，那么，罪犯是如何作案的呢？"

铃木提示道："加藤君，如果发现不了作案方法，我们不妨先从作案动机入手，展开调查。"

"可是，到目前为止，也还没有发现任何作案的动机啊。我们甚至不知道它是因为积怨呢还是因为财物。"

"是啊，田中先生一向作风严谨，口碑很好的，积怨的可能性不太大；至于财物嘛，田中先生一向致力于科研事业，几项专利所得的奖金大部分也都用于新的科研项目了，家中恐怕也不会有很多储蓄吧。"铃木警官一边说着，一边慢慢地皱起了眉头。

铃木不愧是资深警官，很快就从眼前的僵局中挣脱出来，他压低声音对加藤说："我们就先从田中先生正在研究的科研项目入手，或许能发现蛛丝马迹。加藤君，你立刻去请专家协助调查。"加藤说了声"是"，然后一溜小跑出去了……

不料一波未平，一波又起。

几天后，本市一家酒店的房间内又有人神秘死亡，死者是田中博士的研究助手佐佐木先生，而且死状与田中博士极为相似：骨头粉碎，胸部受压，窒息而死。

铃木警官隐隐感到了压力。

当天临近午时，他带领加藤一起来到田中博士家。这是一所普通的宅院，干净整洁但不奢华。加藤按响了门铃。不一会儿，门开了。两人只觉眼前一亮，面前多了一位身穿和服、光彩照人的俏丽女子。

铃木警官心中微微一惊，但随即就恢复了常态。

他们有礼貌地鞠了个躬："您就是田中夫人正子吧。我们是负责田中先生案件的刑警，想向您了解一些情况。打扰您了，请多原谅。"

"您两位请进来吧……"田中正子举止雍容地招呼他们进屋，把他们引进了餐厅。这使两位刑警稍稍感到意外，他们本以为她会把他们让进客厅的。田中夫人说："两位请坐。我正巧刚做好午饭，两位如果不嫌粗陋，就在这儿用餐吧。"

果然，餐桌上的汤锅里，正腾腾地冒着热气。

两位刑警礼貌地推辞道："好意心领，不必麻烦夫人了。"

没想到，两位刑警这句本是客气的推辞，却似乎刺中了田中正子心中的隐痛，只见她身体微微颤抖，嘴唇哆嗦着，情绪激动地说："我今天做的是先夫生前最爱吃的乌冬面，这本是前些日子别人送给先夫的手擀乌冬面，不料，先夫还没来得及吃就……"说到这里，田中夫人已是泣不成声。

两位刑警平时接触的多是阴险狡猾的罪犯，哪里见过这种情意缠绵、杏花带雨的温柔小娘子，因此，一时间，竟不知如何安慰她。

田中夫人抬手在眼角上擦了擦，继续说道："自从先夫去世后，我做饭总是做过量。两位为了先夫的案件如此奔波劳碌,如不嫌弃,就请在这里用餐吧。"

"啊,我确实有些饿了。既然田中夫人这么说,我们就不客气了。"铃木微笑着说道。

"是啊。田中夫人,那就谢谢啦。"刑警加藤也附和着说。

田中正子为他们盛好乌冬面,看着他们唏里呼噜地大吃起来,微微地笑了。"真香啊。""不愧是正宗的赞岐乌冬面,好吃啊。"

田中正子脸上的忧郁渐渐消失,她满足地点点头说道:"欧洲的面食业不如亚洲的发达,两位知道是什么原因吗?"

"可是,意大利的通心粉,吃起来也不错啊。"

"不过,通心粉是在刀叉发明之后才出现的呀。在欧洲,用刀的时间最长。而对吃面食来说,最方便的餐具当然要数筷子了。"

"是啊,筷子在我们的饮食文化中起到举足轻重的作用,面食就是因为筷子才产生的吧。"铃木警官一边说一边向加藤递了个眼色,示意他把话题转到案件上去。

于是,加藤就轻轻地咳嗽了一下,说道:"冒昧地问您一下,田中夫人,田中博士的研究助手佐佐木先生,您认识吗?"

听到"佐佐木"三个字,田中正子似乎微微一怔,随即淡然地回答道:"是的,佐佐木君是先夫的研究助手,我认识。""今天早晨,他在市内一家酒店里被杀死了。死因与田中先生极为相似,凶手可能是同一个人。不知您能不能向我们提供一些有用的线索?"

听到这个问题,田中正子突然眼中含泪,紧咬嘴唇,一言不发。铃木警官与刑警加藤对视了一眼,突然说道:"根据我们的调查,您和佐佐木君有不正当关系。而死者在被杀之前,曾经与您有过亲密的接触。

因此,您有重大的犯罪嫌疑。"

"啊?"田中正子吃惊地抬起头,犀利的目光在两位刑警的脸上一一扫过,"你们怀疑我?"那一瞬间,她好像突然变了一个人似的。

"是的,在案件没有调查清楚之前,任何与本案有关的人都是涉嫌对象。我们请您到警局协助调查,也是例行公事,希望您能理解。"

"啊,原来如此。我一定会尽力配合的,两位先在这儿慢慢吃,我去梳洗一下。"说话间,她已恢复了先前的镇定神态。当她走出餐厅之后,刑警加藤有些担忧地说:"警官,您看她会不会逃跑?"

"不会,现在还没有真凭实据证明她就是凶手。如果她逃跑的话,不就自我暴露了吗?我看她不会那么傻。加藤君,有关田中博士的研究课题调查得怎么样了?"

"好的,请稍等,"加藤一边回答一边拿出记事本,翻开。记事本里夹着一根像金属丝一样的东西。它非常细,细得会被人误以为是纤维。"您瞧,警官,"加藤一边说一边用手指捏起那根金属丝,放进面前一杯已经变凉的清水中。

少顷,他又把那根金属丝从凉水中取了出来,递到铃木警官的面前。

"啊,怎么会变粗了呢?"铃木警官惊讶地瞪大了双眼。

"这是形状记忆合金。田中博士已经就这项发明取得了专利权。它的特征是能够依靠对温度的控制对它进行变形,并且在变形的时候产生令人惊讶的力量。尤其令人不可思议的是,人们能在低温下对它设定任何一种程度的变形温度,一旦达到那个温度,变形就会产生。这真是一个划时代的发明啊!"

铃木警官看着那根金属丝,若有所思。突然,他脸色苍白地大叫一声:"加藤君,您觉得现在是不是比刚才冷了一些?"

"嗯,好像是的。可能天气有点热,田中夫人为我们开了空调吧。"

"啊,这个恶毒的女人,她竟然想杀死我们。立刻关掉空调!否则,我们的胃就会千疮百孔了!"

"为什么?"加藤不解地睁大了眼睛。

当铃木警官将一束热气腾腾的乌冬面放进杯子里的凉水中时,加藤的目光渐渐变得恐惧起来,喷香柔软的乌冬面已经变得像根根钢刺一样锐利而又坚硬……

后来,法医从田中博士被害时所穿的内衣中,检测出了那种形状记忆合金。原来,凶手将该种记忆金属丝织进了内衣中,当周围环境的温度通过空调降低到预先设定的变形温度时,金属丝就会变粗变大,并且通过变形所产生的巨大力量刺进胸膛,将手足关节扭断,并将全身骨骼粉碎,而到了预先设定变形的时间结束后,金属丝又会恢复到原来的形状。多么巧妙的犯罪啊。

法医也在田中博士的研究助手佐佐木的内衣中发现了同样的记忆合金。酒店的空调就像定时炸弹的启爆器一样,毫不留情地杀死了他。

案情至此真相大白,作案者正是田中正子。面对铁证如山的犯罪事实,田中夫人坦然承认,自己是因为婚外恋和一时的私欲才会变成一个杀人不眨眼的恶魔的。

至于铃木警官和加藤刑警,在经过整整两天的手术之后,终于被取出了体内所有的金属丝,慢慢地恢复了健康。

但从此以后,他们是谈"面"色变,更别说吃面食了。

(关 月 改编)
(题图:张 恢)

神秘的铃兰草

小山敏雄今年二十七岁,长得英俊高大,是许多女孩子心中的白马王子,可是他却偏偏上门做了水野久美子的再婚丈夫,并且把自己的姓都改成了妻姓"水野"。明眼人一看就知道,这个"水野"纯粹是冲着久美子的财产来的,因为久美子的容貌不算漂亮,而且丝毫没有女人的魅力,可是却开着一家相当规模的现代化的制药公司;而水野虽然大学五年专门攻读经济学,可如果完全靠他自己的努力,要什么时候才能熬出头,才能去经营一家属于他自己的企业?水野现在这样做虽然有些委屈自己,但权衡利弊,他觉得值。

不过令水野始料不及的是,成婚以后,久美子并没有把自己的董事长地位让出来,她只是给了水野一个常务董事的职位。其实这只是一个虚名,公司的命运一如既往仍然全部操纵在久美子的手中。水野曾经试图与久美子对抗过,但毫无用处,他又没有勇气与久美子的巨额财产说"拜拜",于是只好选择了放弃。不过他心里总有一丝不甘,所以常常不由自主地在心里诅咒久美子早点死掉,好让他独掌财权。为这,他还不止一次地醉倒在酒桌上。

这一天,水野正在办公室里百无聊赖地打发时间,突然电话铃响了,是一个男人的声音:"是常务董事先生吗?你想杀死夫人对不对?"

"你说什么?你是谁?你一定弄错了吧?"水野的神经一下子绷紧了。

"我不想听你辩解啦,反正你想谋害夫人是事实。你能不能听我一个建议?"

水野默不作声,他脑子飞速地转着,拼命回忆这到底是谁的声音,可是想不起来。

"啊,我想你是默许了。"对方的声音倒是显得很轻松,"那么,就让我来替你干吧。如果你接受我的建议,明天早晨请你在自己办公桌的花瓶里插上一支铃兰草。明白吗?是白色的铃兰草!"说完,对方挂上了电话。

"董事先生,有什么事吗?瞧你都出汗了!"这时候,水野的秘书优子小姐站起身来,娇声问道。

"是吗?我有点累了。"水野接过优子递过的手绢擦了擦额头,满脑子都是刚才电话里的声音,"铃兰草!插上一支白色的铃兰草……"

这天晚上,水野一夜没睡好,他翻来覆去地琢磨这个神秘的电话,会不会是久美子故意派人来考考自己?思来想去,他决定保持沉默,他认为这是最聪明的办法,不管是谁,他想看看对方下一步怎么办。

第二天,水野像往常一样来到办公室,一进门,突然就愣在了那里。

为啥？他办公桌上的花瓶里，竟然已经插上了一束白色的铃兰草！"这、这是怎么回事？"他不免紧张起来。

"啊，是北海道的一个朋友航空寄给我的，"秘书优子讨好地说，"你看，有多美呀，我特地给你插上的。"

"啊！"这是偶然的巧合还是命运的安排？水野一时惊呆了。突然，他回过神来：这样岂不更好？不是自己亲手插的花，如果真要有什么事的话，有优子担着，也查不到自己的头上。于是他回报优子一个殷切的笑容："多谢啦！"随后便坐下来打理自己的事情。

一整个上午，水野都有点坐立不安。果然，在将近中午的时候，他接到了警局的通知：久美子突然被杀，凶手是公司秘书科的渡边。水野赶回家时，屋内屋外到处是警察，带队的山内警部对他讲了事情的经过。原来据凶手渡边自己交代说，数月前他就和久美子勾搭上了，两个人经常幽会。久美子有一个怪癖，每次当他们在一起偷情到了高潮的时候，久美子总是叫渡边掐她的脖子，这一次也不例外。可是这次完事之后过了很久，也不见久美子醒来。渡边一试她的呼吸，竟然已经死去。渡边本打算马上逃离现场，可是转念一想，屋里除了指纹，还留下他的许多其他痕迹，要把它们全部销毁是不可能的。无奈之下，他只得向警局自首。

听完山内警部的讲述，水野的思绪纷乱如麻，连他自己也无法理清。他不得不同时面对两件事情：一是久美子竟然瞒着他找了情夫，而且还是他的部下，虽然他并不爱久美子，但毕竟有男人的尊严，他不能容忍久美子对自己不忠，所以他对此异常愤怒；再就是昨天那个奇怪的电话，这和久美子的死到底有没有关系呢？

水野正心烦意乱时，山内警部开口道："很抱歉，在夫人不幸亡故的悲痛时刻，我还想问你几个问题。"

"啊，请说吧。"水野强打起精神。

"冒昧地问一句，夫人和你在一起的时候，是不是也要求你掐她的脖子？"

水野默然不语。

说实话，他们俩的夫妻关系从一开始就很淡漠，他从来不知道久美子居然还有这样的怪癖。可是如果照直说，别人会怎么看他？他想了想，朝山内警部点点头，说："既然说到了这一点，我就告诉你吧，那确实是妻子的怪癖。"出于男人的虚荣心，水野说了谎话。而且他也没有告诉山内警部关于那个电话的事情，因为他不想多此一举，自找麻烦。

第二天，警方以"杀人嫌疑犯"的名义将渡边送交地方检查署。考虑渡边并无杀人动机，而且被害者的丈夫也证实被害者确实有掐脖子这个怪癖，加上渡边又是自己去自首的，结果，检查署仅以"过失致死罪"对渡边起诉，最终处以罚款。不久，渡边便被保释出狱了。

这期间，水野理所当然地坐上了制药公司的第一把交椅，并且在久美子的周年忌日刚过，就迫不及待地娶了他的秘书优子为妻。

水野一直记着优子送他的那束白色的铃兰草，一切能如愿以偿，他认为这是优子给他带来的幸运，他感谢优子。

可是舒心的日子过了没多久，水野的好心情被一个电话破坏了："是常务董事先生吗？哦，不对，现在应该是董事长先生了！我是渡边，你还记得我吗？"话筒里传来一个熟悉的声音。

"渡边？"水野心底里的阴影迅速扩张开来：这小子怎么现在突然想起给我打电话？准没有好事！"啊，好久、好久不见了，怎么样，你、你还好吗？"他在电话里喃喃地应答着。

"托你的福,我还活着,只是……我今后的生活还想请你多多关照哪!"

"你这是什么意思?"

"你可真是忘恩负义啊!你难道不记得当初铃兰草的暗号了吗?"

"……"水野一听脸色惊变,一时说不出话来。

"喂喂!"渡边在电话另一头喊叫起来,"无论如何,今晚8点钟,在你家南边的河堤吧,我们就这件事情好好商谈一下。8点钟!啊,如果你不来,明天我就登门拜访,向尊夫人……"

渡边的口气咄咄逼人,水野连忙打断说:"好好好,我去!"

现在看来,当时那个电话肯定就是渡边打的了。渡边为什么要如此卖力地帮自己干这件事呢?水野思前想后,惟一的解释就是要钱。水野心里明白:对付这种泼皮,最好的办法就是把他送到警局,否则将会带来没完没了的纠缠。反正久美子的死自己没参与过任何行动,怕什么!他拿起电话就要报警,却被优子挡住了。优子劝他,关于久美子的死,虽然渡边自首了,但公司里对水野的议论却是沸沸扬扬,多一事不如少一事,就给渡边一笔钱,把他打发掉算了,也许事情也就到此为止了呢?优子一边劝说着,一边就利索地拿出一笔钱交到水野手里,把水野送出了家门。

可令优子万万想不到的是,水野这一去就再也没有回来。第二天,人们在南边堤下的河里发现了一具漂浮着的尸体,根据警方调查的结果,死者就是水野制药公司董事长水野先生。

优子一眼认出丈夫的尸体,当即就昏了过去,醒来之后她失去了记忆,无论警方问什么,她都回忆不起来了。警方未能查到凶手的任何线索,这个案子只能挂了起来。

半年以后，优子耐不住一个人孤独的日子，便把水野名下的股份和不动产作了安排，然后乘飞机飞往自己的故乡札幌。

下了飞机之后，一个三十多岁的男人接优子上了一辆出租车，一同前往札幌市区。两人在车里紧紧相拥，男的说："咱们总算在一起了，真亏了你当初能想出铃兰草这个主意呢！"

优子嫣然一笑："是啊，总算在一起了，你不知道，这段日子我是怎么熬过来的！"

突然，优子发现司机驾驶台上也插着一束铃兰草，不过却是红色的，她不禁好奇地问："那是铃兰草吗？怎么会是红色的呀？"

"是呀，"司机若有所思地答道，"我把它浸在红墨水里，一夜就染红啦。"

"啊，原来是这样啊，这个颜色还真有点可怕呢，血红血红的……"

那司机立刻接口道："可不是嘛，有些人吸了鲜红的人血，突然成了大富翁，那些家伙的脸上手上，不都是这种血红血红的颜色吗？"

"你……"优子觉得司机的话怪怪的。突然，她从后视镜里发现，这个司机的脸非常熟悉。是山内警部？不错，他就是山内警部！几乎是与此同时，坐在优子身边的男人脸色也变了。不用说你也能猜出来，这个男人就是渡边。优子的失忆是装出来的。一件悬案终于真相大白！

（董　轶　改编）
（题图：箭　中）

午夜两点

大巴山脚下有个白河镇,这天上午,镇政府青年干事陈福去上班,他刚进办公室,收发员就送来他的一封信,他拆开一读,顿时吓得脸青面黑。为啥?原来那信纸上绘着个宽宽的黑框,框内有三行用打字机打的字:

死亡通知

姓名:陈福,性别:男,年龄:33岁

死亡日期:8月30日午夜两点。

信封上写着:本镇神人。这就是说,今天晚上半夜两点正,陈福的死期就到了。陈福本是个胆小如鼠的人,看到这玩艺儿,怎能不把他吓得魂灵出窍?他望望怪信,思前想后,也没想出个眉目。正好今天镇上逢场，他想到集场上走走，让脑瓜儿冷静冷静。

白河镇镇虽小，却也别有洞天。集市上人来人往，十分热闹，陈福边走边看，突然有人喊一声："陈哥，你买点啥？"陈福一看，是镇西的二狗，在那儿卖狗肉。他见二狗脸上露出一副猜不透的神情，心里不由一惊:难道怪信是他寄的，他真敢对我下毒手？这么一想，他背脊冒汗了，再也无心逛集市，更无情绪去上班，就急匆匆地回家去了。

陈福急着回家，是想和他妻子白玉香商量。别看陈福相貌平平，可他妻子却是镇上的一流人物。她漂亮，嘴巧，主意多，胆儿大，如今在镇政府当打字员，两年前为陈福的文采所迷，而下嫁于他。这两天她身体不爽没去上班。

陈福一进家门，就把那怪信扔给白玉香。白玉香看完信，沉思好久，才说："嗯，看来今晚上硬要出事！"陈福听了，虚汗又吓出来了，忙说："怎么办，报告公安局？"白玉香说："不行，没有实凭实据光凭一封玩笑信，公安局绝不会来。依我看，还是先给镇里的治安科说说，让他们保护我们。"

陈福一听，立即登上自行车，转眼就到了镇里治安科，正好石华科长和治安员老李与小王都在。陈福掏出那信，又把事情的经过讲了一遍，说："石科长，二狗的可疑很大，你们快把他抓起来吧！？"

石华摇摇头，深谋远虑地说："不必打草惊蛇。如果他今晚真要去你家，我一定抓住他！好了！你先回去，我们马上就研究对策。"

陈福走后，石华他们开始分析案情。最后决定：石华去监视二狗，老李、小王晚上去陈福家。

天刚黑，老李和小王就慢慢朝陈福家走来。这阵儿，陈福就准备关门。白玉香说："这么早就关门，多让人笑话。"她说着递给陈福一根铁棍，自己拿了把菜刀说："我们闷在屋里，不如到外面转转。"陈福依了，提着铁棍紧紧跟在妻子后面出去看了看，又回到屋里。一进屋，白玉香就把厨房边的小屋锁了。接着他们又察看了厨房、堂屋和两侧的客房、寝室。

刚看完，老李和小王就来了。小两口儿便热情接待，又是装烟，又是沏茶。接下来，白玉香提议打麻将。四圈麻将，一直玩到子夜时分，才鸣锣收兵。小王点了一支烟，打了个呵欠说："看来，今晚不会有事了，谁这么缺德，开这种玩笑！"老李也很疲惫。他伸伸懒腰对小王说："石科长说，无论如何也要坚持到天亮。现在你注意屋内，把灯关掉，我到外面看看。"说着提了手枪就朝外面摸去。

陈福这住房是他父辈留下的遗产，建在土坡处，屋后十多米处就是跳水崖。跳水崖虽不高，但下面是白河。

老李遛一圈回来，陈福两口儿见没有什么发现，更觉不好意思起来。于是白玉香又主动摆出几个冷碟，拿出一瓶大曲，让陈福陪两位夜饮。陈福本属贪杯之人，酒杯在手，就忘了天地。三人喝完酒后，白玉香又递给陈福一把钥匙，让他去里面小屋拿跳棋。

时间过得飞快，转眼，墙上的挂钟"当当"敲了两下，这两下仿佛是一颗定时炸弹，震得白玉香瞪大了眼睛！就在这时，突然从那小屋里传来"啊"——的一声撕心裂肺的惨叫。

这叫声把老李和小王的酒意震跑了，他俩"噌"地立起向那小屋冲去。白玉香吓得瘫倒在墙脚一边，动弹不得。老李、小王冲到小屋前，门突然打开，只见陈福双手捂面，鲜血从手指缝处直往外流，飞快地窜出大门，直奔跳水崖而去。

等老李和小王提着枪冲进小屋，不见凶手，再返身追陈福时，陈福头也不回地竟跑上跳水崖,一头向白河栽了下去。等老李和小王追到崖边,全懵了。他们借着月光,隐约看到河心有个黑点随着河流朝远处漂去。

第二天,案子惊动了县公安局,激起了刑警队长文良太的浓厚兴趣。

文良太立即带了几名干警,驱车来到现场,拍照的、记录的、勘察的统统忙乎起来。这时看热闹的人已把陈福屋前屋后、坡上坡下全挤满了。白玉香衣冠不整,披头散发,哭着哭着,竟一下冲上跳水崖,挣扎着要跳河寻死,去找她的丈夫。

此刻,文良太一语不发地站在跳水崖上仔细地观察着什么,忽然问身边的老李:"喂,昨晚陈福是不是从这儿跳的?""是是。我要追拢时,他才跳的。文队长,需不需要打捞尸体?""不用了,陈福根本就没跳水!"

文良太此言一出,周围的人都惊住了,几乎同时问道:"那陈福在哪儿?""在他家里!""为什么?""为什么,"他指指岸边的两株小树说,"它告诉我,跳水人不是陈福,而是凶手。可以断言,事先,凶手就设计了逃走的路线,考察了跳水崖,砍掉了跳水时碍事的小树。待他作案后来到这里,假意投河自尽,实际是顺水潜逃。"说到这,文良太反问大家,"同志们想想,跳水人若是陈福,他被打得满脸是血,懵头转向,怎么会一出门伤就好了?就能在夜间准确地跑到跳水崖?走,到陈福家去找尸体去!"

大家来到陈福家,开了那小屋,清除堆放的杂物,立即就发现一块松土,刨开松土,就露出了陈福的尸体。尸体浑身是血,颈项有深深的裂痕,前胸被刺穿,伤口奇异而长大,用手轻轻一拨伤口,则露出刀柄。这是一把杀猪刀。凶手杀了他,直接把刀子全部送进陈福的肚子里。

这时,一个治安员来报,说二狗跑了。文良太说:"他跑不了。不过,我们还应该多想想……"多想想什么,他把话忍了。他觉得除了二狗,一定还有同谋?因为二狗一个人在那么短的时间内很难完成杀人、掘坑、埋尸,和巧扮陈福出逃的一系列活动。

文良太正想着,一个干警走来报告:"队长,我在河边拍到一个脚印,是水绞型重庆牌胶鞋。"

经查明,脚印果然是二狗的。可是二狗失踪了。于是文良太一边派人追捕二狗,一边进入了案情分析。

再说白玉香死了丈夫,她说一个人不敢睡在家里,找了她的表姐来给她做伴。一天半夜,她二人睡得正香,突然听到一声长长的怪叫。二人惊醒抬头一看,只见窗口有个散发掩面的大脑袋,把两人差点吓了个半死。

打这之后,白玉香不敢在家里住了,就暂时搬到镇政府住了。紧接着,白玉香家闹鬼,陈福还阳显灵的传说在这小小的白河镇,越说越玄,越传越神。过了一些日子,又传出白玉香独居怕鬼,要急着找个男人,而且要找个带枪的男人。她说枪能"镇邪"。

嗨,别看白玉香薄情寡义,还真有人给她做媒,还真给她找了个带枪的。这人就是石华。

石华丧妻两年,至今未续,但石华说与白玉香完配名声不好,起初说什么也不同意。可是经不住白玉香一再托媒说合,最后还是同意了。

举行婚礼这天,石华力求一切从简,只请了些同事和朋友,吃吃糖,谈谈心。就在大伙说笑间,门外进来一个人,此人也不讲客气,给糖就吃,递烟就抽。他没带贺礼,却拖出一圈电源线,自称是电力局的。说是修修线路,查查电表。说着就干上了,过了一会儿就走了。

客人们一走,新郎新娘就上床了,就在这时,突然传来了"笃笃笃"的敲门声,石华问道:"谁?""我!"石华听出是老李,马上开了门。老李笑着说:"对不起,把你们从爱的麻醉中惊醒了。"说着拿出一封信递给石华,说:"刚到的,怕你7天婚假不上班,只好送来。"老李说完走了。

石华拆开信,陡然一惊。原来这封信里也装了一张死亡通知,且和陈福的那张制作一样,只是名字、年龄换了。信上说:今天午夜两点,就是石华的死期。石华不由骂了一声,看看信封,上面也署着"本镇神人"。他觉得有必要报案,就骑上自行车一口气来到公安局。

文良太看了石华递上的死亡通知也吃了一惊,待他镇静下来说:"好,我们今晚行动,沿路搜捕二狗!"

石华返回家,再没入睡,转眼,时间临近午夜两点,石华便打开手枪保险机,下得床来。这时壁钟响了。但同时有人敲门了。石华忙闪到门边问:"谁?""我!""你是谁?""刑警队老文。二狗来过没有?"

"没有没有。"石华听出是文良太,才将枪插入腰间来开门,不想门一开,一只黑洞洞的枪口对准了他:"石华,你被捕了!""老文,这是怎么回事?""你自己明白!"一个干警说着缴下石华的手枪。

谁知就在此时,窗外突然"通"响起一声火药枪声。石华趁机一拳打脱了文良太的手枪,掉头就跨出大门,直往跳水崖奔去,文良太追至崖边,见石华纵身跳了下去。然而他万万没料到,崖下铺了一张大网。石华不偏不歪正好落入网中。

"拉起来!"文良太一挥手,大大的绳网渐渐上升,并紧紧裹住了石华,裹住了一只狼。

也许诸位要问,文良太凭什么断定凶手就是石华?原来,文良太首先考虑的是杀人动机,他查了那小屋根本没有跳棋,再想白玉香是个漂亮且水性杨花的女人,便断定这是一个内外策应,事先挖好坑的情杀。接着,白玉香急于要与石华结婚,使文良太的判断,有了具体对象,在石、白结婚那天,文良太特地请来地区公安处的同志协助,扮着电力局工人,在白玉香的电表箱里接了窃听器,藏了录音装置。接着他学罪犯的模式,也寄给石华一份"死亡通知",意在想听听他们收到"死亡通知"后说些什么。果然二人上当,说了心里话。接着文良太设下埋伏,又在跳水崖处布了绳网,用枪声使石华潜逃而自投罗网。

那么白玉香怎么与石华谋害陈福呢?原来,白玉香与陈福婚后才发现陈福有生理毛病,而白玉香又极风骚,就慢慢与本单位的石华勾搭上,二人为了永做夫妻,经密谋,演出8月30日晚上的那场戏来。

然而,法网恢恢、疏而不漏。半月后,一颗正义的子弹终于击破了石华的梦,白玉香也锒铛走进班房……

(何荣国 搜集整理)
(题图:徐华君)

遗嘱之谜

手语遗嘱

万家照相馆的老板万家宝,一生坎坷,几经沧桑,如今总算脚踩金桥步步高,成了朱亭镇上"屁股冒烟,嘴巴冒油"的个体户巨头。俗话说:树大招风。前两天,税务所的一个干部来到万家照相馆,他拐弯抹角地说,税务所收到一封群众来信,检举万家有偷税漏税的不法行为。

税务所干部走后,万家宝心急如焚,赶忙叫来儿子万小宝,父子俩商量了半夜,决定重金聘个律师,以防不测。

今天,万小宝从律师事务所回来,一推家门,顿时惊得魂飞魄散,只见父亲脸色煞白,两眼呆滞,手捂心口,跌倒在躺椅旁。万小宝一个箭步冲上去:"爸,怎么啦?"此刻,万家宝已经说不出话来,他用尽全身力气,伸出一只手指,指指桌上那张报纸,又指指对面那堵墙,两只手又做了个分开的样子,这才眼睛一闭,到阴间去报到了。

事后,经医生鉴定,万家宝是因过分紧张而引起心肌梗塞,至于发病的起因,目前还是个谜。

万小宝料理完父亲丧事,整日茶饭无心,寝食不安,只是苦苦思索那"手语遗嘱"的意思。现场没有一点异常迹象,桌上有张报纸,上面登着本省"飞车大王"个体运输户武四昌因偷税漏税而被罚款四万元的消息,那堵墙也很平常,上面挂着一幅万小宝和妻子夏丽琴三年前拍的结婚照,万小宝盯着这照片看啊看,想啊想,突然眼睛一亮:阿爸两手做了个分开的动作,莫非里面藏着贵重的东西,要我把镜框拆开?对,阿爸处事极有心机,"文革"中为了对付红卫兵抄家,他曾把家里最后剩下的一只白金戒指藏在一碗咸菜底下。想到这里,万小宝"嚯"地跳起,踏上凳子,取下镜框,把它拆成四截,每个镶嵌处都细细看过,谁知是做梦踏云头,一点无结果。

店堂里的声响,惊动了里屋的夏丽琴。她见丈夫上上下下折腾,心里有点生疑,公公在世时,万家的家产令人瞠目结舌,除了装潢一新、设备齐全的照相馆,还有坐落在万家宅基的一幢三层新楼房,至于银行里的存款,据公公一次酒后失言,是5万5千元。如今公公新亡,遗嘱未解,丈夫会不会瞒着自己做手脚?夏丽琴放不下心,便也来到了店堂。

夏丽琴走到万小宝身边,说:"小小的一只镜框,藏得了什么?依我看,阿爹手指这墙,说不定东西藏在墙壁。""墙里?这么大一堵墙,怎么找?""把墙拆了,一块砖一块砖地找,我就不信会白费劲!"

万小宝一听,觉得妻子言之有理。到了第二天,"万家"照相馆门前贴出了"本店因故停业两天"的告示。店门关得严严实实,窗帘拉得紧紧密密,店堂里,小两口借来了铁镐,"劈里啪啦","稀里哗啦",从上到下，从里到外，对这堵墙进行了彻底"扫荡"。

这场扫荡，一直到下午四点才算结束，全部收获是：三枚锈迹斑斑的光绪年间的小铜钱。夫妻两人累得精疲力竭，瘫坐在地上，你望我，我望你，全是一肚子怨气。

万小宝见店堂里像遭了地震，自己浑身泥尘像个灰孙子，不由指着夏丽琴埋怨起来："都是你，光想发财，拆他娘的断命墙！"

甜言蜜语三冬暖，恶语伤人六月寒，夏丽琴一听，面孔一板，呵，你倒好，拉不出屎怪茅坑不灵，走路跌跤怪路面不平，她拍拍身上的泥尘，站起来说："你不要秃子说和尚，我想发财，你想啥？""你……"夏丽琴不肯罢休，喋喋不休地嘀咕着："怪来怪去都是你老子不好，知道自己心脏有毛病，随时会'报销'，就该早早把手头的钱交托出来，瞒三藏四，弄到最后连个活口都没留下，哼！"

万小宝待爹极孝，见阿爹刚去世，媳妇就红嘴白牙，骂起爹来，一时火起，跳起身，揪住夏丽琴的胸口，"啪啪"两记耳光："你骂爹，丧阴德！"

夏丽琴也不是个省油灯，她发疯似的抓起东西就摔，热水瓶，"啪"！照相机，"砰"，一看桌上放着那张从墙上取下来的结婚照，睹物伤情，冤屈万分，抓过照片，"嘶啦"一声，照片被撕成两半……

就在这时，万小宝突然怔怔地站着，像中了邪一样，他两只眼睛直勾勾地盯着夏丽琴手中的那两半照片，久久地沉思着……

风流女郎

从这天起，万小宝和夏丽琴之间的关系，竟出现了意想不到的剧变，两人吵骂不绝，如同仇人，半个月后，万小宝向法院递呈了离婚诉状。

夏丽琴拿腔捏调,不愿离婚。万小宝离婚心切,不得不在经济上作了最大让步,表示:为了能离婚,愿意从父亲存在银行里的5万5千元钱中拿出5万元给夏丽琴,那幢三层楼的新建楼房也归她,自己只要那爿照相馆。

夏丽琴见经济目的已达到,立即答应了离婚要求。法院见调解无效,便正式判决两人离婚。从此,万小宝孤居陋室,独撑门户。

这天上午,万小宝的好友肖伯康笑吟吟踏进了照相馆。这肖伯康,可算是万小宝的莫逆之交,真是"知人知面又知心,打断骨头连着筋"。肖伯康今年三十二岁,医科大学毕业,现在是镇医院的外科医生。因他交友择偶过于挑剔,至今还是梧桐落叶,一身光棍。

肖伯康一进门便开了口:"阿宝,我有卷彩照,烦你冲一冲,印一印。""小事一桩,今晚就可以给你。你这几天难得来,我们好好聊聊。"万小宝说着,跑到对面个体户酒店里买回了几个菜,两人坐在店堂里,喝起了老酒。

几杯酒落肚,肖伯康脸上红喷喷,带着三分醉意开了口:"阿宝,你和嫂子分了手,今后有啥打算?""女人,我算是看透了,以后还是庙门口的旗杆——光棍一条,落得自在!"肖伯康哈哈一笑:"你别嘴硬,阿宝,说真的,我还是给你介绍一个吧!"万小宝"嗤"地一笑:"我看呀,还是留着介绍给你自己吧!""小宝,别打闹,我可是一片诚心,你看——"肖伯康说着,从证件夹里抽出一张二寸照片,万小宝一看,呆了:呀,世上竟有这么俏丽的女子!你看,那两条柳叶细眉,那一对丹凤媚眼,那一张樱桃小嘴,把万小宝看得如痴如醉。一旁的肖伯康看了,打着趣说:"怎么样,捧座金山银山给她,也不算冤枉吧?""不不,你……你把照片拿去吧!"万小宝说着,不容肖伯康推却,硬将照片塞到了他的口袋里。

肖伯康见万小宝摆出了一副铁石心肠,有点意外,但不再勉强,只是继续喝酒,到下午一点,肖伯康才醉醺醺地离去。

肖伯康走后,万小宝好容易静下心来,拿了肖伯康的那卷彩照到了暗房,一阵忙碌,冲印出来。

等那照片印出来,万小宝又是一怔:照片上那人,正是刚才肖伯康想要介绍给他的那个漂亮姑娘,而且整卷彩照,全是她的。那女子搔首弄姿,媚态百端,万小宝越看越心猿意马。

正在这时,有人敲门,开门一看,真是说巧不能再巧,来人竟是照片上的那个姑娘,她穿一身淡荷绿的乔其纱连衫裙,风姿翩翩,楚楚动人。万小宝的心头不由感到一阵迷乱。

"万师傅,肖医生那卷彩照印好了吗?"万小宝掩好门,一边把那姑娘让进店堂,一边满面春风地拿出了刚冲印好的照片。

那姑娘接过照片,沉吟了一下,开口道:"万师傅,你能给我拍一张照吗?"万小宝虽然不知道这姑娘到底是何许人物,但碍着好友肖伯康的情面,便一口答应下来,不多会,拿出几件服装,殷勤地指着其中一件式样最新颖的说:"穿上试试吧。"姑娘一笑,说:"这件?哼,你呀,什么审美观点?""那你要哪一件?""我想要什么,你是猜不到的,万师傅,你把灯关上,我数到一、二、三,你再把灯打开,保管你大吃一惊!"万小宝无可奈何地拿起了照相机,调好镜头,对好光圈,又顺从地关上了灯。

万小宝站在离姑娘五步远的地方,耐心地等待着。黑暗之中,只听见"淅沥索落"一阵响,似乎是换衣服的声音。

"一、二、三……"

姑娘话音刚落,万小宝"啪哒"打开了电灯,就在这一瞬之间,万小宝不由惊得倒退三步,出现在他面前的竟是令人意料不到的情景:柔淡的灯光下,湛蓝的海水背景边,姑娘脱得一丝不挂,正脉脉含情地面对着他……

万小宝目瞪口呆,连呼吸都停止了,嘴里只是机械地说:"你……你这不行,这种裸体照,我不能拍……"

姑娘好像什么都没有听见,旁若无人地站着,一双火辣辣的眼睛直勾勾地盯着万小宝。万小宝突然一个念头一闪,便暗暗甩大拇指在照相机的快门上轻轻一按……

正在这时,面前的姑娘开始一步一步地朝万小宝走了过来……

"你……你给我站住!"万小宝连连后退,一直遇到墙根边,但姑娘仍然默默地朝他走来,大胆地站在万小宝面前。

姑娘的眼里闪着一种不是傻子谁都明白的神色,万小宝无法抗争了,他只要这么轻轻地一揽,姑娘就会投入他的怀抱。正当万小宝要伸出手去,突然,他看到了对面那堵重新砌起的墙,一种强大的力量使他顿时像换了一个人,他瞪着铜铃般的大眼,暴怒地叫着:"你给我出去,出去!"姑娘的脸上露出了一种大惑不解的神色,仍旧一动不动,她好像不相信万小宝说的是真话。万小宝大踏步走到门边,说:"你再不走,我开门叫人了!"姑娘这时才明白万小宝说的是真话,她懒洋洋地走进更衣室,一会儿,穿好了原来的衣裳,若无其事地走了出来,从桌上拿起照片,冷冷地说:"算账!"万小宝很快地算好了账,开好了发票,姑娘付了钱,疾步走到门边,突然她又站定,回头对着万小宝冷冷一笑:"你是在演戏!"说完扬长而去。

说到这里,该把姑娘的来龙去脉交代几句了。

姑娘名叫肖竹,是肖伯康的一个堂妹,本来住在邻县的一个小镇上,因在一次为她争风吃醋的殴斗中,用水果刀戳瞎了一个毛头小伙的眼睛,被劳教两年,前不久劳教期满,由肖伯康托人将户口迁来此地,安排在一家电器厂当合同工。今夜,肖竹登门本想以自己的美色打动万小宝的心,不料万小宝瞬息之间竟会成为坐怀不乱的正人君子,肖竹只好另辟蹊径,把主意打在坐落在万家宅基上的那幢三层楼房里……

移花接木

归于夏丽琴名下的那幢楼房,和横贯正街的一条幽深、狭长的小巷相接。这天夜里,夜色沉沉,细雨蒙蒙,十一点光景,一个故意把伞撑得很低的男人来到万家楼房前,他警惕地朝四下瞧瞧,然后飞快地掏出钥匙开了门,两分钟后,房里灯就熄灭了。

夏丽琴的这个姘夫自以为神不知、鬼不觉,却不料已被人暗中盯上,盯梢的人,正是万小宝的好友肖伯康。自从夏丽琴和万小宝离婚后,肖伯康一直在暗中监视,一来两去,渐渐地给他摸出了规律:每周的星期二、六,这姘夫必要潜进万家楼房与夏丽琴幽会。

这一天是星期五,深夜,一个黑影潜到万家楼房门边,用小刀拨掉插销,很快打开了窗,跳进了漆黑一团的房里。

夏丽琴迷糊之间,被轻微的声响惊醒,以为是相好来了,懒洋洋地问:"今夜怎么也来了?"

那人没有答话,急着动起手来,黑暗之中,夏丽琴察觉有异,惊疑地伸手开了床边的电灯,"啪"电灯一亮,夏丽琴不由惊叫一声:"啊,是你——"

和夏丽琴贴面相对的竟是肖伯康!

夏丽琴又羞又急，抓起一块枕巾遮掩在胸前，她涨红了脸："你快走，要不，我……我喊人啦！""嫂子，你真抹得下脸喊？"

这个肖伯康，平时是万家的常客，和夏丽琴眉来眼去，嬉闹惯了；再说，夏丽琴本也没断七情六欲，从心底里爱慕肖伯康年轻英俊，因此，一时间闭上了嘴。肖伯康见有机可趁，便用更甜蜜的声音在她耳边喃喃诉说："我不结婚，就是想着嫂子你，你明白我的心吗？"说完，也容不得夏丽琴再思量，一把将她拥进了怀里……

这一天夜里，两人情话绵绵，彻夜长叙，肖伯康说："丽琴，你一个人住在这里，我不放心，现在的流氓盗贼，手段可奇啦……"夏丽琴靠在床头上，一只手抚弄着肖伯康那一头又粗又硬的乌发，嗲声嗲气地说："那你说怎么办？""我有个堂妹，叫肖竹，她不上夜班时，叫她来陪你。"夏丽琴听了，觉得肖伯康心眼好，体贴人，但她想到从没和肖竹见过面，也不知她为人如何，所以没有轻易答应。

从此以后，两人明铺暗盖，做起了露水夫妻。夏丽琴原来担心自己和另一个相好暗中来往，会被肖伯康察觉，谁知两个情夫就像订好盟约一般，各守其期，各行其事，一次也没有碰上。就这样，夏丽琴同时和两个男人暗中来往，肖伯康是星期五，那个相好是星期二和星期六。

这天吃过晚饭，夏丽琴在楼上看电视，突然，一个不速之客前来叩门。夏丽琴下楼开门，见来的是个穿着时髦、姿色出众的姑娘，一问姓名，知道她叫肖竹。夏丽琴想起肖伯康的介绍，便忙邀她上楼。

两人坐定，肖竹开门见山地说，是堂哥肖伯康让她来陪夜的。夏丽琴一阵心热，便点头表示感谢。这时，电视里正在播放"法律顾问"专题节目，肖竹一边看，一边说："嫂嫂，你看电视里这个女工多勇敢，流氓要强奸她，她就拼命抵抗，用身边的水果刀戳瞎了流氓的眼睛，法律是保护妇女的,你看,她不但没有罪,还受了奖呢!"

突然,肖竹停住了口,朝着夏丽琴摆了摆手,示意她不要作声,随即起身,蹑手蹑脚地走到窗口,竖起耳朵听了听,压低喉咙说:"我好像听到楼下有声响!""什么声响?""好像有人!"

此时夜深人静,夏丽琴生性胆小,早已吓得变了脸色。还是肖竹沉得住气,她悄声问道:"有刀吗?""刀?"夏丽琴连忙打开五斗橱的抽屉,取出一把新疆带回的牛角刀。肖竹取过了刀,捏在手中,隐在门边,守候了良久,却不见一点动静。肖竹喘了一口气,说:"大概走了……嫂嫂,你孤身一人,平时可不能大意啊,这刀,你放在枕边,无事壮壮胆,有事吓吓人。"

夏丽琴连连点头,便把这刀藏在枕边席子下。肖竹见阴谋得逞,脸上露出一丝得意的微笑。

有了这次"姑嫂初会",一回生,两回熟,三回成了亲嫂嫂,十天半月,你来我往,左邻右舍也都知道肖竹是夏丽琴家的常客。

一天晚上,夏丽琴腹泻不止,肖竹立即陪着夏丽琴到医院检查。医生经过诊断,认定是肠炎,要夏丽琴住院,夏丽琴想到家里的财产,心里很不放心,肖竹看出了她的心思,便说:"嫂嫂若是信得过我,我来给你看家。"夏丽琴一听,正中下怀,便取出钥匙交给了肖竹,可夏丽琴慌乱之中,竟忘了今天是星期二,正是自己那个相好上门的日子。

正当防卫

肖竹拿了钥匙,急步赶到了夏丽琴的家。她推门进房,稍待片刻,便解衣上床,随即又关上了灯。

到了十点钟左右,肖竹听到楼下似有响声,她瞪大了眼,暗暗从早已熟知的地方抽出了那把牛角刀……

一会儿,楼下的门"吱呀"开了,接着楼梯上响起了轻微的脚步声,那人熟门熟路,走到床边,脱掉了衣衫,撩开帐子,爬到了床上。

那人轻轻推肖竹,悄声唤着:"丽琴,丽琴。"肖竹屏息静气。那人以为她睡得太死,"嗤"地一笑,腾身扑到了肖竹身上。肖竹故意装作嬉闹的样子,伸手搂住了那人的头颈,挪动身子,翻过来把那人压在身下,而她的另一只手,早已捏紧了那把牛角刀,神不知、鬼不觉地窥察着下手的地方。说时迟,那时快,肖竹举起了刀子,对准那人的心脏部位狠狠地扎了下去,那人只喊出一声"啊——"便两脚乱蹬,两手直晃,两眼直瞪,动弹不得了!肖竹摆出了当年参与流氓殴斗时的架势,又对准那人的心脏部位连扎两刀,这才腾开身子,摸着开关开亮了灯。

灯光下,只见床上鲜血直淌,血泊之中,躺着"万家"照相馆的店主,夏丽琴离婚不久的丈夫万小宝!

肖竹跳下床,稳住了神,定下了心,稍稍喘了口气,把尸体推到了床下,只听见"啪"的一声,万小宝的手表表面被水泥地面击碎了……肖竹接着又在室内布置好"搏斗"现场,然后走到窗口叫喊:"抓流氓……"

此时恰是十一时,电视荧屏上映出了"晚安"两字,邻居们打着呵欠想去睡觉,听见令人毛骨悚然的女子叫声,都循声拥到万家楼前,只见肖竹打开门,惊恐万状地喊着,几个胆大的冲到房里,一看万小宝鲜血淋漓,倒在地中央,全都倒吸一口冷气,腿快的赶紧去打电话报案,五分钟后,警车飞驰而来。

刑警们对现场进行了勘察,又仔细地听取了肖竹的陈述,初步结论是:肖竹为抵抗万小宝的强奸而搏斗,她杀死万小宝是"正当防卫"……

惊弓之鸟

弹指过去十天,在此期间,除了公安局两次派员向肖竹了解那天夜里的情况外,一切都是风平浪静。

这天中午,肖竹去厂里上班,踏进厂门,传达室的老头交给她一封信,她疑惑地拆开信,见里面有张照片,拿出来一看,竟是她自己的一张裸体照!她又惊又慌,收起照片,急忙看信:

肖竹:

前不久,我去"万家"照相馆拍照,三天后取回照片时,发现里面夹了张你的彩照(没有底片)。为了你的名誉,我没有声张,只是在暗中打听,直到今天,才打听到你的地址,现将照片寄上,请你放心,我没有给第二个人看。

姑娘,请你日后自重!

一个忠厚长者

肖竹看完信,又气又恼,这个该死的万小宝,那天夜里竟偷偷拍下了我的裸体照!竟还会昏头昏脑,把这张照片误给了顾客,这可要闯大祸啊。

当天吃了晚饭,肖竹去找肖伯康,把照片的事告诉了他,肖伯康一听不觉连声叫苦,其实,万家的万贯家财,早已使肖伯康红了眼,黑了心,那封给税务所的诬告信,就是他写的,出于嫉妒,他想让这个富得冒油的个体户巨头刮掉几层油水。后来,万小宝和夏丽琴离婚,肖伯康兄妹便紧锣密鼓地开始了精心策划,先是由肖竹去照相馆勾搭万小宝,如果一旦事成，肖竹便暂且和万小宝结婚，然后肖伯康乘虚而入，勾引夏丽琴，两人结为夫妻，这样，万家归于夏丽琴名下的巨款、房产就都是他肖伯康的了，到了那时，肖竹再和万小宝"拜拜"，还可再"敲"他一笔竹杠，肖伯康许诺，事成之后，送肖竹两万元。不料第一步棋就没有走成，于是肖伯康一面移花接木，"顶替"万小宝和夏丽琴勾搭成奸；一面让肖竹接近夏丽琴，然后精心选择了在万小宝上门和夏丽琴幽会的日子，事先在夏丽琴茶水里放了泻药，然后乘夏丽琴住院，由肖竹在夏家守株待兔，以"正当防卫"的假象杀了万小宝。

肖伯康以为此事做得神不知、鬼不晓，那料到，这张裸体照却留下了祸根，虽然那个顾客已把照片退还，但底片还留在"万家"照相馆里，如果一旦落到公安局，来个顺藤摸瓜，秘密极可能暴露！

兄妹俩一番密谋，决定当天夜里立即动手。

深夜一时许，兄妹俩偷偷来到了"万家"照相馆的后窗口，肖伯康熟门熟路撬开后窗，和肖竹翻了进去，摸到存放照片的抽屉，翻了一阵后，两人又在暗室里东翻西寻，最终还是一无所获。

就在两人一脚跨出暗室之时，店堂里猝然响起了令人魂飞魄散、心胆俱裂的声音……

原来如此

"啪嗒"随着一声开关声，店堂里突然一片通明，只见照相架子对面的转椅上，不知什么时候坐了一个四十上下的陌生人。

在起初的五秒钟里，肖伯康被震惊得失去了一切知觉，肖竹更是恐惧得像僵死了一般。

"你……你是谁?""给你们寄照片的。""你就是那个'忠厚长者'?"陌生人微微一笑:"怎么,不像?真真假假,你们不也是这样吗?""你想干什么?""带你们到一个应该去的地方。""哪儿?""公安局!"

肖伯康兄妹一听"公安局",差点瘫倒,肖伯康知道今天不是鱼死,就是网破,他刚要举步向前,突然背后响起一声:"站住,不要乱动!"回头一看,这才发现身后站着几个虎视眈眈、荷枪实弹的刑警。

肖竹一看此番情景,突然掩面痛哭起来:"我好糊涂,我年轻无知,我不该拍裸体照,这事只怪我,我哥哥只是帮我来找这张底片,和他无关……"转椅上的那个中年人听肖竹这么一说,朗声大笑起来:"哈哈,别再装疯作傻了,这是拘留证,签名吧!"

原来,刑警们对肖竹的"正当防卫"早已起了疑心。那天夜里刑警们在勘查现场时,发现万小宝所戴的手表在和水泥地面相撞时震坏了,指针所指,是十点三刻,这就是说,万小宝是在十点三刻被肖竹杀死的,而邻居们听到肖竹呼喊时是十一点,这一点当晚刚刚结束的电视节目可以证明。肖竹也恰恰在这里露出了马脚,一切迹象告诉人们,肖竹是先杀死万小宝后再煞有介事地呼喊"抓流氓"的!

与此同时,刑警们在"万家"照相馆清理遗物时发现了肖竹的裸体照,于是产生了更大的疑点,一张裸体照,一场杀人案,极有可能都和万家宝的巨额遗产有关,为了投石探路,引蛇出洞,刑警们便以"一个忠厚长者"的名义把裸体照寄给了肖竹,试探肖竹的反应,不出所料,肖家兄妹杀人心虚,果然中计。

肖伯康、肖竹被拘留后,经过四十八小时的连续审讯,终于全盘供认,并说出了遗嘱之谜的真相:

那天万家宝在照相馆里看报纸,见报上登载了这样一条消息:本省个体运输专业户"飞车大王"武四昌因偷税漏税罚款四万元……万家宝看了,不觉联想起那封揭发他偷税漏税的群众来信,他生性胆小,以为政策又要变了,个体户又该倒霉了,一惊一吓,他的心脏病突然发作,便挣扎着写下了一份遗嘱,内容是——"小宝我儿:我若离世,你与丽琴佯作离婚,将银行里的存款留给她,这样万一时局有变,你即使倾家荡产,还可有一条退身之路,切切……"也就在万家宝捞尽最后一点力气写好这份遗嘱时,肖伯康来找万小宝,他在扶起万家宝时,看见了这份遗嘱,一个罪恶的念头油然而生,他将这份遗嘱放入口袋,不料却被万家宝看见,老头子赶紧相夺,肖伯康拔腿便跑。不多会,万小宝回来,此时万家宝既开不了口,又捏不起笔,只得以手指着墙上万小宝和夏丽琴的结婚照,做了两手分开的动作。

万小宝绝顶聪明,那天夜里,他拆墙觅宝,后来夫妻争吵,他见夏丽琴将结婚照一分为二,突然悟出了父亲临终时"手势遗嘱"的意思,于是便和夏丽琴私下密商,假意离婚,谁知他们一离婚,却被早已偷取了遗嘱的肖伯康乘虚而入,惹出一场泼天大祸。

四个月后的一天,省报头版又发表了一则消息,黑体标题极为醒目:"省政府批示查处违法税收人员","'飞车大王'武四昌索回四万罚款",报道中还说,省长代表省政府向武四昌表示歉意,还给他送了一副对联,上联是:"风声、雨声、风雨声,无非人间寻常,切莫意乱",下联是:"千元、万元、千万元,本是劳动所得,自当心宽",横额是"国泰民安"……可惜九泉之下的万家宝再也看不到这则消息了。

(姚自豪)

(题图:王申生)

铁证·悬案
tiezheng xuanan

无论你有多么相信眼前的事实,证据不足,依然是案件悬而未决的唯一理由。

香水的味道

李萌的鼻子从小就有炎症,一直不怎么通气,五月二十多号的一天上午,她突然打个喷嚏,之后嗅觉就恢复了,而且灵敏异常。

开始李萌也没当回事,以为又是暂时通气,可当她坐上公交车后就愣住了,她居然分辨出了身边一个女人身上香水的味道!李萌虽然也用香水,但以前根本细分不出都有哪些香味,现在她嗅出了香水里桂花、茉莉和百合的味道。

李萌特别高兴,回到家后做了一桌子好吃的,等丈夫王强下班,好把这个好消息告诉他。李萌刚把桌子收拾好,王强就回来了,一进门习惯性地抱了她一下。李萌正想告诉他自己嗅觉恢复了,鼻子却在他衣领边嗅到了栀子、丁香和樱花混合的香味,不由心中一惊:我和他用的是绿茶情侣套装香水,没有这香味啊?这么想着,不由自主又抽了几下鼻子。

王强听李萌抽了几下鼻子,以为她又不舒服了,体贴地说:"你有鼻炎,闻不得油烟,以后还是我回来做饭吧。"李萌没吭声,心想用这种味道香水的一定是女人,既然沾在他衣领上,就说明他们关系很亲密,难道他有外遇了?李萌心神不定地吃着饭,可王强似乎没看出她有心事,边吃边说:"总公司把我们经理换了,新经理很器重我,今天还单独和我谈了话。这段时间很忙,恐怕以后会回来晚一些。"

"你忙吧,我又不是照顾不了自己。"李萌嘴上这么说着,心里却想:不会是找借口约会吧?

李萌见王强泰然自若的样子,突然觉得心里堵得慌,问道:"哎,你们公司的人都用什么香水?"王强有些摸不着头脑,看了她一眼说:"你问这干什么,谁让你帮着推销香水了?"李萌笑了一下说:"随便问问,我鼻子几乎什么味都嗅不出,谁会让我推销香水?"

李萌知道这么问下去不会有什么结果,她决定仔细观察王强的举动。她在一本书里看过,说男人有外遇时特别注意自己的仪表,而且常常有一些反常的举动。

几天过后,李萌没看出什么反常,却发现了一个规律,王强身上那股香味浓的时候一般都回来很晚,理由都是在加班。

李萌和王强结婚前谈了三年恋爱,两人感情很好,她真不相信他会有外遇,但他身上怎么会有女人的香水味呢?李萌决定将这谜底揭开,免得疑神疑鬼的很痛苦。

李萌认识王强公司里的三个女孩,同在一个公司里,会不会是她们用的香水通过电话机什么的沾在他身上了?找了个借口,李萌星期天约了三个女孩出去逛街吃饭,假装无意地和她们打闹,嗅她们身上的香水味,竟然没有一个和王强身上沾的香水味相同。

既然不是她们,那王强身上的香水毫无疑问就是从公司以外的女人身上沾来的,这个事实让李萌呆住了。李萌不想跟踪王强,觉得那样有些卑鄙,她在等王强自己和她摊牌。然而十天过去了,王强没有一点挑明的迹象,对她还是像以前一样好。这种折磨她实在忍受不了了,就报名参加了市电视台周末的一个娱乐节目,想借此告诉王强,她的鼻子现在什么味道都分辨得出。

这是一档分辨香水味道的节目,每周一期,由化妆品赞助商提供丰厚的奖品,收视率很高。李萌参加这个节目不是为了得奖品,只是想试探王强有什么反应。

王强得知李萌报了名,果然很意外,劝道:"别看这节目很简单,其实很难,一般人闻香水连三种味道都分辨不出来,何况你鼻子还不通气。"李萌说:"这段时间我觉得鼻子好像通气了,禁锢了二十多年,也许能分辨出很多的味道,不信你就等着瞧。"

参加这个节目的选手事先都发一些香水先练习,李萌只闻了一遍就牢牢记住了每种香水的名字,比赛那天她过五关斩六将,以准确分辨出所有香水的成绩挑战上期擂主。李萌的表现让王强吃惊得张大了嘴,怎么也想不明白这平时连气都不通的鼻子,怎么突然间变得这么灵敏。

挑战擂主采用的是另一种方式,把十来种不同的香水混合在一起,分辨出香味数量多的一方获胜。上期擂主在纸上写了六种香味后再也写不出了,只见李萌在香水瓶边用手扇一下,鼻子嗅一下,微微一沉思,就在纸上写一种香味的名字,尽管瓶中香水的比例不同,但她还是把所有香水的香味都分辨得一清二楚,让所有的评委和观众都目瞪口呆。

一切都像李萌想的一样,她成了新的擂主,同时获得了丰厚的奖品。回到家后,王强像发现新大陆似的感叹说:"真是大千世界无奇不有,你这不是鼻子,简直是精密仪器!"李萌开玩笑地说:"以后你可要小心一点,我只要闻闻你的衣服就知道你有没有外遇。"

听了她的话,王强表情怪异地说:"我会有外遇?怎么可能呢?我对你怎么样难道你还不清楚?"李萌装作试探的样子在他身上嗅了嗅,说:"我当然知道你对我好啦,可现在外面的诱惑太多了,比我好的女孩也多的是,哎,你身上怎么会有栀子、丁香和荷花的香味?我们用的香水里没有这些味啊。"

王强看了李萌一眼,见她不像是开玩笑,有些恼了:"我怎么闻不出来?你真的怀疑我?有什么话就直说,别疑神疑鬼的!"

见王强生气了,李萌委屈得眼泪在眼眶里直打转:"你身上是有那些香味,我怎么疑神疑鬼了,这么说鼻子还是不通气的好!"王强也意识到自己的话重了,安慰她说:"好啦,是我说得不好。不过我整天忙得连睡觉的时间都没有,哪还有心思搞歪门邪道?再说家里有这么好的老婆,我会去犯那个傻?公司里很多人都用香水,又都在一块工作,估计是那几个女孩用的香水沾在我身上了。"

见王强到现在还遮遮掩掩的不说实话,李萌的心真是凉到了极点。这天晚上李萌失眠了,天快亮的时候,她决定把事情挑明,要不就活得太窝囊了。

第二天是周一,李萌起床时王强已经上班走了,李萌不愿再等,于是打电话到公司请了一天假,准备到王强公司去找他说清楚。天很热,李萌不想背包,便把柜子里的手包拿了出来。手包好长时间没用了,有些霉味,她用毛巾擦了擦,往里面装了一千块钱。等车的时候李萌买了一份当天的晚报,在娱乐版上,她发现自己分辨香水的事上了新闻,还配有一幅照片，新闻里说她的嗅觉比军犬还灵。

军犬是用来抓坏人的，可她的鼻子却嗅出了感情危机，想到这些，李萌就觉得特别难受。正这么瞎想着，车快到站了，她忽然发现自己的手包不见了，急忙对司机说："师傅，我的手包不见了，请先别把车门打开。"

李萌为了看报纸方便，上车后就把手包放在自己座位上用腿压着，可这会儿说没就没了。司机大声说："有哪位乘客捡到手包，请交出来。"车里的乘客你看看我，我看看你，都说没见着。李萌见没人承认，只好说："大家请安静，我的手包好长时间没用了，有点霉味，我能闻出它的味道，请大家配合一下，耽误不了你们几分钟。"

李萌的话让车里的乘客很好奇，都想看看她怎么找手包。只见李萌在车厢内抽了几下鼻子，对站在她身后的一位小姐说："小姐，你的挎包里还有一个手包吧？"见小姐一脸吃惊地看着她，李萌又说："我的手包是戴安娜牌的，里面有一千块钱，麻烦你把你的手包拿出来我看看。"

那小姐见车里的乘客都盯着她，只好打开挎包，从里面拿出一个手包，果然是戴安娜牌的！李萌凑近用鼻子仔细嗅了一下，说："不错，和我手包的味道一个样，小姐这是怎么回事？"那小姐的脸腾地红了，生气地说："什么怎么回事？这是我自己的手包！"李萌说："那你打开包让我看看？"那小姐说："凭什么呀？你用鼻子闻闻就说是你的，你以为你是军犬啊？"

李萌无奈之下只好拿出那张晚报，对车里的乘客说："大家看看，这张照片就是我，上期分辨香水节目的擂主。我既然能分辨出几十种香水的味道，难道还辨别不出两个皮包的味道？"见那小姐不吭声了，李萌说："我既然不认识你，也没有理由讹你，只想找回我的手包，麻烦你打开包我看看。"

这时车里的乘客纷纷劝那小姐说:"小姐,既然包是你的,装的东西肯定不一样,打开看看不就得了。"那小姐涨红着脸说:"我今天也刚把手包拿出来用,里面恰恰只装了刚发的一千块钱奖金。"

事情到了这地步,司机和乘客都不再说话,李萌见那小姐拒不承认,便让司机报了警。警察上车问明情况后,也不敢肯定,就说:"再仔细找找,也许是巧合呢。"说完低头在车厢内找,不一会儿居然在第一排座位下面找到了一个手包,递给李萌说:"看看,这是不是你的?"李萌一看,果然是自己的,她简直不敢相信自己的眼睛,疑惑地说:"怎么会跑到前面去了呢?"警察说:"估计是从座位上掉到地上,你又不小心踢到前面去了。"

李萌不好意思地向那小姐道了歉,有乘客打趣说:"这事怪了,看来鼻子也会见钱眼开,要不怎么没闻出来地上那个钱包?"一个老头摇摇头说:"这不是鼻子的问题,她嗅觉那么灵敏,当然能分清两个钱包,是人心先入为主啊。"

老头的话让李萌一怔,下车后她没急着去找王强,而是先给他打了个电话,刚说了两句,李萌听见电话里有人叫他,是女人的声音,就问是谁叫他,王强说:"是我们新来的经理,对了,今天我见她在办公室里喷香水,我闻着有栀子花味,前几天我衣服上的香味估计就是在她办公室里沾上的。"

听了王强的话,不知为什么,李萌的眼泪一下就涌了出来。

(彭晓风)

(题图:魏忠善)

平阳断指案

德保记客栈的掌柜赵仁信是个读书人,学富五车,写得一手好字。

德保记的生意一向兴隆,可是最近,平阳县里发生了多起怪案,作案者不取人钱财,不要人性命,而专要人的大拇指,人们都怕这个"剁指客",所以来平阳县游玩的人少了,客栈里冷清了许多。

这天一早,德保记迎来一个客人。这人看上去四十岁左右,穿了一身陈旧却很是干净的长衫,看起来像是个落魄的书生。客人名叫孙方,他要了一间房,赵仁信登记在册后,孙方走近赵仁信,沉吟道:"掌柜,我有包物件需要存放在你这里。"

赵仁信答道:"可以可以,保您安全稳妥。"

孙方从怀里掏出一个用绢裹着的小包，赵仁信见像是包了什么贵重物品，说："客官，为免日后纠纷，您还是打开让我瞧上一眼。"

孙方慢慢地将包裹打开一条缝，赵仁信顺着缝往里一看，顿时倒吸一口冷气，包裹里竟是十几根指骨，个个短小粗壮，无疑是人的大拇指。孙方笑问道："掌柜，东西你看过了，给个言语吧？"赵仁信回过神来，慌乱地点点头，忙叫来伙计王二，将孙方带回房去。孙方一走，赵仁信将那包裹带回房里，藏了起来。

天黑时，孙方从房间里出来，他没吃东西，起脚就出了客栈。到了第二天早上，孙方回到客栈。赵仁信见他神情疲倦，两眼布满血丝，像是一宿没睡的样子，便问道："客官，您这一夜去哪儿了？叫我好生担心！"

孙方点头谢道："多谢掌柜的关心，不过这平阳城向来太平，不用为我担心。"

赵仁信摇头说道："客官，这您有所不知。平阳城早些年确实民风淳朴，可这几年，上任知县在南城建了赌场、妓院。很多人倾家荡产、妻离子散，相应的，偷盗、抢劫等事也就见怪不怪了。"

孙方眉头一紧，问："官府怎能容这些场所存在呢？"赵仁信回答："凡事皆离不开权钱二字。"

孙方听了，叹了口气，不再说话，随后回到房里。到了傍晚时分，他又精神抖擞地出了门。赵仁信跟在他后面，也出了客栈。

赵仁信一路跟着孙方来到南城。此时虽然已是天黑，但南城里却十分热闹，到处都是高高悬挂着的灯笼，街上随处可见有财有势的人。赵仁信走到一个巷角时，却发现孙方已不见踪影，无奈之下，只能四处寻找。

转了两圈后，赵仁信忽然听到身后传来一阵嬉闹声，他回头一看，见县太爷正陪着三四个人走来。赵仁信退到边上，等他们上前后，正要跟上去，突然看到他们身后还有一个人。那人竟是孙方！

孙方也看到了他，愣了愣，但没有停下，而是继续跟了上去。赵仁信见状，也跟了上去。只见县太爷等人进了一间叫"苑花楼"的妓院，而孙方在外面等了片刻后，也进了妓院，但很快，他就被人赶了出来。之后，孙方并没有走开，也没过来跟赵仁信打招呼，而是与他一左一右地守在苑花楼前的暗处。

没多久，有一顶八抬大轿进了苑花楼。赵仁信心生疑惑：这些官员聚在一起，会有什么事呢？正想着，抬头一看，发现不知何时，孙方又不见了。

第二天早上，赵仁信一醒来，就听到南城出事了。昨天晚上，县太爷在苑花楼喝花酒时，被人砍下了大拇指。赵仁信神色一紧，立马在房中找起那包指骨。这一找，却惊出一身冷汗，那包指骨竟然不在了。他想到兴许是孙方拿走的，刚想出门找他，就听到外面一阵吵闹声。

赵仁信出来后，大惊失色，只见捕快已把孙方抓起来，准备带回府去。他赶紧上前问道："捕头，这是为何？"捕头说："赵老板，你可知他是什么人？告诉你，他正是那个剁指客。"

赵仁信不由一惊："什么？他就是剁指客？你会不会弄错了？"

"错不了，你们的伙计王二把物证给我了。"捕头随即命王二拿出孙方的那包指骨，说道，"铁证如山，这包指骨是他的！"

捕头带孙方走后，王二嬉皮笑脸地迎上来，对赵仁信说："我可没有对捕头说，这包指骨是从你房间里搜出来的，否则你岂能留在这儿？你明知道他是剁指客，却不仅收留了他，还把罪证藏起来，这是不是该叫知情不报？"

赵仁信似乎明白他要做什么，但还是问道："你想如何？"

王二得意地说:"我要这家客栈。"

赵仁信眉头直跳,半晌才呼出一口粗气,点头答应把客栈给王二。他写好契书后,立即去了衙门,花钱疏通了捕头,见到孙方。

牢房里,孙方已是遍体鳞伤。赵仁信偷偷问孙方:"你到底是何人?"

孙方说:"我是你希望来的人。"

赵仁信浑身一震,当场拜倒在地。

那天晚上,王二因得到德保记,兴奋难耐,夜里拿着银子去了南城的赌场赌钱,可没到半夜他就输光了。他骂骂咧咧地走在回客栈的路上,突然一阵冷风从身后袭来,他还没反应过来,眼前一黑,便什么也不知道了。

不知过了多久,王二被一阵剧痛疼醒,抬手一看,发现自己右手的大拇指不见了……

王二被剁掉了大拇指,那么,孙方显然就不是剁指客。听说,朝廷为此事大为震怒,派人将孙方从县衙押回知府衙门,并命知府亲自审案。

不几天,知府亲临平阳城,坐镇县衙,并命县太爷与城中各官员一齐到堂听令。待那知府升堂之时,官员们吓得一哆嗦坐在了地上,知府竟然就是孙方!而更令他们吃惊的是,孙知府又请出了彻查平阳城官商勾结一案的皇上密旨。

随后,孙方拿出了大量证据,令各官员无可辩驳。此案如镰过草,上至朝廷数位大官,下至辖内三县知县,尽皆落网。令人称奇的是,其中十多位官员的大拇指都是没的。

案情了结后,孙方来找赵仁信喝酒,赵仁信忍不住问道:"孙大人,你是何时知道我是剁指客的?"

孙方一笑,说:"我刚上任时,有人曾夜闯知府衙门,留刀寄书,告之我南城情况。信虽是匿名，但字迹是笔走龙蛇，功力非凡。我想如此熟悉南城之事的，必是平阳城人，于是我暗中打探平阳城书法写得好的人，得到你的笔墨，两下一对比，便一目了然。"

赵仁信恍然大悟，随后又想到一处疑惑，问道："你既然是知府，为什么要单身前来平阳县？又为何受了大难而不说出身份呢？"

孙方说："此事关系错综复杂，我收到你的信后，也只是借抱病拒客之由得以到平阳县来。就算如此，还是有风声传出，那天夜里你见到那些官员们进苑花楼，就是商量应对方法的。若此时我的身份暴露，岂有命在？倒不如干脆借了你的身份。因为我知道，你看了那些指骨肯定会对我的身份有所察觉，也一定会救我的。"

赵仁信有些诧异："你为何这么肯定我会来救你？"

"你既然敢剁贪官的手指，又岂会是贪生怕死之辈？"孙方呷了口酒，笑道，"当然，仅此不足以令我冒险，最重要的是你的信，字里行间流露出对贪官污吏的憎恨和厌恶，对国家百姓的担心和忧虑，令人动容。你是一介草民，为惩治恶官都可以只身冒险，我乃朝廷命官，又岂可贪生怕死？"

赵仁信肃然起敬道："我自幼文武双修，本是想报效国家，奈何父母被贪官所害，我发誓要让那些贪官遭到报应。他们哪只手害人，我便剁掉那只手的拇指，废掉他贪钱害人的手。同时我还记录下他们的罪证，等哪天清官出现，为平阳县的百姓讨回公道。这次总算苍天有眼，让孙大人您来了。"

"此案之所以这么快破获，全仗你记录的那些罪证，若凭我个人，只怕远没有这么简单。"孙方说着，从身上摸出那个包裹，送到赵仁信面前，正色道，"为官若想贪，即便双手皆失也可以贪。惩治贪官，还需要以律法为准。此事，就至此为止吧。"

赵仁信点点头，说："有孙大人在，也就不用剁指客了。"

夜里，赵仁信来到护城河边，把匕首和那个包裹，一起扔进了护城河中……

(吴宏庆)
(题图：黄全昌)

求来的烦恼

著名漫画家郑劳石,去年年初去广州参加一个美术工作者会议期间,应聘为广州一家饮料公司设计一套十八幅大型活动广告组画,得到了2万5千元的巨额设计费。

郑劳石得到这笔巨款之后,脑子里整整翻腾了一宵。他想:这是一笔计划外钞票,老婆是不知道的。如果把钱放在箱子里,一回家就会被老婆没收。他想老婆样样都好,就是最近迷上了"砌墙头",一上麻将桌,就成百成百地把钱往人家口袋里送。为这事,郑劳石曾经劝说过她好几次,可老婆呢,一不争,二不吵,只是脸一板,嘴一噘,人往床上一躺,饭不做了,菜不买了,衣服也不洗了,弄得郑劳石想画画也画不成了。郑劳石为免淘气,只好睁只眼,闭只眼。现在,自己得到了2

万5千元,他不能再让老婆把它拿到方城里流掉!应该把它存起来。

郑劳石打定主意后,从广州回到上海,走进离家不远的银行大门。当他填写开户书时,心中又嘀咕起来了:这2万5千元存单的户名写谁呢?写自己,肯定会被老婆没收,想来想去,想起了隔壁邻居汪义蛟。

说到这位汪义蛟,可算得上是郑劳石割头换颈的好朋友,他俩既是美院里的同窗,又是郑劳石和他老婆的月老红娘,眼下又是门靠门的隔壁邻居,平时,他们两家人家你来我往,情同弟兄。现在,他为了不让老婆知道这笔私房钱,就毫不犹豫地在开户书上写了汪义蛟的名字。等到他把写有汪义蛟的存单拿到手后,就兴冲冲地回家了。

郑劳石不想让老婆知道存款的事,可是在他老婆给他洗衣服时,就发现了这张存单。他老婆阴不阴、阳不阳地说:"你去广州开了一次会,人变得聪明了,竟用别人的名字去存钞票来骗老婆啦?"

郑劳石听了暗暗一惊,他赶紧抵赖说:"这存单不是我的。我回家时,在银行门口碰到老汪,他说他怕老婆,硬要把存单塞给我,托我代为保管……""我不信!""不信!去找老汪来,你可以当面问他。"说着,便抬脚来到隔壁汪义蛟家。

汪义蛟见老朋友来家,立即笑脸相迎,让坐敬烟,当他听了郑劳石的来意后,用拳头在郑劳石的胸前捶了一下,点着他的鼻尖,笑道:"好家伙,你啥时候学成鬼心眼了,不怕我向小常告密?"他边说边点燃烟吸了一口说,"当然啰,既然老朋友开口,我这忙非帮不可。"说完,他到郑家帮郑劳石过了关。

等汪义蛟回到家里,关好门,往沙发上一躺,突然一声长笑,摇头晃脑说:"山穷水尽疑无路,柳暗花明又一村。哈哈,郑劳石呀郑劳石,莫怪我老汪对不起朋友,我也是出于无奈啊!"

汪义蛟为啥说这没头没脑的话？原来，这些日子，他为筹集儿子出国的一笔巨款，父子俩东奔西走，弄得焦头烂额，还缺2万多元。他正为此急得团团转时，郑劳石竟送钱上门来了。他想：存单既然写了我的名字，这不等于这2万5千元就属于我汪义蛟了。我把写着我的名字的存单上的钱取走，郑劳石就是说破嘴也无法追回这笔钞票了。当然汪义蛟也曾想到这么做太缺德，太对不起老朋友，可是，一想到儿子要出国，想到2万5千元这巨大数目，他终于昧着良心干了。

过了几天，汪义蛟取了证件，来到银行，声称存单遗失，要求银行止付挂失。接着，又以家有急用为由，把钱全部取出，交给儿子办理好出国签证手续，半年后，他儿子就飞往澳大利亚了。

郑劳石做梦也没想到老朋友会这么卑鄙地挖他的墙脚。这半年多来，当他打开抽屉，见到存单，心里就乐滋滋的。他觉得平时总是老婆调遣自己，可这次却骗过了她。因此，当他看到存单，心头便涌上一股胜利者的快慰，他暗暗感激汪义蛟这老朋友的帮忙。

很快一年过去了，存单到期了，正巧郑劳石的儿子要公派自费出国留学深造，需要一大笔钱，而他的老婆打开存折一看，总共还不满一万元。儿子见钱不够，十分着急，而他的老婆知道钱被自己输了，心里又悔又愧，没办法，只得找郑劳石商量。

郑劳石见老婆找自己商量，还表示往后再也不去"砌墙头"了，不由心花怒放。他从抽屉里取出那张存单，一本正经地对老婆说："好吧，为了儿子的前程，我只好厚厚脸皮，找老汪商量，将他的钱借来先用一用。"

郑劳石说完就出了家门，但他并未去汪义蛟家，而是径直来到银行，填好取款凭条，连同存单一起交给了银行小姐。不料，银行小姐接过他的存单,就板起了面孔,问:"你这张存单从哪儿来的?"

"咦,你忘啦?一年前,我送来2万5千元现钱,你开了这张存单给我的呀。"

银行小姐见他老不正经的样子,来气了,提高嗓门说:"告诉你,这存单人家一年前就来挂失了,钱也被姓汪的取走了。你今天拿这存单来干什么?走,到派出所去讲讲清楚……"

一听这话,郑劳石像被雷击中一般,惊得瞪大眼睛说:"不,不可能,不可能!小姐,汪义蛟是我的好朋友,他会取走我的钱?我不相信,我去找他……"说着,转身就走。银行小姐见他滑脚想溜,便拉响警报器,守卫银行的武装警察立即围过来,毫不客气地把他拉到派出所。

郑劳石万万没想到好朋友会釜底抽薪取走了自己的钱,现在又让自己当众丢人现眼,气得他一到派出所便跌坐在椅子上,一句话也讲不出来,闷坐了好一阵子,才慢慢冷静下来。他想,我这样生闷气不行,应当主动把事实真相告诉民警,求他为我做主。于是,他对经办民警小王,把事情经过详详细细地讲了一遍。

小王听了,将信将疑,心想要弄清真假,只要把汪义蛟找来,让他俩当面一对质,就会真相大白了。于是,他就派人去叫汪义蛟。

再说汪义蛟自从一年多来冒领了2万5千元,几乎天天在捉摸一旦东窗事发,自己如何应付的办法。今天,当民警来找他时,他心里像吃了萤火虫一样透亮透亮。当他来到派出所,接过小王递给他的存单,便装模作样地看了看,说:"咦,王同志,这是我一年前遗失的存单。怎么到你手里啦?是不是小偷被你们抓住了?"

谁知他的这番话,被坐在隔壁房间里的郑劳石听得清清楚楚。原来他还不怀疑多年的好友会干这卑鄙事,现在他气得肺都快炸了,再也按捺不住心头怒火，人猛地从座位上蹿起，冲了过来直扑汪义蛟："你，你太没良心了，拿了我的钱，还诬赖我做贼，我和你拼了……"

汪义蛟见郑劳石扑来，急忙闪身躲到了小王背后，故作惊讶地说："老郑，这存单原来是你拿走的？哎呀呀，你拿了为啥不和我打个招呼呀，我要知道是你拿的，无论如何是不会报案的……"

民警小王见郑劳石冲过来要打架，连忙喝住他。他见郑劳石脸色铁青，手在颤抖。相反汪义蛟则态度温和，神情平静，回答问题有板有眼。他感到其中必有文章，便不动声色地观察一阵后，语气中含有警告成分说："你们先回去，我们绝不会冤枉一个好人，也不会放过一个坏人。我们会作进一步的调查，把事情搞清楚的。"

郑劳石回到家里，气得坐在写字台前一声不吭。他老婆见丈夫闷闷不乐，脸色通红，猜想莫不是老汪不肯借钱，气得他血压升高了？禁不住暗暗责怪自己不该打麻将，因此，心情愧疚地来到丈夫身边，从袋里取出一条金项链、两只戒指和一副手镯送到丈夫面前，说："劳石，别愁了，你先把这几样东西卖了，不够数，我再找我爸，请他老人家帮我们调调头寸……"

郑劳石见老婆主动献出金首饰来安慰自己，心里既感动，又内疚，后悔当初不该瞒了老婆去存钞票，被汪义蛟这没良心的贼坯钻了空子。他想告诉老婆，请她原谅，谁知一激动，一转身手臂一甩，把写字台上那支钢笔捋到地上。他看到了钢笔，突然眼前一亮，顿时笑哈哈地对老婆说："办法有啦，有办法啦！"说着，他拾起钢笔就朝门外奔去。

那么，郑劳石为什么一见那支钢笔会如此开心呢？原来一年前他在银行填写开户书时，就是用这支钢笔。他想只要查查开户本上的笔迹就能证明2万5千元存单的归属。因此，他拿了钢笔，急冲冲奔进派出所，找到小王,要求查对银行开户书上的笔迹。

第二天,小王来到银行,调出郑劳石那张开户书,经科学鉴定,证明开户书系郑劳石所写。小王觉得汪义蛟这个人太狡猾、太卑鄙了。他立即拿了开户书来到汪义蛟家里,开门见山把开户书往桌子上一摊,问:"汪义蛟,你说这2万5千元的存单是你的,你开户时写过开户书吗?"

汪义蛟态度泰然地说:"写过,就是这一张,是郑劳石代我写的。"

"嗯?你存钱,怎么叫郑劳石帮你代写呢?"

"我给广州一家饮料公司画好广告回来,正巧郑劳石也开好会回上海。我们同坐一架飞机,在回家路上,路过银行门口,我要进银行存款,老郑提出陪我同去。到了银行,老郑又主动帮我代写了开户书。我没想到他当初主动帮我代写开户书时就没安好心。唉,这真是画虎画皮难画骨,知人知面不知心呀……"

小王本以为有了这张开户书可以真相大白,现在听了汪义蛟这番话,觉得合情合理,他不由又怀疑起郑劳石来。汪义蛟见小王低头不语,猜想自己的话起作用了,对,应趁热打铁,扩大战果,再甩出一个杀手锏,于是又说:"王同志,我看要弄清这件疑案也不难,只要弄清广告是谁画的就行了。我建议我和郑劳石各自把广告重新画一遍,就会真相大白了。你说是不是?"

小王一听,心里叫一声:对!但他没出声,转身来到了郑家。

此时郑劳石正坐在沙发上,暗自庆幸自己想起了那张能辨别真伪的开户书,觉得这一下追回2万5千元有望了,心里一高兴,便悠然地听起轻音乐来。正听得入迷,小王"砰"推门进来,把那张开户书和存单往桌上一摔,冷着脸问:"你存款时汪义蛟有没有和你一起去银行?"

"没有,没有,就我一个人!我……"

"好了，好了，别再啰嗦了。现在你和汪义蛟在各自的家里把广告重画一遍，看看那广告究竟出自谁的手。"

郑劳石见又生枝节，心里窝囊，但觉得让自己重画画，也不是难办的事。谁知当他提起画笔时，却不知如何落笔。原来，当初他画广告时，是即兴创作，如今时过境迁，好多细节已想不起来了。一时间急得满头冒汗，越急画得越糟，真有点画不下去了。而汪义蛟在这一年内，为防东窗事发，他把郑劳石画的十八幅广告画全部拍成照片，一次又一次精心临摹，简直达到了乱真的地步。现在他不费吹灰之力，只花了一个小时，十八幅画稿已交到小王的手中。

小王看了一看，便把画丢给郑劳石，郑劳石一看，大惊失色。他万万没想到汪义蛟不仅骗了自己的钱，连自己的画技也偷学去了。现在是自己画不出，汪义蛟倒画好了，这真是：真的变假，假的成真了。汪义蛟见他这副样子，开心啊，他禁不住插上来说："老郑，别白费力气了，人嘛，总是有错的，看在多年老朋友份上，我不会记恨你的……"听他说风凉话，气得郑劳石破口大骂："你这狼心狗肺的，你给我滚……"他气上加急，人一下倒在了沙发上，说不出话来。

就在这时，他老婆回来了，她见丈夫满面通红，直愣愣地倒在沙发上，又见民警冷着脸站在那儿。她惊讶地问了一句："老郑，出了什么事啦？"她见丈夫不吭声，回头见汪义蛟在屋里，便问道："老汪，发生什么事啦？"

汪义蛟还没作出回答，郑劳石老婆已看到放在桌上的存单？抓起一看认识的，她忙说："老汪，这存单不是你的吗，怎么啦？这存单发生问题啦？"

汪义蛟轻描淡写地说："喏，老郑拿了我的存单去银行提款，被扭送到了派出所……"

郑劳石老婆一听，"啊"一声叫，便数落起丈夫来："老郑，你老糊涂啦？这存单是你亲口对我说是老汪的呀。哎呀，我们再急等钱用，你也得和老汪打个招呼，怎么好自说自话去冒领老汪的钱呀？"

本来就气得晕头转向的郑劳石，被妻子一顿抢白不说，她又一口一个老汪的钱说个没完。这么一来，自己浑身长嘴巴也辩不清了。一时间，气、恨、急、怒冲得他血压上升，手脚冰凉，突然晕倒在沙发上。

他一晕倒，他老婆和小王慌了手脚，只有汪义蛟暗暗高兴，因为，广州那家饮料公司的经理一个月前死了，如果郑劳石再横下来，这2万5千元再不会有人来纠缠了。但心里这么想，可表面上也装得惊慌紧张的样子，连忙背起郑劳石就往医院送。

郑劳石本无大病，只是一时气愤，喉咙被气团噎住，经医生进行疏散气团后，便醒过来了。他老婆见他醒来，忙来到病床前俯身问道："劳石，你没事吧？这存单到底是怎么回事呀？"

事到如今，郑劳石又气又愧，长叹一声，便把2万5千元存款事详详细细对妻子说了。

妻子一听，火冒三丈，她喊一声："好个无情无义的汪义蛟！劳石，你放心养病，我去找他算账……"说着，她站起身来。郑劳石一把拉住妻子，懊丧地说："汪义蛟狡猾得很，你斗不过他！"他老婆闻言鼻子一哼，说："你别愁，我有办法治他！"

郑劳石老婆来到病房门口，见民警小王和汪义蛟像一对石狮子站在那儿。她走上前问汪义蛟："你说画是你画的，我问你，你在哪儿画的？""广州。""广州？你几时从广州回来的？"

汪义蛟顿了一顿说："三月六日，我与你家劳石同坐一架飞机回来的，下了飞机，我就和他一起去了银行……"

郑劳石老婆一声冷笑说:"你真成了孙猴子了,一会给我们打麻将的烧点心,一会又飞上天了。不过汪义蛟,我今天不想与你纠缠你到底去没去广州,我只想问问你,你三月六日与劳石同乘一架飞机回来,那你的飞机票呢?""我丢了。""丢了不要紧,"她转身对小王说,"小王同志,我在民航工作,买飞机票都要凭证件登记的。我请你去广州查一下三月六日登机人员中有没有汪义蛟。"

"很好,"小王讽嘲地对汪义蛟说,"你看我要不要去一次广州?我倒真想去广州观赏观赏南国风光呢!"

机灵狡诈的汪义蛟的额头上出汗了,汗珠像黄豆一样一颗一颗冒出来,掉下来,人也像隔夜油条弯下来,脑袋耷拉着,嘴里喃喃道:"我想办法把2万5千元全部还给郑劳石。"

汪义蛟由于犯了诈骗罪被小王带走了。郑劳石从病床上下来,跌跌撞撞走到妻子跟前,抱住妻子,激动地哭了。

她妻子一边替他擦眼泪,一边说:"你们这些男人呀就是鬼心眼多,连自己老婆也信不过。下次还干这傻事吗?"

"唉!教训,教训呀!"

(黄宣林)
(题图:施大畏)

推向地狱的女人

天摇地动

茅山南麓横穿一条宽阔的柳河。原先,河上只有座年久失修、摇摇晃晃的木桥。随着茅山矿藏的加速开发,地方政府决定修建新桥。短短几个月工夫,一座现代化钢筋混凝土结构的公路大桥,已经飞架两岸。

桥北向西不远的河岸边,是个百来户人家的村子,叫溪北村。深秋的一天晚上,建桥工程队为了答谢村民们对建桥工程的援助和支持,特地在村头的打谷场放映了一场惊险的反特片。电影正放到剧情主人公被歹徒逼到悬崖上千钧一发的时候,忽然一个三十来岁的女人跌跌撞撞扑进鸦雀无声的人群,拖着哭腔叫着:"哪个胆大的……快去拦住我家的成发吧,他要闯大祸了……往大桥那边,拿了雷管炸药……"

这一声哭叫,顿时打破了全场的寂静,大家不由得转过脑袋,朝发出哭声的地方望去,原来是同村殷成发的妻子陈翠凤。就在大家愣神的一刹那，不知谁突然嚷了一句："这家伙怕是要去炸柳河大桥？"这一嚷嚷，几百人的打谷场上气氛陡变，一下子轰起来了：这些天村里谁都知道，殷成发在柳河大桥工地上倒了大霉，跟造桥工闹下了生死矛盾，这家伙脾气又暴烈，有可能干出那样的事来！

就在人群刚刚开始骚乱的时候，只见前方大桥处一团火光冲起，"轰隆"一声巨响，正在哭喊的陈翠凤一看，不觉双腿一软，昏倒在地上。

望着那一团火光，大家再也无心看电影了，纷纷朝柳河大桥拥去。在离桥头还有十来丈远的河岸上，大家不由得停住了脚步，在一股浓烈的火药味中，惊恐地盯住了跟前的一幅惨景：只见地上躺着三个血肉模糊的人，一个是殷成发，另外两个人，竟是村里的治保主任莫凤祥和女青年陆青兰。殷成发和莫凤祥已经死了，离他们三步开外的堤坝边，倒着昏迷过去的陆青兰。

一小时后，乡里和县公安局的同志相继赶到了桥头。陆青兰被送往医院后仍处于昏迷状态，为了迅速查明这起爆炸案件，他们连夜在现场进行勘察，并召集了村里的知情人，从各方面摸索情况。

祸起萧墙

事情的起因出在三天前的下午。那天殷成发从采石厂下班回家，路过大桥工地时，见河里有只大吊船，在高音喇叭指挥下，正吊着几千斤重的钢筋水泥预制大梁慢慢朝桥墩上搁。桥西侧有条木板铺的框架便道，殷成发就站在便道上看热闹。当等那大梁刚要被吊搁稳当的时候，殷成发突然感到眼前一黑，不觉嘴里叫了声"哎呀"，只见西斜的阳光下，他长长的身影不偏不倚投在那搁了梁的大桥墩上！殷成发脸色苍白，半天没敢喘气。原来这一带有一个古老的风俗,说造桥上大梁的时候,总要设法暗暗压住一个人的影子,这样大梁由人的魂扛住,这桥就不会倒;而被压住的人却活不长久。殷成发越想越害怕,懊恼得连连跺脚。跺了半天脚,他才悟出道理来,跺脚有什么用,得想个补救的办法来!于是,他赶紧掏出包牡丹香烟,一溜小跑上了桥梁工地,跟在桥工屁股后面说好话:"师傅们行个方便,把这大梁再吊起来一下……"烟发光了一包,好话说了一箩,桥工们只是把他当成是个神经不正常的人,嬉闹了半天,就把他轰走了。殷成发见没人听他的,愁得脸色铁青,拖着两只像灌满了铅的腿,深一步浅一步地回到了家里。第二天他不死心,又来到大桥工地苦苦哀求,但那吊船已经开走了。殷成发望着大桥无可奈何,又气又恨,抢过一把榔头要砸,结果桥没砸到,反而被乡干部狠狠地批评了一顿。

陈翠凤见到丈夫殷成发失魂落魄的样子,心里非常焦急,一面尽妻子的义务,尽量多给他一点温情,一面劝他说:"亏你是个喝了几年墨水的读书人,这是迷信,哪会有这样的事!"慢慢的,殷成发情绪稳定了下来。陈翠凤见事情有了转机,才放下了心。今天晚上,工程队在打谷场放电影,为了让殷成发散散心,特地早早地拉着殷成发来到打谷场上。可是电影开映后,陈翠凤很快就被剧情紧紧吸引住了,等她回头看看丈夫时,却不见了殷成发的人影,陈翠凤吃惊不小,顿时,心里升起了一种不祥之感,便急忙摸黑回家去。到了家门前,见屋里亮着灯,门关着,还拉上了窗帘,她忙趴在门上,从门缝里张望。只见殷成发一个人猫在屋里,面前放着一大包黄油光纸包着的东西。他慢慢鼓捣着,把一个小铜管子和一段白色的粗线接在一起,而后又插进了那包东西里。啊?陈翠凤心里顿时一阵"怦怦"乱跳:她以前到采石场做临时工时见他这么摆弄过,那是开山放炮用的雷管炸药,他……莫非是拆桥不成要去炸桥?这可是要犯法坐牢的呀!陈翠凤一向柔弱胆小,怕他脾气倔犟自己劝不住,没敢声张,赶紧跑到打谷场上去找村干部。谁知她在人缝里钻了几圈没找着,只好又折回家。再一看,屋里熄灯瞎火,门也上了锁,早已没了殷成发的人影。她这才手忙脚乱地跑到打谷场上喊叫了起来,可惜已经晚了。

很快案件有了大致的轮廓。从案发的背景、时间以及现场和伤亡者的状态看来,案情并不复杂:殷成发带了炸药企图炸桥时,被参加乡文化站举办的文艺知识竞赛后回村的莫凤祥和陆青兰发觉,为了保住大桥不被炸毁,莫凤祥和陆青兰同殷成发进行了搏斗,并设法使他和携带的炸药离开了桥,殷成发狗急跳墙,拉响了雷管……几个小时后,陆青兰从昏迷中慢慢地睁开了眼睛。一直等候在病房里的两个警察忙把耳朵支过去,陆青兰像是明白了什么,嚅动着嘴巴,断断续续地轻声说着:"莫凤祥和我,一起,没想到在大桥……殷成发他……有炸药……"说着,头一歪,又昏迷了过去。案情很快理清了,这是一场英雄护桥斗罪犯的壮举。

在偏僻的溪北村,这样的事算得上开天辟地头一回。这一夜,村里几乎家家都没有睡觉。对殷成发这家伙,不少人本来就没有好印象,说他动不动就吵吵闹闹,打人骂人,去年跟人打架还被拘留过十天,是个惹祸坯,干这样的事不是偶然的。更多的人念叨莫凤祥,说莫凤祥是个好青年,他聪明勤快,办事肯吃苦,一向有股子拼命劲头。去年在山洪暴发的时候,是他冒着生命危险,两次潜入洪水漩涡中堵塞决口,保住了柳河大堤的安全,受到了乡政府的通报表扬。

当陆青兰再次从昏迷中醒来的时候,已经是第二天午后。守候在她身旁的小护士一见她醒过来，惊喜地轻轻叫了起来："醒了！醒了！"这时，几个医生忙围了过来，给她测血压、量体温。这时，门外响起一阵脚步声，几个干部模样的人轻轻走了进来。主治医生一见，连忙站起身对陆青兰介绍说："陆青兰同志，这是县里的高县长和乡党委的彭书记，特地来看望你。"高县长忙急步走近病床，替陆青兰掖好被子，示意她好好躺着，并和蔼可亲地对她说："陆青兰同志，你为人民立了大功啊。我们要在全县好好宣传你和莫凤祥同志的英雄事迹。"陆青兰脸上掠过一丝不安的神色，微微摇了摇头："不，别宣传我……英雄不是……"高县长看了看彭书记，满意地笑了："好，好，你这种谦虚精神很可贵呀！"随后他又指示彭书记："莫凤祥遇到不幸，我心里很难过，一定要隆重给他下葬。"

由于彭书记亲自挂帅处理莫凤祥的葬礼，村里特地选拔出八个年轻力壮的小伙子，格外细心地整理了他的遗体。他的左胸肋骨被炸断四根，胸腔破裂，但遗体还基本完整，只是胳膊挂拉下两截，左手缺了一截大拇指头。几个年轻人找遍周围的草丛、泥缝，还反复潜入河底，都没有找到，最后他们用布为他补上了一截假拇指头。几天后，在柳河桥头英勇搏斗的地方，县里为莫凤祥召开了隆重的追悼大会，授予他为革命烈士，并拨款在这里建墓竖了纪念碑。在这同时，陆青兰被授予"舍身护桥女英雄"的称号，安排在溪北小学当了教师。不久，她被吸收为预备党员，又当选为县人大代表。

面对荣誉，陆青兰比以前更显得谦虚稳重。她虽然已成了家喻户晓的英雄，但至今除了有人为她写的那篇通讯报道外，从来不提起自己在柳河桥头的壮举。陆青兰越是不肯谈自己的英勇事迹，大家越是对她肃然起敬。

疑影怪事

转眼到了清明节。那天晚上天黑不久,村里一个妇女路过村里的墓地,无意中抬头看了一眼,猛地发现在草草埋葬的殷成发的坟墓和矗立着纪念碑的莫凤祥坟墓之间有一大团白色的影子在晃动。是什么东西呢?那妇女壮起胆子问了一句。谁知这一问,那团白色的影子"呼"地不见了。那妇女一见吓得一口气跑回了家。第二天一早,她下地路过这里一看,不由得呆住了:头天村小学敬献在莫凤祥烈士墓上的那只大花圈没有了,竟出现在罪犯殷成发的坟墓上。

没隔几天,另一件怪事发生在殷成发的家里。殷成发死后,家里只剩下陈翠凤和九岁的儿子小小。这天晚上,陈翠凤守着小小做完功课,刚刚上床熄灯睡觉,忽然发觉床对面小窗洞里塞着的一团草被人从外面轻轻抽掉了,接着"扑"的一声,像是有样东西扔进了屋里,随后那团草又被塞回了小窗洞,就再没有了声音。天亮后,搂着小小一夜没敢合眼的陈翠凤壮着胆走到窗洞前,见地上丢着一个布包,她小心地拾起来打开一看,竟是500元钱!陈翠凤不敢用这来路不明的钱,连忙把它交给了村干部。要知道,天底下半夜里偷钱的不稀奇,半夜里往别人屋里扔钱的可少见呀。

这到底是怎么回事呢?是殷成发的亡魂在作祟,还是什么人的用意?就在人们猜测议论,却又谁也说不清的时候,又一个意外的现象出现了,而且竟是出现在女英雄陆青兰的身上。

这天,乡里接到县委的电话通知,为了进一步推动全县"学英模、创业绩"活动,县里要组织一个英模事迹巡回报告团,让陆青兰抓紧准备一个报告稿,详细介绍她和莫凤祥烈士舍身斗罪犯、英勇护桥事迹的体会。彭书记亲自来到学校找陆青兰，当他把来意一说，陆青兰愣了半天，木然问道："我写什么？怎么写呢？"彭书记笑笑，将她拉到旁边，悄悄对她提示道："怎么写，这当然就看你自己了。黄继光、蔡永祥那些牺牲了的英雄，有谁能知道他们当时是怎么想的？只要符合英雄的思想、英雄的行为，是可以发挥出来的嘛！"不料，陆青兰态度生硬地说："不，别写了，我不配写！"随后一扭头，走进了办公室。

在场的人都没想到陆青兰会说出这样的话来，一时间你看看我，我又看看你，显得有点吃惊。彭书记也呆住了，他皱了皱眉头，随后又恢复了平静，淡淡一笑，说："青兰老师，你可真会说笑话呀！""笑话？"陆青兰扮了个怪相，"咯咯"地笑了起来，大家也跟着笑了起来。正笑着，她突然沉下脸："谁说笑话？我说的全是实话！英雄的不是英雄，罪犯的不是罪犯！正是反，反是正，正正反反，反反正正，到头来是个大闹剧！"说完，她猛地别转身去，又凄厉地怪笑着，手舞足蹈地走出了门外。这一下，所有的人全愣住了：这的确不像是开玩笑，可她的神情又十分反常。莫非她受刺激太深，患上了精神分裂症？彭书记当场拍板决定，立即与医院联系，送陆青兰入院检查治疗。可是，当第二天派专人护送她去医院时，她却不见了。四下寻找，谁也不知她去了哪里。

一个在全县已有广泛影响的女英模，突然精神失常，而且失踪了，情况显然非同一般。高县长责成彭书记一定要把问题搞清楚。彭书记连夜赶到溪北村，他找了许多人，接连开了几个座谈会，可是谁也没说出个眉目。最后，倒是学校里几个老师反映的一个情况，引起了他的注意。

清明节那天，学校里组织师生到莫凤祥烈士墓上敬献花圈，当祭扫完毕正要整队回校时，后面的荒滩上响起一阵吵嚷声，只见一群学生围着殷小小推推搡搡。原来殷小小不知什么时候已用野草花编了一只草帽大的花圈,放在殷成发的坟上,几个孩子围上去,一把夺了过来,说:"你爹是罪犯,不炸死也得枪毙,你还敢给他献花圈!"这群孩子把殷小小那只花圈撕烂了踏在脚下,你推他搡,殷小小身子一歪,跌倒在地上。倒地的殷小小挣扎起来,跪着一步一步爬到殷成发的坟前,瞪着一双迷茫的眼睛,望着坟墓哭叫道:"爸爸,你睁开眼看看,我和妈妈过的什么日子啊,你好糊涂啊!"殷小小越说越伤心,说着说着,抽泣得再也说不出话来,浑身剧烈地痉挛了起来。这时闻声赶来的陆青兰竟轰走了义愤填膺的孩子们,搂着殷小小颤抖的肩膀,脸颊上滚下了热泪。

彭书记很认真地听着,待老师讲完以后,他微微摇摇头说:"这些现象不能说明什么,只能表明陆青兰同志是位感情丰富的女同志,殷成发走上犯罪道路,说到底是封建迷信在他脑海里作怪,结果闹得家破人亡,陆青兰对殷小小这么小失去父亲表示同情,完全可以理解。"彭书记话音刚落,门忽然"咣"的一声被推开,一个小青年慌慌张张地闯了进来,急声说:"彭书记,快,陆青兰……"彭书记一听是说陆青兰消息,急不可待地问:"她在哪?""在殷成发的坟前!"

柳暗花明

陆青兰披头散发呆呆地站在殷成发的坟前,她那失神的眼睛紧紧盯住墓碑,像要把墓碑看透似的。突然她痉挛的双手狠狠地揪住自己的衣领,歇斯底里地叫道:"天啊,我造的什么孽啊!"随后她双腿一软,跪倒在坟前,哭诉着,"殷成发,我对不起你,我害了你!我要把真相公开!"说到这里,她感到一阵头晕,像在黑色的隧道里行走……

发生事件的那天晚上,陆青兰和莫凤祥在乡文化站开完会回村走到柳河桥头北岸的大堤上时，莫凤祥猛一把将陆青兰紧紧抱住，一只手摸向陆青兰丰满的胸部。在突如其来的袭击中，陆青兰惊呆了。她一面使劲地掰着他的手，一面好言相劝："凤祥，不要这样，这样做不好！以后怎么做人呢？"谁知，这个时候的莫凤祥反而一把把陆青兰按倒在路边。陆青兰又气又恼，身子一滚挣脱开来，厉声喝道："你再要耍流氓，我就喊人了！"莫凤祥不但不收敛，反而粗野地扯下陆青兰的裤子，恶虎般的扑在她身上。陆青兰见挣扎不脱，只得张嘴叫了起来："抓流氓……"没等她喊出来，莫凤祥用手捂住她的嘴巴，就在这时那只捂她嘴的手一滑，大拇指正好滑进了她的嘴里。陆青兰眼睛一闭，狠命地一咬，只听见"咯"的一声，一截大拇指被她咬了下来！莫凤祥疼得"哇"一声怪叫，随即穷凶极恶地用双手死死扼着陆青兰的脖子。陆青兰浑身一阵麻木，身子软了下来，眼看就要窒息的时候，有一个火星子正从大桥下面朝眼前移来，不一会儿，刷地一道手电光直射过来。莫凤祥吓得忙从陆青兰身上滚了下来，提起裤子就往桥下跑，却被一个汉子扳住了肩膀。这汉子不是别人，而是殷成发！陆青兰趁机从地上爬起来，忙穿上裤子，狠狠地给了莫凤祥一记耳光。殷成发朝莫凤祥冷笑了一声："老子想干的事现在不想干了，没想到你不该干的事却干了！"莫凤祥脸色一阵红一阵白，他呆了几秒钟，突然歇斯底里地怪嚎一声，恶狠狠地朝殷成发猛扑过去，顺势抢过殷成发身上那只沉沉的帆布包，抡起来就朝殷成发头上砸去。殷成发一见，大惊失色，忙声嘶力竭地吼了起来："快放开！里面有炸药！"可是莫凤祥全然不顾，帆布包像雨点般的砸在殷成发的头上。不一会儿，只见一串通红的火花，从那帆布挎包里喷了出来，发出"嗞嗞"的声响。

　　莫凤祥吓得浑身直抖，忙一甩手，那喷着火星的帆布包"扑"地落在了陆青兰的脚下。就在这千钧一发的时候,只见殷成发一个箭步冲了过来,将吓呆了的陆青兰猛一推,叫了声:"躲开。"陆青兰站立不稳,栽下了身后的堤坝,还没等她爬起,就听到了"轰"一声巨响……

当陆青兰从昏迷中第一次醒过来的时候,她脑子里还是轰轰隆隆地炸成一团。面对公安人员的提问,她还没说出事情的真相,就又昏迷了过去。她万万没有想到等她第二天清醒过来的时候,人们已经把她和莫凤祥当成了护桥英雄,把殷成发定性为炸桥罪犯。

面对截然不同的结论,她惊呆了,可是她没有勇气去澄清,要知道在一个封建意识还相当浓的今天,一个姑娘家在两个男人面前赤身露体的事一旦被人知道,在她生活的世界上就没有她的立足之地!摆在她面前有两条路,一条路是接踵而来的一连串荣誉,另一条路是身败名裂,吞一辈子苦果。她权衡再三,最后悄悄地收藏起那截罪恶证据的大拇指,麻木地接受了一切荣誉。

然而,她的荣誉越多,她的灵魂就越受熬煎。她每天都在指责自己,由于她的软弱、她的自私,该成为英雄的变成了罪犯,该是罪犯的倒变成了英雄,这是何等的奇冤!清明节发生在殷小小身上的事情,更是深深地刺痛了她流血的伤口。于是她悄悄地把献给莫凤祥的花圈移到了殷成发的坟上,又悄悄地送给了陈翠凤500元钱。就在她灵魂刚受到点慰藉的时候,彭书记又要她去作报告,她只觉得她的灵魂急剧地朝地狱里坠去,她不能再沉默了。陆青兰哭诉到这里,抬起了被泪水洗透的脸,慢慢地从地上爬起,向后退了两步,拉平了皱巴巴的衣裳,随后恭恭敬敬地朝殷成发的坟墓深深地鞠了三躬。突然她那双失神的大眼睛放出了光亮,只听见她仰天大叫一声,头一低,猛地朝墓碑撞去,刹时,她感到蓝天变成了霞光满天,在鲜血直涌的脸上,露出了多日不见的笑容,身子摇晃了几下,便倒在了殷成发的墓碑旁边……

当彭书记带领人赶到时,陆青兰躺在已变成紫黑色的血泊中,早已停止了呼吸,殷成发的墓碑上溅满了血迹。在她的外衣口袋里,有人发现了一封遗书,还有一个小纸包,打开一看,竟是一截干枯了的大拇指!彭书记打开遗书一看,竟是一封在遗书下方赫然写着"我的自白"的绝命书。在这封绝命信的最后,泪水的痕迹深深地印在上面:"我是一个可怜的女人,一个制造了罪恶走向地狱的女人,我知道只有死,才能安慰亡魂;只有血,才能向父老乡亲谢罪!"彭书记读完这封遗书,久久地伫立在坟前,两行热泪从眼眶里悄然流下,在死者面前,他觉得自己的心像被刀绞一般难受;在生者面前,他觉得自己像陆青兰一样心灵受到熬煎。

在一片唏嘘声中,他轻轻抱起娇美的陆青兰,向村里走去,后面跟着默默流泪的乡亲,大家的脚步特别迟缓,一步一步地走着……

(叶林生)
(题图:张恩卫)

死人不管

朝纺三村98号303室,住着一户姓丁的人家。这天中午外面在下着"太阳雨",天却闷热得叫人透不过气来。丁家的小女儿丁艳艳夜班回家,钻进自己的房间里想睡觉,却热得翻来覆去怎么也睡不着。就在这时,艳艳听到有人敲门,又听到母亲"吱呀"打开门,紧接着是一声"妈妈"的叫声。艳艳听出了,这是小阿哥丁强强的声音。

提到这个小阿哥,艳艳肚子里的气就直往外冒。为啥?原来艳艳已经有了男朋友,叫钱元申,最近两人正在商量结婚的事。要结婚,一要房子二要钱。丁家共有三间房间,一间父母住,一间留给患了精神病的大阿哥,一间就是眼下艳艳住的这一间。小阿哥听到艳艳要结婚,连忙冲着父母嚷道:"女儿养到一百岁,也是外头人,这房间我要结婚用!"哼,他结啥婚？女朋友还不知在哪儿飞呢！还有更气人的事，从上星期开始，小阿哥吵着买钢琴，硬要父母给他5千元。他买钢琴干啥？平时连唱一支普通歌都走腔走调的，这不明摆着怕父母把积蓄花在我身上，存心和我过不去嘛！

艳艳躺在床上，越想越来气，她刚想爬起来看看小阿哥回来干啥，猛然听到门"喀嗒"一声轻轻关上了。艳艳心里打个"咯噔"：小阿哥今天怎么这样轻手轻脚的，难道他已经从母亲那里讨了钱，怕我知道，悄悄溜了？艳艳这么一想，"呼"一下跳下床，三步两步冲到窗前，撩起窗帘，朝下一望，只见小阿哥身穿T恤衫、牛仔裤，撑顶黑布伞，遮住他的头，摇摇摆摆，朝外走去。

小阿哥摇得越厉害，艳艳火气就越大。为啥？她晓得小阿哥有个脾气，他心里越是开心，走起路来摇摆的幅度越大。今天看他这模样，母亲准是把钱给他了。这下子，艳艳在房里待不住了。哼，父母的钱，是锅里的粥，你多盛一碗，我就要少一碗！不行，我得马上找母亲去。于是，丁艳艳急匆匆奔出房间，冲进母亲的卧室。

艳艳推开门，进去一看，只见母亲双目圆睁，倒在血泊之中，吓得她三魂掉了二魄，好半天才喘过气来。她万万没料到小阿哥会下此毒手，杀了母亲，这仇一定要报！

丁艳艳一个急转身，准备去报案。当她走到小铁门边，突然发现地上有一把沾满血迹的弹簧刀。好哇，这不是小阿哥害母亲的罪证吗！她想：不如把这刀藏起来，有了这把刀，就可以向他开条件，让他把房间和钱给我，他若不答应，只要把这刀往公安局一送，哼，他就别想活命！想到这里，丁艳艳找来一张白纸，包好弹簧刀，随手往过道上一只装冰箱的纸箱里一塞，然后奔出去打电话告诉父亲。

丁艳艳的父亲叫丁德法，年纪已经六十朝外，接到女儿电话，伤心得老泪纵横，跌跌冲冲赶回家一看，就倒在地上不省人事，好半天才回过神来，第一句话就说："艳艳，快，快，报告公安局……"

公安局刑侦队接到报告，立即由张队长带了侦察员赶到现场。一到现场，立即兵分二路。一路人马就地勘察，一路人马找有关人员谈话。当张队长向丁艳艳了解情况时，丁艳艳一口咬定说凶手背像麻将牌，一定是小阿哥。

经过现场初步勘察，结论是罪犯与被害人不仅相识，而且很熟。张队长当即决定，要破此案，只有从被害人熟悉的人员中去查寻凶手。他亲自带上两名侦察员，立即赶往丁强强的工作单位。

丁强强今年32岁，是造船厂金工车间的车工。张队长通过厂保卫科，先后找到丁强强的生产组长和同组的工人师傅，出乎意料的是，他们一致证明，丁家案发的这段时间，丁强强一直没离开过车床，也没离开过车间，连午饭都是在车床边吃的。张队长一想，这事儿奇了，如果凶手真不是丁强强，那他妹妹为什么讲得如此斩钉截铁呢？张队长想了一下，决定找丁强强了解情况，以便拓宽侦破的视野。

丁强强见公安人员找他，两只眼睛忽闪忽闪，露出了惊疑的神色。张队长一见丁强强，倒真的像丁艳艳说的，肩宽腰圆，像块麻将牌。为了缓和下气氛，张队长先给他倒了杯盐汽水，然后用聊家常的口气问："丁强强同志，听说前几天你向你母亲讨过5千元钱，有这事吗？"丁强强听张队长问这事，更感到惊奇：咦，向父母讨钱，这是我的私事，妈妈不给也就是了，干吗要惊动公安局呀！他猜不透张队长葫芦里卖的啥个药，就瓮声瓮气地说："我讨钱买钢琴，想结婚……""你不是连女朋友还没找到吗？"丁强强没词了。他涨红了脸，低下了头。张队长继续问：

"你既然没有女朋友,为什么要哄骗你母亲,讨这5千元钱呢?"丁强强沉默了一会,说:"我实说了吧,我父母有5千元钱,我本来也不知道。一个星期前,我家大哥丁龙龙从精神病医院逃回家把我母亲打了一顿,后来见到了我,他对我说:'强强,我的仇报了,老太婆被我打了一顿,她答应把5千元钱给我了。'为了弄清这钱的真相,我回家后便把大哥的话对父亲说了,不料,我的话音未落,父亲的脸色突然变白,身子晃了晃,差点栽倒,隔了好久才说了一句:'这事问你妈去!'我从父亲的神态中断定我大哥讲的5千元,是事实。因此我很气,我想既然父母有5千元钱,为啥要瞒住我呢?所以,我就借口买钢琴,向母亲要钱,想摸摸底,不料我母亲说根本没有这笔钱。我想连父亲也默认了,你干吗还想瞒呢!这不存心不相信我吗?我就和她吵了起来。"

张队长听完强强的诉述,觉得倒也合情合理,真实可信。于是告诉他:"你母亲被人杀害了。你赶快回去,料理你母亲的后事吧!"

丁强强听说母亲被杀害了,他没有放声大哭,而是咬牙切齿,一拳头砸在桌子上喊道:"这小子,你逃不了!"张队长问:"你说谁?""我妹妹的男朋友钱元申!""你凭什么说他是凶手?""钱元申和我妹妹恋爱两年了,因他家没房子,想来个先斩后奏,挤进我家来。因为我父亲和我妹妹在同一个单位,父亲又是厂人事科的副科长。他见女儿肚皮一天天大起来,丢了他的脸,气得跑到钱元申家中,指着钱元申的鼻子痛骂了一顿,要他与我妹妹断绝关系。钱元申无法,只好赔偿200元营养费,并写了断交保证书给父亲,后来妹妹虽说去打了胎,但我父亲见了钱元申就吹胡子瞪眼睛。今年"五一"节,钱元申上门来,想与父母亲商量他们的婚事。父亲一见钱元申,没等他开口,就骂开了。骂得钱元申气得连水没喝一口,就恨恨地走了。临走时,我亲耳听他扬言:'君子报仇十年不晚,此仇不报,枉为君子!'所以今天母亲遭此不测,除开这小子,决不会再有第二个人了!"

张队长听完,冷静一分析,认为:反对女儿婚事,主要是丈人,钱元申要出气,也不会杀死丈母娘呀。张队长记下强强反映的情况,走了。

强强见自己反映的情况,没有引起张队长的重视,心想要报母仇,只有靠自己啦。于是,他连手都没洗,就匆匆离厂,朝钱元申的单位走去。

钱元申是区汽车运输公司的驾驶员,本来丁强强和他还谈得来,平时也经常走动,所以钱元申单位里的调度、驾驶员都认得丁强强。今天,丁强强刚走进调度室,还未开口,调度员就朝他发起火来:"你妹妹已经来过几只电话找钱元申,现在你又来了。早上派他出车的时候,叫他吃午饭前赶回来,下午码头上有批货要入库,现在都快两点钟了,还不见他的人影子?你说急人不急人……"调度员话未落音,电话又"嘀铃铃"响起来,调度员拎起听筒,又是丁艳艳的声音,他没好气地朝丁强强摇了摇头,说:"又来了!"丁强强一把抓过话筒,还没等他开口,就听到话筒里传来妹妹那机枪式的叫骂声:"你死到哪里去了?我们家出事啦!我妈被小阿哥杀死了……"丁强强一听,惊得"啊"一声:怎么说我杀死了妈?他正要问个清楚,话筒里又传来丁艳艳的声音,那声音压低了,而且还带点儿神秘色彩:"元申,你快点来我家。现在公安人员正在调查小阿哥的情况。哎,你晓得啦,小阿哥杀了妈,把杀人的弹簧刀漏下了,被我捡到了,现在刀在我手里,他肯把房子让给我们,我们帮他捡条小命,他要是不识相,我就把弹簧刀塞在他的手提包里。哎,你快来,我们商量一下,怎么利用这把刀……"

丁强强亲耳听完艳艳这番话,气得他胸口像塞了只热水瓶的塞头,又闷又痛,只觉得头昏目眩,眼前黑糊糊一片:这就是嫡亲妹妹!这就是同胞手足！她为了一间房间，竟要把我送进牢房。她的心真比砒霜还毒呀！哼！她无情，我无义，这对狗男女，狼狈为奸想算计我，没那么容易！他气呼呼地朝电话筒喊了一声："你等着，我就来！""叭"扔下电话听筒，刚准备回家算账去。只听"笛笛笛"一阵汽车喇叭响，钱元申开着二吨小汽车回场了。

丁强强一见钱元申，恨不得窜上去给他两个耳刮子。他紧跨几步，来到驾驶室旁边，见钱元申光了膀子，汗衫背心的背带上，有几滴暗红色的血迹，再低头一看，驾驶员的座位旁边，有一团用报纸包起来的工作服，纸包上也隐约可见斑斑血迹。丁强强想，要捉杀人凶手，必须先抓罪证，这血衣不是最硬的罪证吗？于是，他压压胸中怒气，装着急不可待地样子，上前一把把钱元申从驾驶室里拖了下来："快快快，我妹妹来了几只电话，要你马上去我家，家中出了大事啦！""什么大事？""你去后就知道啦。"

丁强强拖下钱元申，又乘调度员和钱元申商量出车之际，提了那包血衣，飞步走了。

丁强强走到半路上，碰到大哥厂里工会组长王宝良。王宝良拉住他说："强强，刚才精神病医院来电话，说你大哥又从医院里逃出来了。医院里正出动人员，到处在找。厂领导要我转告你们，万一你大哥回到家里，马上通知医院。"丁强强哪有心思去管患精神病的大哥？他朝王宝良点点头，转身就走。

回到家里，他准备找丁艳艳算账。跨进小铁门，见张队长正在找父亲谈话。他忙闪进另一个房间里，侧耳细听起来。

此刻，张队长问丁德法，他的妻子生前有无仇人。丁德法老泪纵横地说，他的妻子，心地善良，为人忠厚，和亲朋好友、邻里街坊相处极好，几年来他家一直被评为"五好家庭",全是妻子的功劳。要说谁对她有仇,只有神经病的大儿子,与她水火不相容。接着,丁德法阴沉着脸,心情沉重地说起大儿子与老伴结仇的事来。

一年前的夏天,大儿子丁龙龙与女朋友翠翠,买好结婚用的衣料,兴冲冲回家。翠翠走了一身汗,就走进浴室洗澡。丁家的浴室与厕所当中只有一板之隔。等翠翠洗好澡出来,只见她气得脸煞白,连晚饭也没吃就要回家。她这个突然变化把丁龙龙搞得丈二和尚摸不着头脑,经再三追问,翠翠才说,刚才她洗澡时,发现有人偷看。龙龙问她:"谁偷看?"翠翠避而不答,只是说:"我还没过门,你家里人已做出这等丑事,我若过了门,日后叫我怎么做人?我们还是趁早分手吧!"说完气咻咻地走了。后来,龙龙几次上门,翠翠总是避而不见。丁龙龙已三十多岁,好不容易找到对象,翠翠不理他,急得他神魂颠倒。丁德法见了,心里很不安,便劝他:"天下何处无芳草,何必一定要翠翠呢?如果你在翠翠身上花费了积蓄,再找女朋友有困难,我给你5千元。"丁龙龙听了仍未死心,一定要他母亲去向翠翠问个水落石出。第二天,他母亲从翠翠家回来,脸色铁青,对龙龙说:"那天她洗澡,正巧我上厕所,我想看看她的肚皮上有没有花纹,我是一时出于好奇。我一再向她解释、道歉,可她就是听不进!龙龙,断就断吧,妈再给你找一个比她更漂亮的……"龙龙没等母亲把话说完,突然歇斯底里地一阵狂笑,然后抬起手"啪"扇了他妈一记耳光,大喊着:"谁叫你看翠翠洗澡的!翠翠和我吹了,赔我翠翠,赔我翠翠!"说着就一会哭一会笑,离家走了。

过了两天,龙龙又向他母亲讨5千块钱,又被他妈拒绝了。龙龙本来就是个神经脆弱的人,经这么一打击,他真的疯了,和他母亲结下了怨仇。一旦发起病来,便对他姆妈非打即骂,有时还狂喊:"我要杀死你!"

丁强强听了父亲这番话，忽然眼前一亮，心想：只要凶手是大哥，公安局就要管，他进监狱也好，常期住医院也好，只要把他推出门，那间朝南房间就能归我，妹妹结婚无房，那朝北的就给她，这样一来，家中的矛盾也就彻底解决了。

丁强强心里有了谱，便来到妹妹的房间，见妹妹正在房里心神不定地走来走去，他想起刚才电话里她说的那番话，心中的火又不由直往天灵盖上冲。

丁强强铁青着脸，跨进房间，将那包带有血迹的工作服朝妹妹面前一扔，说："杀害妈的凶手有线索了。你瞧瞧，这是凶手行凶时穿的衣服，衣服上全是妈的血！"丁艳艳看了大吃一惊，这不是钱元申的衣服吗？难道妈是他杀的？难道我看错人了？哎呀！钱元申的个子与小阿哥差不多，也是五短身材，肩背像块麻将牌，如果他真是杀人凶手，我是他的女朋友，刚才又一口咬定小阿哥，公安人员会不会怀疑我在故意包庇呢？包庇杀人犯，是要吃官司、坐班房的！一想到要吃官司，丁艳艳急得脸上出汗了。

丁强强见妹妹被一包血衣"镇"住了，脸上露出胜利者的神色。但他仍不解恨，又冷笑一声说："艳艳，快把弹簧刀拿出来。""弹簧刀？我哪来弹簧刀？"丁艳艳嘴上这么说，可她的脸"唰"一下变得煞白，人也禁不住颤抖起来。

丁强强见妹妹被吓成这副样子，心里感到一阵说不出的满足，他得意地往椅子上一坐，说："艳艳，你不是说要把弹簧刀塞在我的手提包里吗？""谁、谁、谁说的？""你说的！你刚才给钱元申打的电话，是我听的。还想赖？"丁艳艳一听这话，吓得冷汗直流，人一下子瘫在椅子上。丁强强料定妹妹再也没一丝反抗的余地了，便向她摊牌道："艳艳，在我们家里,大哥是个神经病,却占了一间朝南房间,我们为了结婚用房,你争我夺,这又何苦呢?刚才我听了老头子和公安人员的谈话,知道大阿哥恨妈,我回来在路上碰到大哥厂里那个王宝良,他告诉我大阿哥又从医院里逃出来了,时间又正好是妈被杀的时候。如果将那把杀人的弹簧刀弄到大哥手里,公安局就会找他结案。这样一来,我们的房子有了,5千元钱也不会飞走了,从此我家就可太平无事啦!"

丁艳艳听完小阿哥这番话,心里的石头落了地。因为事情对她也有利,她当然一百个称好。于是兄妹俩便头碰头地商量怎么把弹簧刀转嫁给大阿哥的事来。

正在这时,钱元申推门进来,丁艳艳一见他,便指着桌上的工作衣,问:"这血衣是怎么回事?"

钱元申说:"今天早上出车,半路上遇到车祸。交通警叫我帮忙运送伤病员,伤病员身上的血沾了我一身。这事我刚才向调度员也作了汇报。艳艳,你们家出了什么事?"

丁强强两眼一转,没容妹妹开口,抢着说:"我大哥从精神病医院里逃出来,杀死了我母亲,他又逃走了。你来了快与我们分头去找大哥。找到大哥,我们在街心花园碰头,不见不散。"钱元申听了倒急起来,他知道一个神经病人流散在社会上,可能再去杀害别人,他赶紧转身就走。强强和艳艳刚要出门,只见丁龙龙傻乎乎地走了进来。

这是怎么回事呢?原来丁龙龙从医院里逃出来以后,在马路上晃晃悠悠,荡了半天,不知怎么跑回家来了。强强和艳艳见大哥回来,赶紧一把将他拖进街心花园,说:"大哥,我们家出事啦。妈被人家杀死了。"

"老太婆死了,真的?哈哈哈哈……"龙龙听母亲死了,突然狂笑起来,"死得好,死得好!我的仇报啦,我的仇报啦……"

"大哥,你知道妈是被谁杀死的?是谁替你报的仇?"

"我自己,是我杀死的!我自己替自己报的仇!"

龙龙的回答,喜得强强差点蹦了起来。马上追问:"大阿哥,你是用什么东西杀死妈的?""切菜刀,切菜刀,老太婆的头比萝卜还嫩,一刀砍下去,她的头滚了下来,滚了下来。"这时,艳艳把弹簧刀塞到大哥手里,说"大哥,你记错了,不是切菜刀,是这把刀对不对?"

"对对对,就是这把刀。"龙龙夺过弹簧刀,便手舞足蹈起来。他一会儿用刀朝强强刺去,一会儿又举刀对着艳艳,吓得他俩逃出了街心花园。龙龙"哈哈"大笑,手举弹簧刀,一边唱着,一边大摇大摆朝工房大楼走去。工房大楼门前,围了许多邻居,见龙龙挥舞着弹簧刀走来,吓得一下子都跑光了。

龙龙大模大样上了楼,走进303室。张队长见龙龙手持利刀,吃了一惊,为了防止意外,他悄悄从背后上去,夺下龙龙手中的弹簧刀,立即派人把他看管起来。

这一切,强强和艳艳都看在眼里,喜在心中。刀上有母亲的血,杀害母亲的凶器在龙龙手中拿着,他本人又承认是他杀了娘。大盖帽啊大盖帽,哪怕你们是福尔摩斯的祖宗,也休想排除对龙龙的怀疑。

第二天中午,太阳仍旧像盆火,同样又下了一阵"太阳雨",天气又闷又热。303室的小铁门与平时一样,关得紧紧的,门上那张"五好家庭"的红牌子,与先前一样鲜艳夺目。丁德法、强强、艳艳,在各自的房间里搬动家具。虽然被害者的后事尚未料理,杀人凶手尚未抓获,由于龙龙被监护后没有获释,他们三人就按各人的胃口,在重新布置房间。

就在这时,张队长来了,还带来了一卷图纸。张队长把他们三人召集拢来,然后摊开图纸,只见图纸上用木炭笔画了一个人头。张队长问他们三人:"这个人你们可认识?"三个人一看,异口同声说:"他叫王宝良,是龙龙厂的工会组长。"丁德法见张队长叫他们认这个人,料定其中必有原因,便问:"张队长,王宝良是个热心人,龙龙第一次发病时,就是他把龙龙从厂里送回家来的。自从龙龙进医院后,他常来我家,有时送龙龙的工资,有时路过也来坐坐,这个人怎么啦?"

张队长掏出三张传唤证,说:"明天早上我们将要预审王宝良,同时传唤你们三人来旁听。你们家的女主人,是位善良、贤惠的老人。龙龙也是个忠厚、诚实的青年。可是你们呢?亲人死了,死人不管,只知道勾心斗角。要不是我们深入群众,要不是你们周围邻居提供线索,要不是龙龙厂里老师傅积极反映情况,还有街心花园退休老工人的高度警惕性,杀人犯王宝良是不会这么快落入法网的。"

"啊?!王宝良是杀人犯?"这真是晴天一个霹雳,把丁德法、强强、艳艳都惊呆了。这时丁艳艳才想起王宝良的背影的确很像小阿哥,宽宽的,像块麻将牌。

第二天一早,丁德法、强强、艳艳来到公安局参加旁听。

原来丁强强和丁艳艳为了房子和5千元钱,大吵三六九,小吵天天有。对此王宝良了解得一清二楚。最近王宝良因赌博欠下几千元债,便动起了丁家的脑筋来,他摸准丁家平时只有老母一人在家,这天中午,他带了弹簧刀,叫开门,拔出刀逼她交出5千元。谁知丁家老母流着泪,一口咬定没有钱。王宝良急了,一刀子过去,把老母捅倒在地。接着他就翻箱倒柜,也没翻到一分钱。忽然,他发现朝北房间里有人,便慌慌张张,从衣柜里拿了T恤衫和牛仔裤,换下身上的血衣血裤,把弹簧刀包在血衣里,挟在腋下,悄悄溜了。不料在关门时,把弹簧刀掉在了地上。

王宝良的交代,使丁家三人目瞪口呆,突然"扑"的一声,丁德法从椅子上摔下来。张队长转身一看,只见丁德法脸色发青,口吐白沫。"哎呀,不好!脑溢血!"张队长叫一声,连忙七手八脚,把丁德法送进医院。强强和艳艳也跟着心急火燎地赶到医院。不过他们心里急的不是老头子的死活,而是5千元钱。他们想,王宝良是凶手,要想打大哥那间房子的计划泡汤了,可王宝良没拿那5千元,这钱准定还在老头子手里。

强强和艳艳匆匆赶到医院,见父亲在药物的刺激下,终于苏醒过来。他望望兄妹俩,已说不出话,只是抖抖索索,从贴身口袋里摸出一张纸条,颤抖着交给了张队长,然后,眼一闭,头一歪,脚一伸,去找老伴去了。

张队长看完纸条摇了摇头,叹了口气,把纸条交给了强强。兄妹俩还以为纸条上父亲写了5千元的事,当他们看完纸条,顿时手脚冰凉,差些厥倒!原来,那天看翠翠洗澡的不是别人,就是丁德法,翠翠见未来的公公这么下流,她当然不肯再做丁家的媳妇。丁德法想遮丑就撒了个谎,想用5千元钱稳住龙龙。不料龙龙不要钱,一定要他姆妈上翠翠家做做工作。翠翠实言相告。女主人为了顾及丈夫的脸面,才把偷看洗澡的事拉在自己身上。偏偏5千元的事又被赌徒王宝良知道,终于酿成大祸。可怜这位忠厚善良的女主代人受过,结果赔了一条命,她死得多冤啊!

强强、艳艳看完纸条,知道自己受骗了,气得想撂下父亲一走了之。

张队长叫住他俩,并出示了拘留证,严肃指出他俩在这起案子中,藏匿罪证,陷害患有精神病的龙龙,已经触犯了法律,将要受到严正的审判!

这一家,哥哥疯了,母亲被杀了,父亲死了,强强和艳艳又进了拘留所,三间房间空荡荡,没有一个人,只有那扇小铁门,还在忠实地履行它的义务,而小铁门上那张"五好家庭"的红牌子,依然是鲜红鲜红的,惹人喜爱……

(黄宣林)
(题图:陈 宁)

甜井村奇案

柱子失踪

安徽九华山畔有个甜井村,村里有一口几百年的古井,井水清澈香甜。美中不足的是全村四五十户人家,吃用全靠这口水井,由此闹了不少矛盾。矛盾最大的是靠近水井的吴杜两家。

吴家的主人叫吴永诚,此人是个有理翻江、无理倒海的人物,因为头上有一个碗口大的秃疤,人家背后都叫他"吴赖子"。

杜家的主人叫杜子忠,此人平时脸上不带笑,看人沿地瞄,因为面孔上总是"多云转阴",所以人们便给他起了个绰号叫"杜多云"。

一个凶,一个阴,住在甜水井的东西两边做邻居,这下可热闹啦,真是大吵三六九,小吵天天有。这一天,杜多云夫妻俩带了刚出生不久的女儿去岳父家探亲,家里只剩下老娘杜大婶,谁知为了打水的事,吴赖子和杜大婶吵了起来。吴赖子泼性大发,由动嘴到动手,竟把杜大婶的衣褂撕破,露出了胸脯。从旧社会来的妇女,哪受得了如此奇耻大辱,杜大婶到了晚上,竟一根绳子,上吊自尽了。

杜多云人虽阴却是个孝子,夫妇俩闻知凶讯,连夜赶回家,扑在母亲的尸体上呼天抢地号啕大哭。哭过之后,一打听母亲的死是因为吴赖子撕破了她的衣服,他虽没破口大骂,可看得出,他那"多云"的脸更阴了,成天不声不响,阴得叫人见了发悚。等到把母亲的丧事办好,他就病倒了。他有几个要好朋友劝他去告吴赖子,他仍紧闭嘴巴不开口,劝到最后他摇摇头说:"没有用处,妈是自己上吊死的,不是吴赖子吊死的,告也是白告。"说罢这话,他吃力地撑起身子,从窗户往外瞪着吴赖子的家,从嘴里又挤出一句话,"哼,让他等着好果子吃吧!"

再说吴赖子家,打杜大婶上吊自尽后,他那泼赖劲竟一点没收敛。他照常像没事似的往镇上跑,照常倔头倔脑到处逛。

吴赖子三十多岁才和一个叫张桂兰的寡妇成了家,生了个儿子今年四岁,名叫小柱子,是个结实、逗人的小男孩。夫妻俩喜欢得含在嘴里怕化,捧在手里怕飞。这一天吴赖子从镇上买了一个小银锁,套在小柱子的脖子上,然后把他搂在怀里亲着逗着,父子俩闹得笑声不绝。张桂兰见丈夫和孩子在逗乐,却怎么也乐不起来,禁不住叹了口气朝杜多云家努努嘴,说:"小柱爹,你还有心思乐,那边的事不知咋了结啦?"吴赖子头也不抬地说:"怕啥?她自己上的吊,关我屁事!我怕个球,扯破点衣服不犯罪!报复也不怕,谅他也不敢杀我人,放我火,下我毒!"

杜大婶下葬后的第二天一早,小柱子脖子上挂了小银锁,蹦蹦跳跳地到村里玩去了。到了吃午饭时,仍不见小柱子回来。因为小柱子常常玩得不回来吃饭,所以夫妻俩也没在意。吴赖子拿来瓶酒和酒杯,在饭桌边坐下来,说:"不等了,我们先吃饭吧。"张桂兰端上饭菜,吴赖子自斟自饮,照例喝了三杯酒,还不见小柱子回来,不免有点不放心地说:"这个混小子,越玩越野了,连饿都不知道,你去找找吧。"张桂兰端着饭碗,来到院门口,放开嗓门喊起来。可是喊一阵,不见应声。她又跑到前后左右邻居家去问,大家都说没见到。张桂兰回到家,叫上吴赖子,两个人分头寻找。他们村里村外角里角落找了个遍,还是不见小柱子的踪影,夫妻俩像是泥菩萨身上长了草——(荒)慌了神,急忙央求村里几个要好的帮着寻找。人们分成几路,找遍了村外的沟沟坎坎坑坑洼洼,连吴家的亲戚朋友家都派人去了。到了晚上,寻找的人陆续回来了,还是不见小柱子的踪迹。

小柱子究竟哪去了。村里人纷纷议论起来,有的说"小柱子迷了路",有的说"小柱子被人贩子拐骗走了"。吴赖子夫妻俩连晚饭都无心吃,男的蹲在地上,抱着脑袋一声不吭,女的趴在床上呜呜地哭个不停。吴赖子闷了一会儿,突然跳起来吼道:"小柱子一定是被杜多云这狗禽的害死了!今天上午村里就他一个人生病在家,正好下毒手!"他一边吼,一边抓起瓶酒,一仰脖子一口气灌下了小半瓶,随手"叭"一声,把酒瓶子一扔,两眼通红吼着:"老子今天不给你姓杜的一点颜色看,就不是人养的!"说完从柴垛上操起一把雪亮的斧头,撒腿奔出院门。

正当吴赖子冲出院门,迎面过来一人将他拦腰抱住,使劲夺下了他手里的斧头。他抬头一看,原来是村长马福来。马村长板着脸说:"不许胡来,你给我回家去!"说着把吴赖子连拉带拽拖回家,说:"我刚从乡里开会回来,听说小柱子失踪了,就赶了来。这件事要报告公安局,谁无法无天做蠢事谁可得负责!"说完又安排人继续寻找。

第二天上午，县公安局侦察股长王常绿接到吴赖子报案，立即带了助手来到甜井村。

王股长来到甜井村，经过一个下午调查，他们俩列了几个有嫌疑人的名单，排除了一个个嫌疑对象，最后只剩下杜多云一个人。因为杜多云生病卧床，他们决定登门拜访。可是到了杜家，却证实了杜多云的确病得很厉害。他一见公安人员，紧张得满脸泛红，赌咒发誓说他没害死小柱子。但他提供了一个情况，说他在昨天上午发烧烧得昏沉沉时，曾隐约听到村里传来几声货郎的拨郎鼓声。再问时，他再也没说出什么有价值的情况，王股长等只得告辞出来。

王股长和马村长一方面动员了甜井村的男女老少去寻找小柱子，一方面向村民们了解，证实昨天上午九点钟左右，确实有个卖针线的货郎到村里来过。这个货郎身材高大，左腿有点瘸，头戴一顶大草帽，帽檐压得低低的。村民们提供的情况，证实了杜多云没说假话。于是王股长通过工商所、税务所，却找不到这个货郎的档案，又通过电话遍查了几个村，都没发现这个瘸腿货郎。王股长感到奇怪，立即向邻县打了电话，把那个瘸腿货郎的相貌特征说了一遍，请他们帮助协查。几天后，邻县公安部门均来了回电，都说没有发现过这个神秘的瘸腿货郎。

公安局又在报上登了寻找小柱子的启事，可惜也还是毫无结果，真是活不见人，死不见尸，小柱子仿佛从地球上消失了。

小宝惨死

小柱子失踪以后，吴杜两家的关系更加紧张了，整天吵个不停。特别是吴赖子，什么话难听拣什么话骂，祖宗八代都被他骂个狗血淋头。

为了控制他们两家的紧张关系，马村长连嘴皮子都磨薄了，可是，吴赖子像是咸菜缸里的石头——一言（盐）不进，矛盾不但没有缓和，反而逐步升级起来。

这天上午，两家的争吵终于大爆发，各自拿出斧头、菜刀就要动武，要不是左邻右舍死命拉住，夺下斧头、菜刀，准又酿成一场流血事件。吴赖子被人拖开了，还指着杜多云的鼻子大骂："姓杜的，你这个杀人犯总有一天要吃枪子！"杜多云气得脸色发青，回敬道："放你妈的屁，拿证据来！"吴赖子一边跺脚一边嚷："你小子别逮着证据这根救命稻草不放。你小心点，总有一天我要把你丫头宰掉！"杜多云冷笑说："哼，你有种就来宰！"吴赖子气急败坏地吼道："老子说到做到。不出三天我不叫你断子绝孙，就誓不为人！"

杜多云的女儿名叫小宝，小家伙长得胖乎乎，见人笑眯眯，一笑脸蛋上就现出两个小酒窝儿，虽说是个女儿，可杜多云夫妻俩把小宝疼爱得像凤凰生的金卵——宝贝蛋一样。杜大婶死后，小宝没人带了，夫妻俩下地干活时，只好狠狠心，把小宝绑在摇篮里，锁在家中。

这天中午，杜多云的老婆赵金凤先回来给女儿喂奶。她急匆匆回到家，看到窗户大开着，她探头从窗户里往里一瞧，见摇篮里系着小宝的布带子松开了，小被子没头没脑地盖在头上，感到十分奇怪，急忙忙掏出钥匙开了门，三步跨到摇篮前，掀开小被子一看，"啊"地惊叫一声，两眼一黑，一头栽倒在地。

一会儿，杜多云从田里回来，一进门，见妻子倒在地上，大吃一惊，连忙扶起妻子，又是掐人中，又是捶后背，好一会儿，她才缓缓苏醒过来。杜多云忙问："金凤，你这是怎么啦？"赵金凤这才"哇"的一声放声大哭，她一边哭，一边泣不成声地说："小宝，她……"杜多云松开老婆，急忙来到摇篮前,掀开小被子一看,仿佛当头挨了一棒,一屁股跌坐在地上,呆住了。

杜多云夫妻俩的撕心裂肺的嚎啕大哭声,惊动了全村人,人们奔到他家里,立刻被摇篮里的惨景惊得毛骨悚然!原来,小宝已经被开水烫死了!惨不忍睹……

杜多云哭了一阵,突然跳了起来,瞪着通红的眼睛,咬牙切齿地骂道:"好你个吴赖子!真的说到做到了,老子今天也不要活了!"说着他操起一把铁锹,像一头野牛似的冲出家门。几个小伙子见势不妙,拼命地把他抱住,夺下了铁锹。杜多云的话提醒了痛哭流涕的赵金凤,她奔出家门,歇斯底里地大骂:"吴赖子,你这个婊子养的!要杀要剐,你冲我们来,孩子有什么错,你把她烫死!你还有没有人性呀!"吴赖子夫妻也不示弱,也气势汹汹地从家里冲出来,双手叉着腰,跳着脚嚷道:"嘴巴放干净点,别血口喷人!给我拿出证据来!"杜多云嚷道:"你早晨说的那些话就是证据!""几句话算什么证据!你们拿不出真凭实据,就是诬蔑好人!"

两家人正骂得不可开交时,马村长闻讯赶来,制止了双方吵骂,刚要向公安局报告,突然想到要保护现场,马上跑到杜多云家里一看,只见满屋都是看热闹的人,围着摇篮指指点点,有的还自作聪明地在窗台上和地上寻找烫死小宝的凶手的脚印。他急得直跺脚:"哎呀,现场都让你们破坏了!你们都给我出去!"

王股长和助手们正在为小柱子失踪案在研究下一步怎么办时,突然接到马村长的报案电话,心里在想:真是怪事!小柱子失踪案还没有头绪,现在又发生了小宝被烫死案。甜井村怎么尽出现怪事,跟小孩子干上了。于是,他立即和助手驱车赶到甜井村。

王股长打量着整个现场,这是杜多云家的外屋。房子盖的时间不长,前门、后门、里屋门窗都没有撬压的痕迹。外屋前后有两个很小的窗户,后窗完好无损,只是前窗的八根木头窗衬齐根断了一根,一个中等身材的人正好可以挤进来。王股长用放大镜检查窗衬的断口处,发现断口的痕迹不是新伤。他又蹲下身子,在前窗下面的地上检查起来,结果发现了几根一寸多长棕黄色的毛。他捡起这几根毛,仔细打量着,思索着,一声不响地把毛捡起来夹入勘察记录本里,然后又去检查烫死小宝的木盆,盆上没发现指纹。他又到外星大桌子上仔细地检查了两个暖水瓶,也没发现指纹。看来凶手是戴着手套作的案……

勘察完毕,凶手未留下一丝痕迹,大家认为,这是一起经过精心策划的杀人案,法医仔细地把小宝的尸体检查一遍,得出小宝是被活活地按在盛满开水的木盆里烫死的结论,并推断小宝是在当天上午八点半左右被害。

王股长为了弄清前窗的木头窗衬是怎么断的,便来到杜多云家,一见杜多云就问:"你家前窗的窗衬是怎么断的?"杜多云说:"一个月前,我把钥匙弄丢了,就把窗衬弄断了一根,从家里拿出了备用的钥匙。"王股长问:"你怎么不把窗衬修好,不怕人家进来偷东西吗?"杜多云说:"就是为了防止人家来偷东西,我们每天都把前窗关上,今天上午吵架忘记了。"王股长摇头叹息了一声,告辞而去。

王股长来到马村长家,准备商讨一下案情,决定下一步如何行动。马村长把他们领到自己家的院子里,笑着说:"真是对不起,家里地方小,请同志们就在院子里的葡萄架下商讨案情吧。"王股长领头在葡萄架下落座,笑着说:"客气什么,坐在这里又凉快,空气又新鲜……"王股长话没说完,突然从屋里窜出来一只全身都是棕黄色毛的大狗,龇牙咧嘴地向他们扑来。马村长气恼地踢了狗一脚,喝道:"畜牲,滚。"狗遭到主人的打,委屈地退回屋里。王股长看到狗毛是棕黄色的,心里猛然一动:现场发现的几根棕黄色的毛,会不会是凶手穿着棕黄色狗皮袄作案留下来的呢?啊,不对!六月份的天气哪里还有人穿皮袄呀?也许是为了化妆才穿的吧!会不会是凶手患有严重的关节炎,戴着棕黄色的狗皮护膝,不小心留下了罪证呢?对,两种情况都有可能!应该注意查明患有严重关节炎,有棕黄色狗皮护膝的人和有棕黄色狗皮袄的人。

"悟空"作案

王股长和侦察员们查遍了全村,也没发现他要查的东西。但有个村民说,上午吴赖子和杜多云吵过架后到责任田里干活,不一会就回了一次家,大约半个小时后才回到田里干活。这些村民还说吴赖子一肚子坏水,又心毒手狠,杀猪、打狗样样在行,加上他又发誓说要宰掉小宝,他烫死小宝极有可能。

听了这些反映,王股长决定到吴赖子家去摸摸底。他和一个助手来到吴家,吴赖子的老婆殷勤地递烟倒茶,不自然地赔着笑脸,手脚都有点儿发颤了。吴赖子则坐在椅子上一动没动,冷眼打量着两位不速之客。

王股长在椅子上坐下,掏出香烟,递一支给吴赖子,点上烟抽了一口,便单刀直入地问道:"你上午八点半左右回家一次都干了些什么?"吴赖子见问,手不由地一哆嗦,香烟差点掉在地上,他猛抽了几口烟,分辩道:"我不是八点半回来的,我是整九点钟回来的。我回家时,还打手势问过吴聋子现在几点了,他打手势说是九点钟,他可以做证。我回来是拴'孙悟空'的,把它拴好后就又干活去了,别的什么都没有干呀。"王股长一时没听清楚,追问了一句:"你回来拴什么?"吴赖子老婆急忙解释说:"就是回来拴猴子的,我家养着一只猴子,名叫'孙悟空'。"

原来,吴赖子家祖辈三代都是耍猴艺人,他养过三只猴子,分别叫"孙悟空"、"猪八戒"、"沙和尚"。平时,拴在院子里看门守户;农闲时就带着它们走村串乡地耍玩,运气好时,一天能赚几十块钱。他能富裕起来,还多亏了耍猴。眼下,"猪八戒"、"沙和尚"死了,只剩下一个"孙悟空"。它很通人性,十分聪明能干,能帮助人干一些如点烟递板凳这类的简单事情。村里的小孩子都喜欢来逗弄它。今天上午,他们家和杜多云吵架,一时疏忽,忘记拴"孙悟空"了,吴赖子到田里干了一会活,想起没拴"孙悟空",怕它跑丢了,就赶回家,看到它在院子里蹲着,就把它拴在柱桩上,又回到田里干活去了。

王股长和助手离开吴赖子家,一路苦苦地思索着,眉头皱成了一个"川"字,不停地把手指关节扳弄得"叭叭"响。熟悉他的助手看到这个动作,就知道他十有八九发现了什么可疑的线索。走了一段路,助手想出了一个问题:"股长,'孙悟空'会不会是吴赖子故意不拴,然后借回来拴'孙悟空'为名,顺手做了案呢?他说吴聋子可以证明他是九点钟回来的,这显然是撒谎,吴聋子大字不识一个,怎么能认识钟呀!"王股长没有说话,轻轻地摇了摇头。

王股长他们回到县里,把案情向领导做了汇报,鉴于甜井村连续出了两件大案,便成立了"甜井村案专案组",由王股长亲自带队,驻进了甜井村。

专案组经过两天走访、调查,各小组进展极微,专案组的许多人像破了的塑料公鸡——垂头丧气起来。

王股长却不然,他一边兴致十足地听取大家的汇报,一边把手指扳得"叭叭"直响。这时,那几根棕黄色毛的技术鉴定报告送来了,王股长打开报告看了一遍,立刻向大家说出了凶手的名字,大家一听,惊愕得目瞪口呆,简直不敢相信自己的耳朵。

王股长深深地吸了口烟,不紧不慢地说:"你们许多人怀疑小宝是吴赖子烫死的,这并不奇怪,他有害死小宝的动机,只要遇到合适的机会,他可能会下手的。但事实是他说他二十五日上午回来拴'孙悟空',问过吴聋子是九点钟。吴聋子虽然不识字,可确实能认识钟,他证明吴赖子是九点回来的。据法医鉴定小宝被害在上午八点半多一点,时间不对,凶手不可能是他。而在现场发现那几根棕黄色毛的技术鉴定报告刚才送来了,真正的凶手出来了。现在让我们去看一场精彩的表演吧。"

王股长命一个侦察员驾车到县城买来一个大玩具娃娃,绑到杜多云家的摇篮里,盖上小被子,就像一个十分听话的小孩子在睡觉。然后叫大家躲在后门和后窗的后面,自己和杜多云、吴赖子躲进里屋,关上门,嘱咐他们俩只许从门缝里向外屋看,千万别弄出响声。吴赖子被弄得莫名其妙,不知道要发生什么事。杜多云倒很精明,预感到可能要埋伏起来捉拿凶手,他偷偷地摸来一把柴刀,别在裤带上,目不转睛地盯着外屋开着的窗户。

这时,吴赖子的老婆按照王股长的精心布置,把"孙悟空"松开,轰赶到院门口,和几个妇女把几个盛满温水的暖水瓶里的水倒进木盆里,开始给几个小孩子洗澡,故意搔抓他们的胳肢窝,小家伙们被逗得嘻嘻哈哈地笑个不停,弄得水花四溅,有趣极了。"孙悟空"看到这有趣的场面,心里痒呼呼的,急得抓耳挠腮,把爪子伸到木盆里去玩水,张桂兰打了它一巴掌,它遭到女主人的打,委屈地退到一边,呆看了一会,两只小眼睛滴溜溜地乱转几下,仿佛想起了什么,转身向杜多云家跑去。

"孙悟空"来到杜多云家门口,看到前窗户是开着的,便跃上窗户,蹲在窗台上,抓耳挠腮地向后屋张望着,几根棕黄色的毛被抓下来,飘落到窗下。"孙悟空"向在木盆里打闹的小家伙看了一眼,跳到屋里,熟练地从墙角拿来木盆,放在地上,从大桌子上分别拎来两个暖水瓶,倒了满满一盆开水,然后来到摇篮前,把布带子解开,抱着玩具娃娃来到木盆前,"好心"地给这个布娃娃"洗澡"……

杜多云从门缝里看到这一切,几乎要气疯了,心里想道:原来烫死小宝的凶手就是这个千刀万剐的畜牲!他按捺不住心头的怒火,从裤带上抽出柴刀,猛地拽开门,冲出去,猛地一菜刀劈在"孙悟空"的脑袋上,它怪叫一声,倒在地上,脑浆四溅,四肢抽搐几下,一命呜呼了。

大家呼啦一下从后门涌了进来,一个助手为防止出意外,把杜多云手里的菜刀夺下来。大家看看倒在地上的"孙悟空",纷纷议论道:"真没有想到,猴子还能烫死人呀!"

银锁之谜

小宝被烫死的案子侦破了,但小柱子仍无踪迹,王股长没顾得喘口气,就赶到马村长家。马村长知道王股长是个"茶篓子",给他泡了一杯茶,王股长没等茶叶泡开,便急不可待地端起茶杯,美美地喝上一口,可是他茶刚进嘴还没等品味,立刻"呸"一声吐了出来,嚷道:"老马,我早听说你们甜井村的井水泡茶好喝,想不到是刷金的泥菩萨——徒有虚名。这茶水是什么怪味呀?"马村长抱歉地说:"我们村的井水泡茶好喝,确实是真的,只是不知道是什么道理,最近几天井水里有了一股怪味,而且怪味越来越重,真是奇怪呀。"

王股长一听，心里猛地一动，连忙警觉地端起茶杯闻了闻，又细心地呷了一小口，立刻又吐了出来，猛地放下茶杯，站起，果断地说："老马，走，你立刻派人把井打捞一下，看看到底有什么东西。"

马村长亲自带着几个人去打捞水井，打捞人下井不久，立刻从水井里传出了"呀！"一声惊叫。人们凑拢一看，从井里打捞上来的竟是一具小男孩的尸体，身上绑着一块石头，嘴里塞着一块手帕，躯体已经腐烂，五官已辨认不清。吴赖子夫妻俩从尸体穿着的衣服上认出，尸体正是他们失踪多日的小柱子。吴赖子老婆"哇"一声一口气没上来，昏了过去。甜井村人想到这么多天吃的都是"泡尸水"，胃里像有成百条蛆虫在乱拱乱爬，许多人当场呕吐起来。

王股长脸色沉重地说："唉，都怪我粗心大意，什么地方都找过，怎么偏偏忘记了打捞这口水井！"说完，他立即命人去请法医验尸。

结果很快出来了，小柱子是被人掐死后扔到井里的。王股长盯着尸体，看了一阵，忽然想起了什么，把吴赖子喊过来，问："小柱子失踪那一天，他戴银锁了吗？"吴赖子说："戴了。"王股长又蹲下身子，从小柱子嘴里拽下手帕，小心翼翼地展开仔细一看，手帕是用白的确凉做的，中间绣着一个"宝"字，四周是用彩线绣的花边，针法十分纤细。王股长问吴赖子妻子："这个手帕是你家的吗？"她看了一下手帕说："不是，我家没有这样的手帕。"王股长问几个围观的姑娘："你们能认出来这个手帕是什么人绣的吗？"还没等众人开口，人群中的吴兰英站了出来说："这个手帕是杜子忠家的，是我帮他们家绣的。"股长追问了一句："你能肯定吗？"吴兰英指着手帕上的字说："这个'宝'字就是他家小宝的名字呀。"

兵贵神速，王股长匆匆安排好现场的善后工作后，和助手们来到马村长家，正要研究下一步行动。突然门外有个一跛一拐的人闯了进来。此人是吴聋子，只见他气喘吁吁，神色不安地说："公安同志，我坦白，我坦白……"说着，抖抖索索地从口袋里掏出一把银锁，说："这个银锁是小柱子的，我是从杜子忠家后院子里挖到的。"王股长接过银锁，仔细地看了看，不紧不慢打着手势问："你是怎么挖到银锁的？"吴聋子涨红了脸，又是鼻涕又是眼泪地说出了事情的原故：

在小柱子失踪的下午，吴聋子偷偷溜进杜多云家后院想拿几张瓦片修自己的房顶，谁知他一进院子看到杜多云在一棵桃树下埋着什么东西，吴聋子连忙躲在一旁，等杜多云埋好回屋，就悄悄地过去挖开一看，原来是一把银锁，本来就贪小的吴聋子便顺手牵羊拿走了。后来，事情闹大了，他才知道这银锁是小柱子的，他本来和吴赖子关系不好，又怕说出来和杜多云家结仇，就藏起银锁，把这件事埋在心底里了。现在小柱子的尸体发现了，他虽然是聋子，心里很清楚，公安同志必定会追查银锁，怕到最后自己说不清楚，就匆匆从现场溜走，从家中拿来了银锁，来坦白了。

王股长听完吴聋子的交代，思索片刻，严肃地说："你以前知情不报是很错误的，不过现在能主动来反映还是对的，这样吧，刚才说的这些情况，不许泄露出去！好，你先回去吧。"

等吴聋子一走，王股长和助手很简单地商量一下，决定找杜多云正面接触，搞清银锁问题。谁知他们一跨出门，就见前面五六步外有个黑影想溜。王股长大喝一声："谁？"随即一个箭步窜了上去，一把将黑影揪翻，转过身子一看，不由一愣。

原来黑影不是别人，正是杜多云！王股长也不和他多说，就把他拉进马村长家，讯问起来。

杜多云急了，连声嚷道："冤枉，我，我没有……"王股长也不和他论理，拿出小柱子的银锁在杜多云面前晃了晃，问道："你看看，这是什么？嗯，你一定知道它的来龙去脉，想讲清楚吗？"杜多云看到银锁，顿时面呈灰色，说话也语无伦次了："王股长，我错，我错……小柱子确实不是我害死的！银锁是别人扔到我家里来的呀……"王股长递给他一支烟，自己也点上一支，然后严肃地说："事到如今你可不许再有半点隐瞒了，要老老实实地把情况详细地说出来。"杜多云连连点头，一五一十地说出了事情的经过。

那天杜多云发高烧睡在床上，九点钟左右听到有拨郎鼓声，不一会听到"当啷"一声，有个东西掉在自己家里窗下的痰盂里，他当时浑身无力，也没有起来看看是什么东西。"下午，他听说小柱子失踪了，心里暗暗高兴，忽然想起上午外面扔进来的东西，过去一看，认出是小柱子的银锁，顿时大吃一惊，知道小柱子可能被人害了，凶手向自己头上栽赃陷害。这时，他肚里做文章了，心想要是让人知道小柱子的银锁在自己家里，这可不是玩的，要是去实情相告，还不便宜了吴赖子。考虑再三，决定把这件事隐瞒下来，连老婆都没让知道。于是他趁着人们都不在家，就把银锁埋在后院一棵桃树下面。刚才小柱子的尸体被找到，杜多云认出来小柱子嘴里的手帕是自己家的，加上公安局在追查银锁，他意识到现在不主动把银锁的事交代出来，以后查出来，就更说不清楚了。于是他匆匆溜回家，跑到后院子里的桃树下去挖银锁，可银锁却不翼而飞，这可把他惊傻了，急忙跑来想找公安局同志坦白交代。谁知走到门口，又觉得公安局的同志不一定相信他的话，正在进退两难，正好被发现了。

杜多云把事情经过交代完，王股长心里想：杜多云的交代和吴聋子说的是一致的，如果情况属实，罪犯可能是故意栽赃陷害他，扰乱我们的视线。他想了一想，便放杜多云回家。

柳塘浮尸

案情有了发展，但也更加复杂化了。王股长和专案组的同志们对案情进行了分析推理，注意力自然地都集中到那个查无音讯的神秘的瘸脚货郎身上。王股长听着大伙的发言，不停地把手指扳得"叭叭"直响。待大伙发言差不多时，他停止扳手指，开口说："我提一个问题，假如你们知道一口井里有一具尸体，你们会不会去喝这井里的水呢？"大伙异口同声说："那还用问，当然不喝。"王股长说："那就对了，甜井村全村只有一口水井，河塘离村又远，我认为只要重新调查一下，在小柱子失踪后，最初的几天里，井水还没有异味时，什么人就开始不吃井水，那就说明这个人不是凶手就是知情者！"经他这么一说，大家心里一亮。经调查，在小柱子失踪的当天下午，住在杜多云家对门的吴来喜就舍近求远地跑到两里路外的柳村塘挑水吃了。

这一天下午，吴来喜从柳树塘钓来了两斤多鱼，回家对妻子吴兰英说："记住，一定要用我挑来的塘水洗鱼烧汤，不要用井水。"吴兰英平时吃不惯塘水，所以等吴来喜一走就想：我今天就是用井水烧鱼，看你吃不吃。吴兰英烧好了鱼汤，吴来喜回来了，盛了一碗鱼汤，用筷子夹起一块鱼肉尝了尝，突然不放心地闻了闻碗里的鱼汤，问："你是用什么水烧的鱼汤？"吴兰英说："是用井水烧的。"吴来喜立刻恶心的把嘴里的鱼吐了出来，把碗往地上一掼，发火道："我不是嘱咐你了吗？呸！好菜都让你糟蹋掉了。"说着把鱼都倒了。吴兰英气得哭了一场。

王股长觉得不能再拖了,果断决定立刻亲自带人直奔吴来喜家。

到了吴来喜家,出来开门的是他的妻子吴兰英。王股长问:"吴来喜在家吗?"吴兰英神色不安地说:"不知道他到什么地方去了,昨天一夜都没有回来。"王股长心头一紧。正要询问吴来喜的去向,忽然看到马村长气喘吁吁地跑来报告:"王股长,刚才有人报告柳村塘里发现一具尸体!"大家顿时一惊,王股长忙问:"死者是男是女?"马村长说:"是一个男的。"王股长随即带人和马村长直奔出事地点。

他们迅速赶到了柳村塘,果然看到水中半沉半浮着一个男人的尸体,头部正好被一个荷叶遮挡住了。王股长和一个侦察员跳下水,游了过去,把尸体抬上了岸,把他的面部翻过来,大伙一看,死者竟是吴来喜!

王股长仔细环顾一下现场,柳村塘很小,中间是一片绿伞一样的荷叶,周围杂乱地栽着几十棵粗壮的柳树,树荫浓密,几只黄雀婉转地鸣叫着互相追逐,环境十分幽静。

不一会,法医驾车赶来了,经检查,证实吴来喜是醉酒落水窒息而死,死亡时间有十四个小时了,全身没有可疑的伤痕。

王股长认为,当务之急是急需搞清吴来喜究竟是酒醉落水而死,还是畏罪自杀,或被人谋杀。而要弄清死因,一个很重要的问题是:吴来喜会游泳吗?经过了解,甜井村的人都说:吴来喜这个人天不怕地不怕,就怕下水游泳。王股长皱着眉头想:如果这情况属实,那么就不能排除吴来喜就是杀害小柱子的凶手,因为他觉得罪行即将暴露,而畏罪自杀。

王股长回村后又来到吴兰英家。此刻吴兰英已经得知吴来喜的死讯,哭成了泪人。等她平静下来以后,王股长开始询问:"吴来喜昨天是什么时间离家外出的?有没有说过要到什么地方去呢?"吴兰英哽咽着说:"他是昨天下午五点钟离开家的,说要到财神爷家去吃饭。"王股长忙问:"财神爷是谁?"吴兰英摇了摇头。王股长思索片刻,又问:"吴来喜出门时有什么反常的举动?说过什么你认为是反常的话吗?"吴兰英想了一下,说:"昨天下午临出门,他说过几天就去买一台一千多块钱的彩色电视机,可以向村里人收费,发一笔财。我知道家里没有钱,就好奇地问他一千多块钱从哪里来,他说可以向财神爷去借。"

王股长从吴兰英家出来,脑子里不停地翻腾。村民们反映,吴来喜平时好吃懒做,吊而郎当是事实,他在小柱子落井后不喝井水也是事实,但这些并不能肯定他是杀害小柱子的凶手。如果假定他是杀害小柱子的知情人或者目击者,借机向凶手敲诈勒索,凶手难以填满他的无底洞,被逼急了害死了他,那么这个凶手就应该是被他称为财神爷的那个人了……

铁牛入网

王股长回到公安局,和专案组的人正在研究如何追查"财神爷"时,突然有个小伙子登门对王股长说,他是吴来喜原来的邻居,在发现吴来喜被淹死的头一天晚上,他曾路过那个柳村塘,当时看到一个高个子男子浑身湿淋淋的,赤着一只脚,一只脚好像穿的解放鞋,慌慌张张向东沙村跑去,因当时那人跑得很快,未能看清他的长相。小伙子怀疑此人是否就是害死吴来喜的凶手。

小伙子报告的情况,对于一时陷入困境的调查工作无疑是拨开了迷雾。王股长高兴地送走小伙子之后,派人来到吴来喜落水的柳村塘,果然找到了一只四十二码的解放鞋。然后,王股长带了鞋来到东沙村,村干部们告诉王股长,在他们去看了吴来喜尸体回来,发现村里的杨铁牛母子为烧胶鞋事发生争吵。杨铁牛的妈寻死觅活骂儿子是败家精,赌钱输了五百元就偷老娘的钱。王股长听了,拿出了鞋子,村干部们见了都说杨铁牛曾穿过这样的解放鞋。

王股长考虑了一下,决定让村干部去叫杨铁牛。不一会,杨铁牛来了。王股长抬头一看,只见杨铁牛身材高大,肩宽膀粗,真像一头健壮的公牛。王股长看了他一眼,单刀直入地问:"你是杨铁牛吗?"杨铁牛点点头。王股长又问:"听说你赌博输掉了五百块钱,是真的吗?"杨铁牛又点点头。王股长追问道:"在什么地方赌博的?参加赌博的有些什么人?"说着,锐利的目光紧紧地盯住杨铁牛的眼睛,惊得他心慌意乱。王股长见杨铁牛不回答,突然变了问题:"你烧掉过一只解放鞋吧?"这时,杨铁牛第一次开了金口:"不,不,烧了两只。"崭新的解放鞋你为什么要烧掉呢?"杨铁牛又没有了答词,他把头低垂到胸前,摆出一副死猪不怕开水烫的架式,不再开口了。

王股长在屋里兜了个圈子,突然从包里抽出那只解放鞋,喝道:"杨铁牛,你看这是什么?知道从什么地方找到的吧。"杨铁牛慢慢抬起头来,瞟了一眼解放鞋,顿时变了脸色,额上渗出了汗珠子。王股长一看出击的火候到了,他一字一顿地说:"杨铁牛,你还不老实交代罪行!知道吗?吴来喜又被我们抢救活了!"杨铁牛哪里知道有诈!顿时像被炮弹击中,"扑通"一声跪倒在地,连声说道:"我说,我有罪,我该死!全都坦白交待……"

原来两个月前,杨铁牛到县城去卖猪肉,卖了一百多元钱,他把一百元钱数好,放在里面的口袋里,不时用手摸摸口袋,谁知道越小心越出鬼,到家发现这口袋底脱了线脚,钱还是给丢了。他赶回县城,东打听,西打听,知道钱被甜井村吴赖子捡去了,杨铁牛想去把钱要回来,便找到吴赖子赔着笑脸讨钱。吴赖子是个什么人物!到嘴的肥肉哪里再肯吐出来?他冷笑着说:"你说钱是你的,你喊钞票一声,钞票要是答应了,我就还给你,怎么样呀?"杨铁牛气恼地说:"你,你太不讲理了!"吴赖子嚷道:我就是不讲理,你能把我怎么样?我一不偷,二不抢,钱谁捡到归谁,我凭什么把钱还给你!"杨铁牛拙嘴笨舌,哪里说得过吴赖子,钱要不回来,杨铁牛钻到牛角尖里去了,心里想道:我搞不过你,可你的儿子我总能对付吧,老子一定要你断子绝孙!

从这以后,他经常打听吴赖子的消息,寻找机会下手。在他得知杜大婶吊死,吴杜两家关系紧张时,杨铁牛决定趁乱下手,这样可以转移视线,正好他有个远房舅舅不久前断了腿,货郎担闲在家里,他把舅舅的货郎担子偷来,把脸抹黑,嘴唇粘上假胡子,头上戴着一顶大草帽,乔装打扮成一个瘸腿货郎,来到甜井村,向吴赖子家靠近。当他看到小柱子时,看看周围没人,猛地伸手捂住了小柱子的嘴,残忍地掐死了小柱子,把他丢进了井里,又把小柱子脖子上的银锁抹下,顺手丢到杜多云家里。杨铁牛以为这件事干得神不知鬼不觉,谁知事有凑巧,被吴来喜看见了。吴来喜见了不响,一则是他和吴赖子不和;二则他怕杨铁牛红了眼自己吃亏,所以当时他没有声张,悄悄地溜走了。

两天后,吴来喜用荷叶包了几个卤菜,带着一瓶好酒,找到杨铁牛,吃着喝着。两人原就熟悉,吃喝一阵后,吴来喜凑近杨铁牛耳旁小声说:"我知道小柱子哪里去了。"杨铁牛一惊,吴来喜眯起一只眼睛,诡秘地说:"小柱子被你老兄送到井里喝甜水去了是吗!"这句话把个杨铁牛吓得脸色苍白,灵魂出窍。吴来喜笑着拍拍他的肩膀,安慰道:"老兄,放心吧!这件事只有天知、地知、你知、我知,小弟一定守口如瓶,绝不会……唉,不过，小弟眼下欠下一些外债，想问你'借'五百块钱还债，不知道你老兄愿意帮忙吗？"杨铁牛明白他的意思，为了保住一条命，他从妈妈那里偷来了五百块钱，交给了吴来喜。

吴来喜轻而易举地敲到了五百元，便把杨铁牛当成了"财神爷"。这一天，他又去找杨铁牛，谁知半路上遇到南河村的一个赌友，被硬拉去喝酒，晚上八点钟，他酒足饭饱，醉醺醺地出了南河村，走到柳村塘，碰巧遇到了杨铁牛。两人便在塘边柳树旁坐下，烟还没点着，吴来喜就不阴不阳地开口要一千元，杨铁牛一听，浑身的血液一下涌到头上，顿时失去了理智，突然猛扑上去，一下把吴来喜摔倒在水塘里，骑到他的身上，疯狂地把他的头向水里按去。骨瘦如柴的吴来喜，本来就少气无力，加上酒已吃得昏陶陶，哪里是杨铁牛的对手，没有几分钟就不再挣扎了。杨铁牛确信他已经死了，这才松了口气，脑子一冷，感到十分后悔，顾不得寻找陷进烂泥里的那只解放鞋，慌慌张张逃回家去。后来他听到公安人员来到柳村塘勘察吴来喜的尸体，吓得心惊肉跳，突然，他想到那只陷在烂泥里的解放鞋，惊恐极了，急忙找来另一只解放鞋，塞进锅膛里去烧，谁知弄巧成拙……

甜井村奇案真相大白。杨铁牛如何下场，杜多云和吴赖子等如何处置，不作交代大家也明白。需要告诉大家的是：这个奇案的侦破和审判，给这一带偏僻的山村的村民们，上了一堂很好的法制教育课。

(董本海)
(题图：王申生)